U0015257

親愛的
不
完美人生

EXPECTATION

BY

ANNA HOPE

安娜・荷普——著

黃意然——譯

各界推薦

生命的流動是一條河，流入女人的生命，也從女人的生命流出。閱讀這本書，撫摸生命的皺褶，層層開展，人在關係當中逐漸被琢磨出具體的樣貌。時間過去，女貌被雕刻出不可逆轉的細節——絕非完美，卻獨一無二。

——**許菁芳**（《甘願綻放》、《臺北女生》作者）

這個世界對女人有諸多期待，女人對自己也有深深期許，在渴望事物的達成與失落之間，構築出了我們的人生。已婚已育、已婚未育、未婚未育，三位主角的人生選擇，各自的承擔與甘苦，那些幽微、不敢訴說，卻真實存在的細膩心思，都被作者勾勒出來。你會發現女人真是太複雜——但也是這些複雜使我們迷人有趣，成為永遠說不完的故事！

——**曾彥菁**（《有一種工作，叫生活》作者）

《親愛的不完美人生》談的是當代的女性中年危機，是女權的階段性勝利及憂愁。所謂勝利，是女性有了更大發揮空間，而所謂憂愁，是人生的選擇畢竟充滿侷限。女兒有時甚至是踩踏過母親的犧牲及骨血，心懷愧疚卻仍未獲得想像中的成功。不過這本書告訴我們，光是有能力在友情中直白坦露生活中的細瑣懦弱，不過度壓抑，不憤恨扭曲，或許就已是一種時代的餽贈。

——**葉佳怡**（作家／譯者）

《親愛的不完美人生》原文書名是《期待》（expectation），它卻不一定是本關於期待的作品。事實上，它試圖告訴我們：「這世界是個可怕的地方。」關於女人與友情、關於生育和愛情，然而在褪色與驟變的生命中，為著那金絲般的起源時刻，生命流轉的困頓折磨，都被賦予了意義。安娜・荷普寫了一本從女性出發，卻不只談女性主義的優秀小說，藉由小說中三個走向不同人生選擇的女性密友，使不同路上的我們終於明白，傷害也好、羞恥也罷，更好與更壞，不完美同樣值得被期待。

——**蔣亞妮**（作家）

開始讀的時候，我以為最有共鳴的角色理所當然會落在同為女演員身分的麗莎。結果讀不到十頁，發現不得了，每個角色全都部分切中深刻的特質。這作者是怎麼辦到的？她不是住在大西洋遠端的小鎮操著一口英式英文嗎？我甚至敢說拿起這本書的女人，九成五以上可以在這故事裡（羞愧地）認出自己。

——**鄧九雲**（演員／作家）

一本定義世代的書，對於母性、抱負、性愛都描寫得非常坦率、真實。有如在顯微鏡下觀察擁有女性友誼的《正常人》。

——**艾琳・凱莉**（暢銷懸疑小說《是誰在說謊》作者）

安娜・荷普有辦法深入艱難痛苦的時刻，將其血淋淋地攤開來。我覺得這些女人就像我自己的朋友一樣熟悉。緊張、扣人心弦、複雜、有趣。

——**蕾秋・喬伊斯**（資深劇作家、暢銷小說《一個人的朝聖》作者）

讚到不行。這是莎莉・魯尼小說中的人物「接下來會怎麼發展」的故事。

——**莎拉・富蘭克林**（小說家）

很少有小說精彩得讓我真的喘不過氣來。《親愛的不完美人生》就是其中之一。

——**漢娜・貝克曼**（作家、記者）

導讀／

都說女人愛比較，是我們天生小心眼嗎？

——高瑞希（奶媽Naima）／文字工作者

高中就讀女校、大學選擇科系也是女孩居多，關於女人間是否擁有真摯情誼，我可以告訴你「肯定有」。

然而，倘若你繼續追問，女人間是否會有攀比嫉妒的心理？我不但會告訴你「肯定有」，我還願意分享一件殘酷事實：拉幫抱團、嫉妒比較、對他人成就與才華鑽牛角尖，大概是每位女人一生必須經歷的內在課題，就算妳不想做，別的女人也會對妳做。

這不可怕，仔細想想，這是可悲。

細論閨密間相互較勁的源起，你會驚覺這不見得是個人品格問題、不見得是誰誰誰天生小心眼，而是多數女人自小被千百年的父權社會價值觀深深綁縛，致使她們長期在追求「理想的社會角色」，誤以為這些是她們「真心想要」或「適合自己」。

歷經萬般求而不得後，無法得償所願的女人們感到沮喪，開始對「已經達標」的好姊妹產生懷忌心理。為什麼是好姊妹？因為好姊妹是容易沒有距離感的，沒有距離，了解對方生活日久，你自然會在看到對方優點後，更加襯出己身不足，繼而擁有「不夠」與「自我批判」的焦慮感。

這就是比較。

很多兩性作家會將「閨密嫉妒心理」刻畫像是某些女人性格刁鑽、就愛講別人壞話，突顯自己就好大器、好有實力（像甄嬛一樣），某種意義，這也是陷入一種居高臨下的批判。

英國作家安娜・荷普的小說《親愛的不完美人生》無疑犀利又慈悲，透過三個從大學就認識的好姊妹凱特、漢娜與麗莎，從她們二十歲一路寫到三十六歲，回憶與現今敘事交錯，三人的戀愛對象與夢想都不同，唯一相同的，就是她們總是免不了一邊暗自競爭，一邊抱團取暖。

原文書名叫做《Expectation》，指的是「期待」，而這三位女主角相愛相忌的時光裡，讀者會看到整個社會對女性抱持的種種「期待」，使她們必須對自己的人生「超英趕美」，身心皆承受極大壓力，於是時常感受到不完美。

漢娜，她做不下幾十次的試管嬰兒，與丈夫納森婚姻瀕臨崩潰邊緣，只因想滿足母親對其生兒育女的期待；凱特，她被迫隱藏同志性向，嫁給自己沒那麼深愛的男人、產下兒子，接著得到憂鬱症，同樣想服膺傳統婚戀觀的期待。

縱然是看似最熱情奔放、追求演員夢想的麗莎，依舊不得不承受娛樂圈對女演員年齡上的期待，試鏡屢屢碰壁，時刻擔憂會錯過女明星發光發熱的黃金年齡。

作者安娜．荷普將女人的攀比心理書寫更全面，通過三位女主角的境遇向社會拋出質問：

女人，我們為什麼會愛比較？我們為什麼會讓外界覺得心胸狹窄？這不見得是我們的問題，而是整個社會正迫使著我們競賽，逼我們參與結婚、年齡、生子和性向的「魷魚遊戲」，明明是父權思維的受害者，卻互相殘殺。

事實上，我們難以改變這個注定對女性抱持「期待」的社會，但《親愛的不完美人生》這本書無疑是點醒每位女人，如果我們能意識自己正在投入一場「不見得適合自己」的期待與比賽裡時，妳一定要曉得，放下固守傳統價值的執念，妳永遠有選擇權。

與此同時，對於面對深陷「比較」心態的其他女人，當理解這個心理背後的脈絡時，就對她們多點理解吧。

獻給Bridie，等她長大以後，

還有Nimmi，她將我重新編進故事中

你無法解決母親身分帶來的問題或疑問。
你只能冒著風險進入其中。

——**賈桂琳．羅絲，《母親：論愛與殘忍》**

倫敦場・二〇〇四

星期六，市集日。時序是晚春或初夏。五月中旬，屋子前面凌亂的花園裡犬薔薇盛開。時間尚早，或者說以周末而言還早，還不到九點，不過漢娜與凱特已經起來了。她們輪流拿著開水壺沏茶、烤吐司，彼此沒什麼交談。太陽斜射進房間，照亮雜亂無章地擺著平底鍋、食譜書的架子，和漆得很糟糕的牆面。兩年前她們搬進這裡時，發誓要重漆廚房可怕的鮭魚色，但是她們始終沒有抽出時間來粉刷。現在她們喜歡上這個顏色，如同這間破舊、舒適的屋子裡的一切，令人感到溫暖。

樓上，麗莎還在睡覺。周末她很少在中午前起床。她在當地的小酒館工作，下班後經常出去玩，去道爾斯頓的公寓參加派對，到金士蘭路附近的低級酒吧，或者到更遠的位於哈克尼維克的藝術家工作室。

她們吃完吐司，任麗莎繼續睡覺，從門後的掛物架取下褪色的帆布購物袋，走到外面明亮的晨光中。她們先向左轉再右轉進入百老匯市集，那裡的貨攤才剛開始擺設。人潮尚未到來，這是她們最喜歡的時刻。她們在路口的麵包店買了杏仁可頌，買了濃郁的切達起司和一塊覆蓋著灰燼的羊奶起司，以及品質很好的番茄跟麵包。然後買了一份在那家土耳其人開的酒類專賣店外堆了一大疊的報紙，還買了兩瓶葡萄酒晚點喝。（西班牙的里奧哈。每次都是買里奧哈，她們對酒一無所知，但是知道自己喜歡里奧哈。）她們順著路再緩步逛到其他貨攤，看看小擺飾和二手衣。按照倫敦市集的習慣，早上九點小酒館外已經有人緊握著一杯杯的啤酒。

回到家中，她們將食物擺到餐桌上，煮了一大壺咖啡，播放音樂，打開面向公園的窗戶，公園的草地上擠滿了三五成群的人。人群中不時會有人抬頭看向這間屋子。她們知道這些人在想什麼——妳們怎麼能住進這樣的房子？妳們怎麼有辦法住在倫敦絕佳公園邊上三層樓的維多利亞式連棟房屋裡？一切都是運氣。麗莎的朋友的朋友提供她一個房間，同一年又空出了兩個房間，現在她們三個一起住進來。實際上這間屋子算是她們的了。有個仲介在遙遠的斯坦福山某處，不過她們強烈懷疑他不知道這地區的情況，因為過去兩年來她們的租金都一直穩定不變。她們約好了不要求任何東西，不抱怨剝落的油地氈或是汙漬斑斑的地毯。這些東西都不重要，當屋子深受喜愛時就無所謂了。

十一點左右麗莎醒來，漫步下樓。她仰頭喝了一杯水，然後拿著咖啡到外面臺階上，捲了一根菸，享受早晨的陽光，這時太陽剛開始晒暖最底層的石階。

喝過咖啡抽完菸後，早晨已經變成下午，她們拿著盤子、食物、毛毯到公園裡，躺在她們最愛的樹木斑駁的陰影下。她們緩慢地吃著野餐。漢娜和凱特輪流看那份報紙。麗莎用文藝版遮住眼睛呻吟。一會兒後她們打開酒來喝，這酒非常順口。隨著午後時間越來越晚，光線變得黏滯。公園裡的閒聊越來越熱烈。

這是二〇〇四年她們在倫敦場的生活。她們努力工作、上劇院、逛畫廊、去聽朋友樂團的演出。她們在梅爾街與金士蘭路上的餐廳吃越南食物。星期四到維納街參加開幕儀式，參觀所有的畫廊，喝免費的啤酒和葡萄酒。她們記得到街角商店時不要用塑膠袋，雖然有時候會忘記。她們隨時隨地都騎自行車，騎去所有地方。她們很少戴安全帽。她們到道爾斯頓的里約電影院觀賞電影，然後去土耳其餐廳吃土耳其披薩、喝土耳其啤酒、吃那些讓人口水直流的醃菜。星期天一大清早她們到哥倫比亞路花市買花。（有時，倘若麗莎參加完派對在清晨回家，她會為全家買些便宜的花，一大束的劍蘭和鳶尾花。有時，因為她長得漂亮，人家會免費送給她。）

她們帶著宿醉到哈克尼路上的城市農場，在一群群家庭和尖叫的孩童間吃香煎早餐，發誓以後周日早上再也不去那裡，除非她們有了自己的小孩。

有時候星期天她們會去散步；沿著攝政運河走到維多利亞公園，再過去到舊的綠廊道，一直走到三磨坊島，盡情享受運河提供的倫敦一側。

她們對東區的歷史很感興趣，在路盡頭的書店購買心理地理學[1]的書籍。她們試著閱讀伊恩·辛克萊爾[2]，但是看到第一章就放棄了，不過看了其他較通俗易懂的書，了解連續不斷一波又一波的移民如何成為城市這地區的特色，包括法國的雨格諾新教徒、猶太人、孟加拉人。她們意識到自己也是移民潮的一部分。若說實話，她們希望阻止這特殊的浪潮，害怕那些和自己相似的人入侵。

她們擔心。擔憂氣候變遷、西伯利亞永凍層融化的速度。擔心住在高樓大廈的孩子們，那些高樓就在她們買咖啡和塔博勒沙拉[3]的熟食店後面。她們擔心這些孩子的生活機會，擔心她們自己相對的特權。她們憂慮持刀犯罪和持槍犯罪，後來她們看到文章說暴力只在幫派間，於是鬆了一口氣，之後又對自己鬆口氣感到內疚。她們擔憂仕紳化浪潮從倫敦金融城蔓延而來，輕輕拍打著她們的公園邊緣。有時候她們覺得應該多擔心這些事情，但是此刻她們過得很快樂，因此她們並沒有。

她們不擔憂核戰、利率、生育能力、福利國家、父母年邁，或學生債務。

她們二十九歲，都沒有孩子。在人類歷史上的其他任何世代，這事實都會非常引人注目，但現在幾乎無人注意到這件事。

她們知道這座倫敦場公園，這片她們躺著的草地，一直以來都是公用土地，是供民眾放牧牛羊的地方。這個事實讓她們很開心；相信這在某種程度上說明了這一小塊分布不均的綠地的魅力，她們喜歡覺得這塊地是自己擁有的。她們覺得自己擁有這塊地，因為事實如此，這塊地屬於每一個人。

她們希望時間暫停，停在此時此刻，停在這座公園、這燦爛的午後陽光裡。她們希望這間屋子的價格維持在她們負擔得起的範圍。她們想要抽菸喝酒，彷彿自己依舊年輕，和以前沒有什麼不同。她們想要鑽進這裡，依偎在這溫暖的五月下午的美景中。她們住在這星球上最好城市的最佳區域，最棒的公園旁邊最優的屋子裡。她們的前方仍有大半的人生。她們犯過錯，但並非致命的錯誤。她們不再年輕，卻也不覺得自己老了。生命依然具有可塑性、充滿了潛力，通往未走之路的入口尚未封閉。

她們還有時間變成她們想成為的人。

---

1 起源於一九五〇年代法國，研究場域對人所產生的心理影響。

2 威爾斯作家與電影製作人。他的作品大多根源於倫敦，近來深受心理地理學的影響。

3 一種西亞的涼菜，以麥粒、香草、蔬菜等製成。

二〇一〇

漢娜

漢娜坐在床沿，拿著塑膠盒裡的小藥水瓶。她用拇指指甲劃過薄薄的包裝紙，取出一根管子。管子幾乎沒有重量，她迅速裝上針頭，用指尖輕輕一彈以排出氣泡，她知道自己在做什麼，她以前就做過了。儘管如此，或許她還是應該用某種方式紀念這一刻。

兩年前頭一次的時候，納森拿著針俯身向她，每天注射時都親吻她的腹部。今天早上他吻她的態度不同。

漢娜，答應我，這次以後不要再做了。

她答應了，因為她曉得這次以後就不需要再做了。

她掀起襯衫掐住皮膚，短暫地一扎就結束了。打完後她站起身、拉直衣服，走進晨光上班去。

§

她到達里約電影院的時候，麗莎不在那裡，於是漢娜從小吧檯買了杯茶走到外面。雖然九月了，但是仍然很暖和，電影院旁的小廣場熙熙攘攘。漢娜瞧見麗莎高高的身影從車站沿街走過來，便抬起手來揮揮手。麗莎穿了一件漢娜以前沒看過的外套，肩部狹窄，腰部以下較為寬鬆。她的頭髮一如既往長而披散下來。

「我喜歡這件。」漢娜小聲說，麗莎傾身過來親她向她打招呼，她的手指和拇指抓住粗糙的亞麻布翻領。

「這件？」麗莎低頭查看，彷彿驚訝地發現自己穿著這件外套。「我幾年前買的。梅爾街上的那間慈善商店，記得嗎？」

漢娜永遠不會去幫自己買衣服的地方，就是慈善商店，或是市集上的那個小攤子，就是在波多貝羅路的那個男人？

「要酒嗎？」麗莎說。

漢娜皺起鼻子。「不行喝。」

麗莎輕觸一下她的手臂。「妳又開始了嗎？」

「今天早上。」

「妳感覺怎麼樣？」

「很好。我覺得很好。」

麗莎握住她的手輕輕捏了一下。「馬上就回來。」

漢娜看著她朋友走向吧檯，看到服務的年輕人由於她的注意而面露喜色。兩人歡快地一陣大笑，麗莎再度回到陽光下，紅酒裝在塑膠杯裡。「我抽一下菸可以嗎？」

麗莎捲菸時，漢娜幫她拿著酒。「妳什麼時候要戒菸？」

「快了。」麗莎點燃香菸，回頭吐了一口煙。

「這句話妳說了十五年了。」

「有嗎？哦，好吧。」麗莎伸手拿回酒的時候手鐲叮噹作響。「我接到了第二次試鏡的通知。」她說。

「哦？」真糟糕，但是漢娜從來都不記得。有太多次試鏡了，還有很多差點拿到的角色。

「一個次要角色，不過是個不錯的角色。導演很優秀，那個波蘭女人。」

「啊。」她現在想起來了。「契訶夫？」

「對。《凡尼亞舅舅》的伊蓮娜。」

「那試鏡得怎麼樣？」

麗莎聳了個肩。「還不錯吧，有些地方。」她啜飲一口酒。「誰知道呢？她糾正我相當多說話的方式。」接著她開始大談對波蘭導演的印象，不斷模仿她的口音和習慣性動作。

「這裡，再來一遍。演得真實一點，不要這種——你們是怎麼說的？微波激情——假裝很亢奮。兩分鐘。砰！味道糟透了。」

「天哪。」漢娜大笑著說。麗莎忍受的這些胡扯總是令她驚訝。「嗯，要是妳拿不到那個角色，妳總還可以演齣獨角戲：《我所認識不錄用我的導演們》。」

「嗯，對啊，假如這不是事實就會很有趣呢。不，這的確很有趣，只不過……」

麗莎蹙起眉頭將香菸扔進排水溝，「以後不要再說了。」

§

「還不錯，」麗莎說，她們從電影院出來，走進外面黑暗的街道中。「事實上，有點契訶夫的味道。」她伸手挽住漢娜的手臂。「一直沒有什麼跌宕起伏，然後來記感情強烈的重擊。那個波蘭導演大概會喜歡吧。不過好長，」她繼續說，她們朝市集走去，「而且女人沒有什麼像樣的角色。」

「沒有嗎？」漢娜並沒有想到這一點，不過現在仔細想想，確實如此。

「過不了貝克德爾測驗。」

「貝克德爾測驗？」

「天哪，小娜，妳還自稱是女性主義者耶？」麗莎帶著她走向十字路口。「妳知道的——電影裡有沒有兩個女人？她們兩個都有名字嗎？她們是否談過男人以外的話題？這是一位美國作家提出來的。很多電影都不及格，大多數的電影。」

漢娜想了想。「她們的確有過那樣的對話，」她說，「在影片中段，聊到魚。」

她們兩人噗哧一聲笑了出來，手挽著手過馬路。

「講到魚，」麗莎說，「妳想吃點東西嗎？我們可以去吃點麵。」

漢娜拿出手機。「我該回去了。我明天要交一份報告。」

「那穿過市集？」

「當然。」這是她們偏愛的回家路線。她們穿行通過非洲美髮師門窗緊閉的店面前，經過成堆逐漸滑落的紙箱和一箱箱蒼蠅嗡嗡圍繞的過熟芒果，散發著血腥與金屬臭味的肉鋪。

在街道的半途中有間酒吧開著，一群年輕人站在外面，喝著顏色鮮豔、插著復古小傘的雞尾酒。這群人有種退伍、尋歡作樂的氣氛；有些人在昏暗的光線下仍戴著太陽眼鏡。一看到他們麗莎便躊躇不前，拉著漢娜的手臂。「來嘛，我們可以喝一小杯就好？」

但是漢娜突然感到厭倦，對這些在平日晚上開懷大笑的年輕人，還有麗莎的無拘無束感到惱火。她早上何必起床？並且氣她最近老是忘記這一點，漢娜不喝酒。

「妳去吧，我得早點工作，我得寫那份報告。我想我搭公車好了。」

「哦，好吧。」麗莎轉身，「我想我會用走的，今天晚上感覺很舒服。嘿，」

——她捧著漢娜的臉——「祝妳好運。」

凱特

有人在呼喚她。她跟隨那個聲音，然而那聲音盤繞、迴盪，捕捉不到。她掙扎著往上爬，突破表面，終於明白那是她兒子在哭，他躺在她身邊的床上。她將他抱到乳房前，然後摸找手機。螢幕顯示三點十三分，離他上次醒來還不到一小時。

她又做夢了：噩夢；破碎的街道、瓦礫堆，她手裡抱著湯姆不斷地徘徊，在燒毀的建築殘骸中尋找某樣東西、某個人，可是她不認得這些街道，也不認識這座城市，不知道自己身在何處，一切都完了，一切毀壞殆盡。

湯姆吃完奶了，他的手慢慢放鬆，她傾聽他呼吸的變化，那是睡眠開始的信號。然後她以最輕微的動作將乳頭從他嘴巴滑開，挪開放在他身上的手臂，翻身側躺將被子拉到耳朵上。她不停地往下墜落，掉入睡眠的深坑裡，睡眠宛如一片水域，但是他又哭了起來，這回哭得更厲害了，宣告他的憂慮和憤慨，氣她就這樣離開他身邊倒下，她強迫自己再度醒來。

在質地如砂礫的燈光中，她幼小的兒子在身邊扭動。她抱起他揉揉他的背。他打了個小嗝，她將他抱回到乳房前，在他吸吮時閉上眼睛，突然他咬了一口。她疼得大叫出聲，翻身滾開。

「怎麼了？怎麼回事？」她把雙手握成拳頭按住眼睛，湯姆啼哭，手腳胡亂揮動，拳頭緊握著空無。「別哭了，湯姆。拜託，求求你。」

從薄牆的另一側傳來低微的聲音，還有床的嘎吱聲。她需要去小便。她將哭泣的兒子移到床中央，走向樓梯平臺，她在那裡徘徊了一下。右邊是另一間臥室，山姆睡在那裡，什麼都吵不醒他。樓下是狹窄的走廊，堆滿了箱子，那些堆成一堆的東西她從搬家以來就沒有整理過。

她可以離開，走出這間屋子，穿上牛仔褲和靴子，走出這裡，遠離這個她無法滿足、啼哭不停的生物，離開這個裹在睡眠的星際空白中的丈夫。遠離她自己。她不會是第一個這麼做的女人。臥室裡她兒子的哭聲越來越響亮——一隻害怕的小動物。

她急忙去廁所迅速小解，再跌跌撞撞地回到臥室，湯姆在那裡哀號。她在他身旁躺下，將他拉回懷中。當然她不會離開，那是她最、最不願意做的事，但是她的心臟跳得很奇怪，呼吸不均勻，或許她別無選擇，也許她會像之前她母親一樣死去，將兒子留在這偏遠的肯特、了無生氣的屋子裡，由他父親和父親的家人撫養長大。

湯姆終於在她胸前顫動，放鬆下來睡著了。然而現在她完全清醒了。她在床上坐起身，拉開窗簾。透過窗戶她可以看到停車場，車子整齊、順從地一排排停放，再過去是河流的黑影，更遠處是環狀道路的橘色燈光，那裡的車流已經越來越密集；駛向海岸或是從英吉利海峽港口返回的卡車，前往倫敦的車輛，這些加了潤滑油的巨大機器緩慢地朝光亮駛去。她感覺到自己的心臟、感覺到腎上腺素在血液中晃蕩。月亮從雲層後面探出，照亮了房間、皺起的羽絨被、她身邊幼小的兒子，此時陷入沉睡，雙臂張開。她想要保護他。她如何才能保護他不受可能落在他毫無防備的頭上的一切傷害？她伸出手去撫摸他的頭髮，這時她看見自己手腕上的刺青圖像，在月光下呈現銀色。她收回手，用另一手的指尖緩慢地描摩那個圖像，那是一隻銀絲蜘蛛和銀絲蛛網，如今是來自另一段人生的紀念物。

她想要見某個人，想要和某個人說話。一個來自另一段人生的人，一個讓她感到安心的人。

§

她坐在長椅上面對著河，水面上升起低矮的薄霧，一團纏結的蕁麻堵塞在河岸邊。曳船道上現在有了動靜，一股細細的人流，包括慢跑者、早起的上班族，低著頭往城鎮去。湯姆至少平靜下來了，溫暖的重量靠在她胸前，一頂小熊帽包圍著他的臉蛋。今晨五點左右他又醒了，無法安撫，因此他們來到這裡。手機告訴她快七點了，表示超市即將開門，意味著至少有個溫暖的地方可去，於是她站起來順著小支流的堤岸走，越過拱橋，穿過地下道，來到停車場旁。等她加入超市門外的一小群人之中時，天空開始飄起了毛毛雨。

湯姆在嬰兒背帶裡亂動，凱特噓他要他安靜，這時一個身穿制服的女人走出來，瞥了天空一眼又回到裡面，接著門滑開了。人們提起精神跟隨在後，穿過麵包貨架的通道，溫熱的空氣散發著糖和酵母、麵團的味道。她走向嬰兒區，將好幾個小鋁箔包塞進籃子。這些鋁箔包起初她只買一、兩包，總是確信下一餐她會好好準備，如今她都大量購買。尿布也是；起先她確信自己會用可洗尿布，但是在經歷痛苦的分娩後，她開始用紙尿布，隨後他們又搬家，此刻在這裡她將一大包一大包的尿布裝進籃子——保證要花上五百年才能分解的那種。

回家只要徒步兩分鐘，經過混凝土與鐵絲支架圍繞的樹木、以掛鎖鎖上的垃圾儲藏間、柵欄圍起的停車場、提醒人注意牆上塗有防攀漆的標誌。她走到家前門，進入狹窄的廚房放下袋子，將湯姆從嬰兒背帶抱起來，放到他的高腳椅上。她選了一包香蕉和藍莓口味的小鋁箔包，湯姆伸出雙手來拿，她解開封口將塑膠奶嘴頭放到他唇邊。他快樂地吸食，有如吃著太空食物的小太空人。

「早啊。」山姆漫步走進來，頭髮睡得亂七八糟。他看起來似乎是穿著昨晚穿的衣服睡覺——一件褪色的樂團T恤和四角褲。他頭也沒抬地逕直走向開水壺，伸手去測試溫度後輕彈一下開啟開關，把用過的咖啡渣丟進水槽，只略微沖洗一下玻璃咖啡壺就將新鮮的咖啡粉倒進去。這是帶著襁褓嬰兒早晨恍神時的一大享受，在咖啡因進入血液前沒必要說話。

「早。」她說。

山姆看向她，眼神如在水面下一般呆滯。「嘿。」他舉起一隻手。

「你什麼時候回來的？」

「很晚，」他聳個肩說，「兩點左右吧。下班後我們喝了點啤酒。」

「睡得好嗎？」

「哦，還可以。」他嘆口氣，扭了扭脖子。「不是很好，不過還可以。」

連續睡了幾個小時？就算是深夜也讓他睡了——六個小時，也許七個小時沒有中斷的睡眠——想像連續七個小時的睡眠，想像一下那是什麼感受。儘管如此，他看起來仍然很累，眼下有沉重的黑影，臉色是專業廚師總在室內的蒼白。他睡在備用房間，現在似乎不再是備用的，而是他的房間了，正如原本應該屬於他們的房間現在變成是她的——她和他們兒子的。湯姆的嬰兒床閒置，成了堆積衣服的地方，而湯姆跟凱特一起睡。這樣子比較方便，因為湯姆醒來很多、很多次。

他轉過身去拿咖啡，傾斜倒出。「妳想要來一杯嗎？」

「當然。」

他走向冰箱去拿牛奶。「今天要早一點去，」他說，「準備午餐。」

他在市中心的餐廳擔任副主廚。前幾天晚上她聽見他在電話裡對住在哈克尼的朋友說，這裡落後倫敦十年，不過還好啦，你知道的，還可以。已經有些資源投入了。他原本即將在哈克尼維克[4]開一間店，但後來租金狂漲，她又懷了孕，於是他們搬到這裡來。

他將她的咖啡遞給她，自己也啜飲一口。「妳洗了我的白色制服嗎？」

她環顧四周，看見角落的那堆衣服，三天的量。「抱歉，沒有。」

「真的嗎？我把衣服放在妳面前，好讓妳別忘記呢。」山姆走到那堆衣服前，拿起最不髒的工作服對著光看，然後開始在水槽用菜瓜布狠狠地刷洗。外頭的毛毛雨絲變成了雨點。

---

4 哈克尼為一倫敦自治市鎮；哈克尼維克為哈克尼中的一個區。

「你們倆今天有什麼安排？」他說。

「清洗吧，我想。還有開箱整理。」

「那個幼兒遊戲班呢？媽提過的那個？」他點頭示意那張貼在冰箱上面色彩鮮豔的傳單，那是前幾天愛麗絲帶來的。愛麗絲是山姆的母親，總是一臉關切、噘著嘴巴，露出介於苦笑和微笑之間的表情。那是個可愛的小團體，真的很不錯，妳可能會交到一些朋友。愛麗絲是為你們在坎特伯里買間小屋計畫的幕後主謀。愛麗絲是他們的救星。愛麗絲擁有這間可愛小屋的鑰匙，喜歡不打聲招呼就來。

「嗯，」凱特說，「也許吧。」

「還有我們今天晚上有活動喔。」山姆說，他放棄了刷洗，將工作服掛在椅子上晾乾，「別忘了，在馬克和譚馨家。」

「我沒忘。」

「我會來接你們，好嗎？」

「當然。」

「不過凱特？」

「怎樣？」

「今天試著出門，好嗎？帶湯姆出去？」

「你還在睡覺時我就出去了。買尿布和食物。」

「我的意思是真正的出去。」

「解釋一下『出去』的意思。」她壓低聲音說。

山姆望著廚房。「妳知道嗎？」他說著拿起一塊擦乾餐具用的抹布擦拭流理臺。「在一天結束時打掃真的很容易。妳只要像廚師那樣做，把當天的抹布丟進要洗的衣物裡，和我的白色制服一起。」他舉起那塊濕掉的髒布。「洗衣籃在哪裡？」

她抬起頭來看著他。「我不曉得。」

「妳只是需要有套做事的方法，」他搖著頭說，「只需要一套系統。」他將抹布擱在一旁，俯身將湯姆從高腳椅中抱起來，把他高舉過頭，寶寶高興得尖叫、踢著腳跟。這一刻結束、過去了，然後山姆將寶寶放回去，一手按住凱特的肩膀。「累了。」他說，沒有特別指稱任何人。

「嗯，」她說，「我也是。」

麗莎

試鏡在華都街的綠室。選角次數多到數不清的地點。接待員年輕、光鮮亮麗，在麗莎說出名字時幾乎沒有抬頭看她。

「麗莎・丹恩。抱歉，我有點——」

「沒關係，反正他們也延遲了。」接待員在長長的名單上她的名字旁邊打了個勾，從櫃檯上方遞給她一塊寫字夾板和一枝原子筆。「找個位子坐，填寫妳的詳細資料。」

麗莎點點頭，她清楚規定的步驟。她迅速掃視一下房間：四男兩女，兩個女人都三十多歲，一個深色頭髮，一個紅髮。紅髮的那位正在講電話，聲音壓低，語調焦慮不安、充滿歉意：「不，不，我知道我說三十分會過去，但是他們延遲了。不確定，也許半個鐘頭，也許更久。你介意嗎？我可以去你家接他。噢，天啊，謝天謝地，感謝你，我欠你一個人情，謝謝，謝謝。」女人啪地掛掉電話，注意到麗莎的目光。「他媽的晚了四十分鐘！」她怒氣沖沖地悄聲說。

麗莎擺出同情的表情。延遲四十分鐘不是很好，但不算太糟，她還遇過更糟的，等了將近兩小時才見到面。不過話說回來，她沒有孩子在校門口等待。她瀏覽一下手中的演員角色說明。

親師座談會，一名老師與兩位家長，兩人都很關心自己的兒子。

在頁面頂端，她認出一家知名巧克力餅乾的品牌名稱。在她對面一個男人正勤勉地在那張紙上做記號、畫重點。她翻到第二頁開始填寫自己的詳細資料。

身高五呎七吋。

體重。她停頓下來，不記得上次量體重是什麼時候了。六十磅？她通常寫六十磅。她潦草寫下。腰圍，三十吋。臀圍，三十八吋。

如今她想誠實以對；在這種事情上不值得言過其實。有很長一段時間她都是寫舊資料，不算撒謊，只是……不精確。但是有一次在柏林拍攝時她被逮個正著；那間舊公寓裡擺了數百個日式紙燈籠，助理拿出一套又一套的衣服，但沒有一套符合一個月前她在倫敦選角時匆匆寫下的尺寸，身材矮小的設計師在她周圍大驚小怪，發出嘖嘖聲表示不贊成。

但是妳看起來好胖，妳穿這衣服太胖了。

到末了，她只得借穿造型助理的長褲。最後，廣告把她刪掉。她在紙上草草書寫的時候，回想起漢娜昨晚的評論：獨角戲，我所認識不錄用我的導演們。這點子很有趣，當然有趣，但是非常傷人。她不會對漢娜說出像這樣的話。嘿！小娜！那麼我嘗試體外受精卻失敗的那些經驗怎麼樣？聽起來如何？非常好笑吧？

但是這樣的比較當然站不住腳，因為沒什麼比得過漢娜的痛苦。

選角指導露面了，氣氛立即提振、熱烈起來。「好吧，各位，時間有點遲了。」他晒得黝黑、壯碩多肉，趨近肥胖的程度。他的臉像個沾沾自喜的幼稚鬼。但是他經常讓她參加試鏡，因此麗莎身不由己地微笑、大笑、跟他調情。

紅髮女人起身。麗莎看見她封起憤怒塗上笑臉。

她反射性地迅速瞄一眼手機，第二次試鏡仍然沒有消息，那齣契訶夫的作品。這本身不代表什麼，你可以為這些事情等上數周，然後收到出乎意外的消息，但是她可以感覺到希望開始漫長、如潮汐般的消退。到明天，如果還沒聽到任何消息，她就會焦躁不安；到了周末，便會崩潰、情緒激動；等到下周開始，就會自衛、修復。隨著時間推移，她變得越來越易怒，而不是變得遲鈍。

她略過帽子與手套的尺寸——這些表格有時候好像從一九五〇年代以來就沒有更改過——寫下她的鞋子尺寸，然後站起來把紙交還給辦公桌後面的年輕女人。

年輕女人站起來。她又高又瘦，穿著黑色衣服，拿起面前的拍立得相機，無精打采地朝空白的牆壁一揮。麗莎在光禿禿的磚前站定位置時，看見其他的女人抬起頭來，迅速打量她的身材和衣著，尋找黑眼圈、皺紋、灰髮。

她變換一下表情。

她以前根本不參加這類的試鏡。她離開戲劇學校時，她的新經紀人和坐在瑜伽磚上的她會面，俐落地瀏覽令人印象深刻的客戶名單，說她不會推薦她去接商業廣告，除非她真的希望她這麼做。

新經紀人說，如果妳真的想要，那就只接歐洲的廣告。我們不希望妳在這裡被人看到。

她們兩人對此哈哈大笑。哈哈哈。那時她經常一星期參加三部電影的試鏡，選角指導會確保她絕不會遇見其他想要同一個角色的人。那時她在安靜的候見室等待，緊抓著劇本，宛如準備就緒、躍躍欲試的賽馬。當她一走進房間，導演立刻一躍而起伸出手來（永遠是男導演，不是女導演）。非常感謝妳能來。

拍立得發出喀嚓、呼呼的聲響。

「謝謝，」年輕女人說，一面將照片甩乾。「坐吧。」

麗莎沒有坐下，順著那條路線走到狹小的廁所去查看自己的臉。在鏡中，她看見睫毛膏暈開，在眼下留下小小的黑點。幹。她用拇指擦拭小黑點。無論你覺得狀況有多好，不管你認為自己的服裝穿搭得有多棒、擺出多麼認真嚴肅的表情，總是會發生什麼事情來搞砸。

麗莎，妳得順應遊戲規則啊，她第一任經紀人的助理曾經在電話中對她嘆著氣說，那時她拒絕為試鏡買魔術胸罩。妳要知道，他們說想找胸部比較大的人。在那通提及魔術胸罩的電話中，經紀人放棄了她。

她回到等候室，穿過等候的男演員的雙腿，坐下來閉上眼睛。

她試過了。

隨著時光流逝，她從二十多歲變成三十多歲，事業沒有什麼進展時，她真的試著順應遊戲規則。換了三個經紀人，每況愈下，從絕不參加商業廣告選角到除此以外別無選擇。從避免她嗅出絕望的氣味，到確信她散發出不顧一切的氣息，在選角時、在派對上、在街上，從她的毛孔滲出來。

拜託，給我工作吧，任何工作都行。拜託、拜託、拜託。

就像她母親在八〇年代常看的那個節目。給咱工作吧，給咱工作吧。

「麗莎、羅德、丹尼爾。」

她啪地睜開眼睛。選角指導回來了，輪到她了。她走進昏暗的包廂，有兩個男人坐在沙發上，懶洋洋地滑著手機。空氣混濁，他們面前的桌上散亂地放著咖啡杯、吃到一半的壽司、電子菸，沒有一個人從螢幕上抬起頭來。

她在地板上標示X的地點就位。攝影機上下搖攝她的身體，她說出自己的名字與經紀人的名字，轉向左邊、轉向右邊，朝鏡頭展示雙手。另外兩個男人也完成同樣的動作後，選角指導拍了一下手。

「好了，那麼麗莎，妳飾演母親，羅德，你演父親。丹，你扮演老師。」丹猛點頭。麗莎看得出來他昨晚讀了角色說明，因為他特地為這角色穿了肘部有補丁的夾克並打了領帶前來。

「那麼，麗莎，羅德，你們坐這裡。」選角指導比手勢指向桌子後面的兩張椅子。「丹，你在另一邊，然後餅乾在這裡。」

麗莎看了一眼凳子上放著的那盤餅乾，在散發臭味的空氣中顯得蒼白無力。

「好嘍，那即興發揮一下吧？」

沙發上的其中一個男人抬頭看了一眼顯示器後，又低頭盯著手機，丹傾身向前迫不及待地開始。

「所以——嗯，萊西……太太。萊西……先生，我有點，呃，擔心……喬許。」他往後靠坐，顯然很滿意第一次的大膽投入。

「哦？」麗莎旁邊的男演員這時向前傾身。他長得算英俊但是有點乏味，她可以看見他襯衫棉布下面的肌肉緊繃。「那真是……令人擔心呢。」

「看著我。」

麗莎吃驚地抬起頭來，看向用粗啞的男中音讀著劇本的選角指導。

「餅乾，」選角指導邊對她說，邊揮手示意她將目光挪開。「我是幫餅乾發聲，看著餅乾，不是看我。」

「喔，」她說：「對。」

「看著我。」他再說一遍。

她低頭注視著餅乾。

「妳知道妳很想要。沒錯，就是那樣，再靠近一點。」

麗莎遲疑不決地朝盤子傾身。

「對嘛。」他的聲音突然又降低了半個八度。他是不是逐漸變成美國口音？聽起來好像美國靈魂樂歌手貝瑞．懷特。

沙發上的兩個男人現在都抬起頭來看了。她能看到顯示器上有她的臉部大特寫，她的雙頰紅潤表情困惑。

「對嘛。」選角指導低聲說，此時他也抬起頭來看著顯示器等待。

靜默。

「繼續啊。」他用正常的聲音說。

「對不起？」她感覺得到汗水在她背部擴散開來。「我有點不知道該怎麼做。」

丹傾身向前，和之前一樣熱切。「妳應當拿起餅乾，」他說：「角色說明裡寫著，把餅乾塞進嘴裡。」他指向那份文件。「角色說明裡說妳沒辦法專注在老師身上、聽老師說話，因為餅乾的緣故。妳就是控制不了自己。」

「啊，我明白了。」

男人全都盯著她看：兩名男演員、選角指導、攝影師、沙發上的男人。沙發上的其中一個男人在一張紙上寫了些標注。另一個看了標注以後點點頭，再度低頭看手機。選角指導嘆口氣。「麗莎，妳讀了角色說明了嗎？」

「顯然還不夠仔細。」

「的確是。」他帶著歉意迅速朝沙發男人看了一眼。「我們可以再來一次嗎？麗莎，這次妳能不能和餅乾再多調情一點？」

§

牛津街擠滿了午餐時間購物的人潮。地鐵的入口開著，但是她從前面走過去，她不想下去，不想回家，現在還不想。

去他的餅乾。

去他的胖選角指導和他一年三次的假期。去他媽的那兩個坐在顯示器後面像無聊青少年的導演。去他媽的上下搖攝她身體硬是比拍男人要來得慢的攝影機。去他的寫出這些該死商業廣告的編劇——妳就是控制不了自己。去他媽的那些主管這場該死表演的男人。

她不加思索地朝北和東走，先走古奇街，出來後接著走托特納姆宮路，然後是切尼斯街，經過她以前念的戲劇學校的紅門。現在走到布魯姆斯伯里，經過大英博物館的大門，羅素廣場的肺，那片令人寬慰的蒼翠。她繼續往北走，穿過高登廣場來到嘈雜的尤斯頓路，在那裡躲進大英圖書館的院子，打開手提包給執勤的人檢查，站在寂靜與喧鬧之中。

她上次來圖書館是多久以前的事了？她搭乘電扶梯到二樓，那裡有一排排的人坐在附帶小扶手的椅子上，彷彿他們本身就是某種展覽、某種陳列品。不過這裡，啊，這裡有閱覽室。珍善本區，人文學科的。她推開沉重的門；或許她可以在這裡坐一會兒，坐在珍善本區，讓這些珍本書平靜她的心，讓她回歸自我。

「女士，我可以看一下妳的證件嗎？」一名和顏悅色的警衛伸出手來阻止她再往前走。「妳的借閱證？」

「我沒有……抱歉。」

她身後有個人嘖了一聲，他的私人物品放在透明塑膠手提包裡，借閱證早已握在粗毛豎立的拳頭中遞了出來。

「女士，妳需要有借閱證才能進閱覽室。」警衛說著揮手示意那男人往前走。

「喔，我知道了。」這世界今天充滿了尖刺。她轉身奮力走回主廳，跌坐在附近的長椅上。

「麗莎？小麗？」

在這個脫離平常的環境，她一時間沒認出他來，但是片刻後——當然——「納斯！」她站起身來，他們互相擁抱打招呼。

「妳在這裡做什麼？」

「我……」她在這裡做什麼？「我想我可以來看點書。」她說。

「哦？」

「嗯——我考慮要上……一門課，但是他們不准我進去。」

「是嗎？嗯，他們這裡的人就是那樣奇怪。」他微微一笑，她很高興見到他，她今天需要見到熟人。「聽著，」——他打手勢指向背後擁擠的餐廳——「我正好要休息，妳想喝杯咖啡嗎？」

排隊時她掃視著人群：有各種年齡層的人，腋下夾著筆記型電腦，敲打著手機，全都帶著相同的透明手提包。她點了咖啡，納森為他自己點了一杯雙份的卡布奇諾咖啡，她想到了漢娜，咖啡、酒都不沾，至今已好些年了。過去她經常在她面前揮舞著酒瓶說：來嘛，小娜，喝一點肯定不會有害吧，但是現在她學會了別那麼做。他們嘗試了多少年？四年？五年？她已經記不清楚了。

早期，漢娜與納森剛開始嘗試卻一無所獲的時候，她記得有天晚上漢娜哭了。可是我很努力，我這輩子都非常努力。她回了些話，像是，當然會有結果，一定會的，畢竟是你們兩個，不是嗎？彷彿宇宙在乎妳是否拚命努力，繳稅、繳交電視執照費，管妳是不是一家大型全球性慈善機構的副主任，嫁給一個在頂尖倫敦大學擔任高級講師的可愛男人，上課總是第一個舉手。她想說的是，壞事總是發生在好人身上，每天都有，妳沒看新聞嗎？

「所以，」納森邊說邊讓麗莎先走，他們一起走向一張空桌。「是什麼樣的課程？」他在她面前坐下，她看見他的眼神疲憊。但是他看起來很不錯，仍然保有一些年輕時的孩子氣，依舊穿著二十年前穿的法蘭絨襯衫，袖子捲到手肘。就連頭髮也幾乎沒什麼改變，又黑又濃密，修剪得短到貼近頭部。

「啊……嗯……」她喝一小口咖啡，「呃……電影。」

「電影？」

「對——是……博士課程。」

「博士課程？天啊，小心點，修那些東西妳可能會傷到自己喔。」

「對啊，我有聽說。」

現在說了謊她理應感覺更糟，但是她卻覺得稍微好些了。有何不可呢？何不乾脆做點不同的事？何不改變她的人生？

「漢娜沒提過這件事。」納森說。

「哎呀，沒有啦，這是最近才有的想法。」

「那麼，跟我說說吧。」他說，目光平視著她。

「呃，」麗莎把糖加入咖啡中攪拌，「是一種女性主義的鑒定……利用——你知道嗎？貝克德爾測驗……看看現在和七〇年代，以及……四〇年代的電影。比較其中女性的角色，看她們怎麼退縮、改變。像《彗星美人》、《螢光幕後》……」

「《螢光幕後》，是不是男主角在螢幕上死去的那部？」

「對，就是那部！但是那部片中的費・唐娜薇棒極了，絕對凶猛，非常惹人厭。還有那些四〇年代的電影，那些『女性電影』」——她用手指在空氣中比了個引號——「實際上非常讚。像貝蒂・戴維斯、凱瑟琳・赫本……」

「《秋光奏鳴曲》。」納森傾身向前說。

「那是什麼？」

「妳不知道？真的嗎？麗芙・烏曼、英格麗・褒曼，兩個了不起的女角。就連凶猛也不足以形容，看完那部電影後我需要心理治療。」

「我會找來看的，」她大笑著說，「謝啦。」她傾身過來拿起他的筆，在手背上潦草地寫下片名。

「嘿，」他說，「也許妳應該為了新的學術事業，投資買臺筆記型電腦。」

「喔好，」她把筆還給他。「我說不定應該那麼做。」

「那妳的表演事業怎麼樣？」

「唉，你知道的。」她聳一下肩。「糟到極點，丟臉死了。明天再問我吧。」

「真的嗎？可是我以為還不錯，之前有一齣那個……莎士比亞的戲，妳表演得很棒。」

「那齣戲已經是三年前的事了，納斯。」在佩克漢一間小酒館後面附加演出的《李爾王》。她飾演二女兒麗根，一星期兩百英鎊外加開支，酒吧裡有比賽時她甚至得提高音量。

「那妳怎麼過活？妳不會還在小酒館工作吧？」

她將杯子推開。「我在電話服務中心輪班工作，為慈善機構募款，還有當人體模特兒。」

「還在當？天啊，真的嗎？」

「嗯，是真的。」他臉上的表情刺傷了她。「沒那麼糟糕啦。那些是很好的慈善機構，當人體模特兒也還可以，我是在史萊德藝術學院工作，還有可能更糟呢。」

「是沒錯，不過肯定有別的工作吧。妳那麼聰明。」

「謝謝，不過要找個允許我一接到通知就去試鏡、世界一流的兼差工作並不容易。」

他點點頭，感到愧疚。

「納斯，那你呢？」

「妳是什麼意思？」

「你還好嗎？」

「哦，還好啊。過勞、低薪、行政工作多得應接不暇。」

我不是指這些事。我指的是嬰兒的事，生不出孩子的事。那方面你還好嗎？

「不過，妳知道吧，我們這些大學教師就是愛發牢騷。」

他們站起來道別時她的手機響了，是經紀人打來的。她向納森比個手勢，他揮手示意她接電話。

「麗莎？」

她可以從語調判斷出來是好消息。「怎麼樣？」她盡量不讓聲音洩露出熱切的情緒。

「他們要妳，那部契訶夫，妳上了。」

凱特

山姆坐在駕駛座上，他們往西行駛，穿過溫奇普的排屋和一鎊店，來到城市人車逐漸稀疏、變成一條條通往倫敦及海岸的A級公路的地方。他們遲到了。山姆下班回來時，她和湯姆在睡覺，兩人一起攤開四肢躺在床上。此時湯姆又在汽車安全座椅上打起盹來，他們沿著艾許佛路行駛，經過園藝中心、附有兒童遊戲區的小型工業區、活動車屋、一叢叢看起來雜亂無章的樹林。

她身穿所能找到最像樣的襯衫和附有寬大黑腰帶的那種孕婦牛仔褲，上面套一件舊的開襟羊毛衫。她本來可以打扮得更好一些，應該穿得更好的。「還有其他人會去嗎？」

「我想應該沒有吧，只有譚馨和馬克。」

「再講一次他是做什麼的？」

「他擁有一家公司，農業機械方面的。他做得非常好。」山姆轉向她。「他說不定會投資開餐館，他有錢，我們談了好幾年了。」

她試圖憶起馬克的臉，但是想不大起來。婚禮後她只見過他一次，就是他們來看房子的時候，但是那時的一切記憶模糊。「他們結婚多久了？」

「很久很久了，他們在學校的時候就在一起了。」他轉向她，嘴角有點緊繃。「他們是很友善的人，真的。只要避開政治，妳就不會有事。」

她笑著點點頭，用食指和拇指圈起手腕上的蜘蛛。

他們轉進一條兩旁盡是人房子的鄉村道路，經過一家大型水果批發商，即使到這時間堆高機也仍在批發商前院晃來晃去。山姆把車停在一扇木門前，按下對講機上的按鈕，蜂鳴聲響起，大門滑開。一輛黑色的Land Rover衛士車停在車道上，山姆停在那輛車旁邊，將熟睡的湯姆抱下車。回應鈴聲的是小狗的輕聲吠叫，以及爪子在木地板上急速奔跑的聲音，還有腳步聲。

「抱歉我們遲到了。」他姊姊打開門時山姆說，「我們得幫湯姆換衣服，然後車又多。」

譚馨身穿牛仔褲、高跟鞋和一件灰色的針織套衫，亮片宛如冰柱覆蓋在她的雙肩上。她用芳香、瘦削的身軀擁抱他們一下，然後趕他們進廚房，那裡地板寬闊、閃亮，中間凸起一座巨大的花崗岩中島。凱特將開襟羊毛衫裹緊一些，山姆把湯姆和汽車安全座椅一起扛到餐桌上。三盞黑色大吊燈懸掛在餐桌上方，牆壁上有塊牌子，以大大的木製字母寫著「吃」，彷彿沒有這個字，馬克、譚馨與他們的兩個孩子可能會忘記房間這一側的用途。

「他們來嘍！」譚馨呼喚她的丈夫，他從另一個房間走出來。馬克長得高大魁梧，穿著緊貼身軀的襯衫，看起來就像是從宣揚某種男子氣概、某種成功形象的廣告中走出來的。他親一下凱特，與山姆擊拳問好。一只尺寸有如小哺乳動物的手錶緊扣住他的手腕。

「妳想要喝點什麼嗎？」譚馨引領凱特走向扶手椅。「氣泡水？」

「事實上，」凱特說，「我想喝點酒，紅酒。如果可以的話？」她的嗓音聽起來很奇怪，她今天幾乎都沒有用到聲帶。「我想要一小杯紅酒。」她再說一次，賦予每個音節同等的重量，彷彿在說一種陌生的語言。

「馬克！」譚馨高聲說，「給凱特一杯紅酒。」

「馬上來。」馬克走向廚房流理臺，流理臺後頭的櫃子內部亮了起來，他從打開的瓶中倒些酒到高腳杯裡。他看起來像是殯葬業者，站在停屍床後面，分配血液。

「喏。」馬克把酒端過來放在她面前的玻璃桌上說，「幫妳的臉頰添點顏色。」說完他哈哈大笑，譚馨也笑了，山姆跟著大笑，凱特也大笑起來，雖然她不大確定是在笑什麼。譚馨和馬克兩人都晒得黝黑，在膚色的對照下牙齒顯得格外地白。此時她想起來山姆告訴過她，他們最近去度假，等晚點她不知說什麼好的時候可以提起這件事。

「吃點開胃菜吧。」譚馨說著端起一個餐盤，上頭的肉和起司、橄欖在略帶藍色的光線中閃閃發亮。

凱特拿了一顆橄欖，讓橄欖的鹹味在舌頭上滾動。

外面是個鋪著草坪的大花園；再過去是丘陵中的皺褶，有條河流經那裡，是大斯托河，也就是流經他們家後面的那條，她之所以知道是因為他們第一次來了解這地區的時候，她和山姆、譚馨與馬克一起在那裡散步過。

我們走到果園去吧！譚馨說。於是他們照做了，那條路線帶他們走過小巷，經過那家批發商，走過側面噴漆著號碼收藏採果機的小屋、飛鏢靶、腿上抱著嬰兒坐在輕便摺椅上警惕看著他們的母親們、傳來俄語聲音的收音機，最後是果園，裡面不過是一排又一排的樹。那時是夏天，樹木被圈禁起來、嫁接到金屬絲上，祈求或是挫敗地伸出枝條。她很想說，這才不是果園，這是工廠化農場。

「你們的假期怎麼樣？」她將視線轉回到房間裡問。

「噢，棒極了！」譚馨說，「我們到土耳其去，住全包式度假村。孩子們愛死了，從早到晚不見人影，自由出入整個地方。」

「他們在哪裡？」凱特突然有種可怕的想法，覺得他們被遺忘在某處。

「躲在窩裡呢。」譚馨指向一扇半開的門。她看到了他們的兒子傑克、女兒米莉，在電視的藍光中表情呆滯、一動也不動。「嘿！你們明年應該來啊，我們大家一起去。我們也可以帶愛麗絲去，大家庭一起度假，她和孩子處得很好。等等，或者去杜拜，過耶誕節！」她拍一下手。「馬克！跟他們說嘛，說他們應該去杜拜。」

「你們應該到杜拜去。」馬克帶著縱容妻子的笑容說，「我們每年都去，我會先做點工作，然後我們在亞特蘭提斯待一星期。你們看過嗎？」

馬克拿出手機上的照片，他們全都圍過去。凱特看見一棟龐大的粉紅色石砌宏偉建築，一片狹長的沙灘，還有遠處的海洋。「這是座人造島嶼。」他說，「島上應有盡有，包括戈登．拉姆齊的餐廳，還有一座水上樂園，孩子們在那裡玩瘋了。」

這棟建築看起來非常脆弱，龐大而傲慢。「亞特蘭提斯？」凱特說。

「對。」馬克點點頭。「去看看吧。」

「亞特蘭提斯不是消失在洪水中嗎？」

「什麼洪水？」譚馨一臉困惑。

「《聖經》中說的。」

「謝了，」山姆急忙說，「但是我想我們今年沒辦法去度假，也許下次吧。」

凱特望向湯姆躺著的地方。他在那裡看起來好小、好脆弱，宛如一艘小船漂浮在拋光的橡木海洋上。他太靜了。

「不好意思。」她飛快起身，走到他身旁，把手湊近他的鼻子，感受他令人安心的柔和呼吸。外頭，在玻璃門另一側，山坡在最後一絲微光中變成了赤褐色，草坪被修剪得僅剩一公釐不到的生命。

譚馨走過來加入她。「他們在睡覺的時候真漂亮，不是嗎？」她的臉上撲著淡粉紅色的蜜粉，在頂燈的照射下閃著微光。「那間房子如何？」她說。

「哦。」凱特稍微動了下身子。「很好，很棒，我們非常感激。」

「你們打算什麼時候邀請我們過去？」

「快了，等我們開箱整理好。」

「妳在開玩笑嗎？」譚馨大笑，「你們還沒拆開箱子啊？」

「還有幾箱沒拆。」

譚馨的手搭在她的袖子上。「妳看起來很累，」她說，「山姆說你們睡在一起？」她的聲音降低成耳語。「妳跟湯姆？睡同一張床？」

「對。」

「妳確定這個主意好嗎？」

「只是這樣子夜裡餵奶比較方便而已，妳知道的。」

「妳應該停止這樣做。」這時譚馨抓住她，「別讓寶寶抓著妳的乳房不放。知道嗎，妳應該休息一下，一星期一天。妳覺得怎麼樣？」

「我——」

「就答應吧！愛麗絲會幫忙，她巴不得花點時間陪陪湯姆。等一下——山姆！」譚馨拍著手轉向男人們。「山姆，凱特要休息一天！我們會安排的，我和媽。愛麗絲很想幫忙呢。」

§

他們回來時天色幾乎暗了。她將湯姆從汽車安全座椅上抱起來放到床上時，他還在睡覺。她下樓到客廳，山姆正躺在沙發上，將插頭插上電腦。她走進客廳時，他摘下頭戴式耳機舉起啤酒。「妳要來一杯嗎？」

她搖搖頭，他挪出空間讓她坐。「聚會不算太糟，對吧？」

「你為什麼告訴你姊我和湯姆睡一張床？」

「因為妳確實是這樣。」

「你不喜歡嗎？」

「呃，我寧可和妳睡一張床。」

她大笑起來。她忍不住，這想法太荒謬了。

「凱特，我很擔心妳。」

他看起來真的很擔憂。或者也許不是擔心，或許是失望，那種失望就像一個人在網路上買東西，結果保固期才剛過卻發現這東西有各種隱藏的缺陷。

「你請譚馨安排星期二找你媽媽來嗎？」

他的表情告訴了她。

「你沒想過要先問我嗎？」

「我想那對妳會有好處，我以為妳會鬆一口氣。」

「我以為你在重新安排我的生活之前，應該懂得要先和我確認一下。」

「哇，好吧。我只是想幫忙而已，我以為那是母親需要的。」

「那不是幫忙，那是伏擊。」

「天哪，凱特。」他舉起雙手。

她起身走進廚房，渾身發抖。她望向客廳，山姆背對著她，他已經點開某個電腦遊戲，重新戴上耳機。

這是他們度過夜晚的模式。一點被動攻擊的玩笑，然後坐在各自的椅子上看各自的電腦，運氣好的話，她可以坐到沙發上。然後他們去睡覺，在各自的床上；周而復始。

她的手機響了。漢娜發來的訊息，有通未接來電。她的心臟猛然一跳，她可以靠漢娜找尋方向，漢娜是北極星。她拿起手機回撥。

「凱特？」

「嘿。」

「妳還好嗎？我一直想要和妳聯繫。」

「抱歉，我一直在……」她一直在幹嘛？她不知道。

「坎特伯里怎麼樣？」

「很有趣。」她說。

「怎麼有趣？」

「我不曉得。」她仔細思考這裡如何有趣，努力說個笑話。「我們去拜訪山姆的姊姊，他們想帶我們去杜拜。」

「聽起來很不錯啊。」

「妳是認真的嗎？」

一聲輕嘆。「我相信妳會慢慢習慣的，這些事情需要時間。」

凱特沉默不語。

「我的教子還好吧？」

「他很好，睡著了。」

對話停頓下來，背景有漢娜的電腦按鍵聲響，漢娜在一心二用——浩瀚的世界圍繞著她旋轉，正在召喚她回去。

「小娜？」凱特說。

「不好意思，正趕著回些工作上的電子郵件，這封非寄不可。」

「妳想見個面嗎？下周末？也許星期六？我可以帶湯姆進城。我們可以去漢普斯特德荒野？自從我們搬到這裡來以後我就沒去過，他長得好快……」

凱特做好聽到拒絕的準備，但是——「等等，」漢娜說，「我查一下……星期六？好啊，有何不可？」

她們再聊了一會兒，之後凱特結束通話，走到窗邊。她搬到肯特已經六個星期了。海鷗睡在對面公寓的尖屋頂上。外面有個男人正從車裡爬出來，或許他就是住在牆的另一側、每晚睡眠都被湯姆打斷的人。

那人抬起頭來，凱特舉起一手。他凝視著她——窗口的一抹黑影——臉上浮現困惑不解的表情，然後轉頭撇開視線。

賤斥・一九九五

這個研討班名為女性主義，並沒有坐滿人。在流行文化中普遍有種感覺，似乎認為女性主義已經完成了任務，現在是辣妹合唱團、豪放女孩的時代。麗莎是女性主義者的女兒，理所當然地認為自己也是女性主義者，這看法完全未經審視。她選擇女性主義這個研討班，是因為另一個選項是科幻小說。

參考書單大多是外國的、令人望而生畏。麗莎沒有為準備上課讀過半本，英文系裡沒有人真的為了上課預先看這些讀物，只在必須寫報告的那周瀏覽一下那些書。在麗莎看來，這似乎是大學教導你的最重要的事——如何令人信服地胡說八道。學校越好，胡說八道就越厲害，她經常在新男友的床上闡述此一理論，他是出身曼徹斯特的毒販，在拉肖默有間排屋，走路姿態像連恩・蓋勒格，很適合穿連帽防寒外套。他陰險、風趣、聰明，是她見過最性感的人。

那女孩坐在靠近教室前面，長髮幾乎遮住臉龐，小巧的身軀淹沒在寬鬆的針織套衫中，袖口拉下來蓋住拇指。和其他幾個女孩一樣穿著拼布長裙、馬汀靴，畫眼線時下手很重。她是那種郊區叛逆分子、非主流孩子，他們在周六夜晚成群結隊在曼徹斯特遊蕩。在學生活動中心的舞池裡胡亂舞動，隨著詹姆斯合唱團的曲子〈坐下〉坐下。麗莎和這個女孩（她叫做漢娜）被分配要一起報告克莉絲蒂娃[5]與賤斥。因為沒有讀書，麗莎根本不知道那是什麼意思。妳何不明天來我房間？麗莎問漢娜，明天？三點？

漢娜三點準時出現在麗莎房間。她懷裡抱了幾本很重的書，敲了敲門，將袖口拉下來遮住咬過的指甲。到目前為止，對漢娜而言，大學並不如她的期望。她來曼徹斯特只是因為她進不了牛津大學，而她的第二志願愛丁堡大學已經額滿。因此，在一年的空檔後——她不像大多數她似乎認識的學生那樣「去旅行」，而是為了購買衣服、書本，以及其他可能需要的東西而工作攢錢——她來到這所第三志願的大學，仍然住在位於伯納吉的老家裡。這樣子比較便宜，不必支付住宿舍的費用。她父母對這安排很滿意，她也假裝高興，但其實獨自在生悶氣：氣她在牛津大學面試時含混回答了有關濟慈[6]的問題，氣她最好的朋友凱特被錄取了，氣她沒有將第三志願放在遠離家鄉的地方，但最氣的是發現她住了一輩子的城市受到有特權的學生影響。

過去幾個月來，她在學生活動中心的酒吧工作，天生善於觀察的她得知了很多事，已經可以寫篇有關階級的論文——忘了女性主義吧。那些寄宿學校的學生穿著領子立起的襯衫，從事體育活動，成群說話粗聲粗氣、了無新意地到處遊蕩。而公立學校的學生占用不同的桌子，但是興味盎然地盯著橄欖球男孩，在酒吧裡和他們比拚酒量。那些格格不入的人，將自己格格不入的身分有如徽章佩戴在身上，因此向其他格格不入的學生發出信號，形成格格不入的小圈子。再來就是像漢娜此時站在她門口的這個金髮女孩的那些人，這些人令她困擾：他們十分狡猾，很難歸類，而漢娜喜歡分類。這女孩談吐像出身上流社會，行為卻不一定；漢娜從未在學生活動中心見過她。她長得很漂亮卻不在意自己的美麗，例如，在十一點的研討班上，她的眼周經常凝結著昨晚化的妝，食指尖因抽菸而染成橘色，她似乎很少梳頭髮。然而這女孩具有某種難以確切形容的氣質，儘管漢娜說不出那是什麼，但是她知道自己非常渴望擁有。

另一個女孩打開門，漢娜走了進去。房間裡亂七八糟，有股菸味，每處檯面上都擺著滿溢出來的菸灰缸，到處都是喝了一半的水杯，還有一只空酒瓶。單人床上覆蓋著一條印度薄毯，牆上有一幅照片組成的拼貼畫——年輕人在遙遠的海灘上；麗莎坐在速克達摩托車上，沒看到安全帽；麗莎和一個深髮色青年在夜店，兩人的瞳孔都很大，兩張臉擠進鏡頭裡。到目前為止都是常見的景象，然而漢娜的目光受到一幅與眾不同的畫作吸引，這幅油畫隨意靠在牆上，畫中是一名金髮女孩蜷縮在椅子上看書。

---

5 茱莉亞·克莉絲蒂娃，保加利亞裔法國哲學家、文學評論家、精神分析學家、女性主義者，在著作《恐怖的力量》中提出賤斥的理論。

6 約翰·濟慈，英國浪漫時期的六大詩人之一。

那是妳嗎？她問，在畫前跪下來。

是啊，麗莎漫不經心地說。我媽畫的，很多年前的事了。

畫得非常好。

麗莎坐在床上，有點好笑地看著這個深髮色女孩記下她貧乏的所有物品，然後坐到桌前打開第一本書。這女孩的動作嚴謹，鉛筆鋒利。

這些是麗莎自認為她所了解的大學、曼徹斯特與階級：她是個社會主義者的女兒。她上北倫敦一所綜合中學，寧可和毒販廝混也不跟公學男學生來往，曼徹斯特有太多公學男學生和女學生，然而刮去汙穢的後工業化表面後，這座城市令人期待。假如你和麗莎一樣熱愛舞曲和搖頭丸，那麼曼徹斯特在其歷史上的這時刻，或許是世界上最偉大的城市。

她對這個長髮女孩感興趣是因為她有曼徹斯特口音，這在學校裡很罕見。她喜歡曼徹斯特人。她還喜歡她嚴肅、略帶惱怒的表情，喜歡聽她和研討班的其他學生爭論。漢娜很容易生氣，麗莎喜歡這點，另外在這個春天的午後，她對漢娜感興趣是因為認為漢娜有機會幫自己取得好成績。

好吧，漢娜說，賤斥。

唸給我聽吧，麗莎說。

漢娜一邊用指尖纏繞髮梢一邊低下頭來朗讀。

賤斥保留了存在於古語中的前客體關係裡的東西，也就是一具軀體為了存在而與另一具軀體分離的不復記憶的暴力。

不復記憶的暴力，麗莎說，那是什麼意思？

嗯，漢娜說，是出生吧，不是嗎？還有嬰兒期——在我們進入象徵系統、語言，那一切東西之前。

好吧，妳說了算，麗莎說。聽我說，她傾身從櫃子抽屜拿出一小袋大麻，那是今天早上她男朋友給她的。

可是……漢娜感到輕微的恐慌，她伸手指向那疊排列整齊的書。已經三點了，我是說，我們明天得上臺報告，不是嗎？

我知道，不過這也許有幫助呀。

麗莎在捲大麻菸的時候感覺漢娜盯著她看。她從容不迫地捲著，欣賞自己的技巧，以誇張的動作完成，然後打開窗戶探出身子，在歐文斯公園上方四層樓高的位置。那就繼續吧，她點燃菸說。

漢娜嘆口氣繼續讀。

在個人性心理發展的層次上，賤斥標示了我們與母親分離的那一刻，從那時起我們認識到自己與他人、自己與母親之間的分界。

麗莎想到去年九月莎拉載她上來這裡，母親那輛老雷諾五號塞滿了她的東西。母親帶她到城裡的餐廳吃午餐，她在吃布丁時說，欸，寶貝，妳有在吃避孕藥，對吧？之後給了她二十英鎊；一幅相當漂亮的肖像畫，畫著八歲的麗莎坐在花卉圖案的閣樓椅子上；一大包鼓牌菸絲。然後在她臉頰上輕快親一下就沿著高速公路開回倫敦，這種分離對莎拉來說似乎根本不算什麼。

……如同在真實的劇院裡，漢娜繼續唸道，沒有化妝也沒戴面具，廢物與殘骸展現給我看我為了生存而永遠拋開的是什麼。這些體液、穢物、糞便就是生命所抵禦的東西……

等等，文章裡真的那麼說嗎？

是的。漢娜抬起頭來微微一笑。這是麗莎頭一次看到她的笑容，她的笑容很美、很有意思，因為不容易博得反而更棒。

這些糞便……這些糞便是生命所抵禦的東西，在瀕死之際艱難吃力地反抗。在那裡，我處於身為生物的狀態邊緣。

哇，麗莎說。

對，漢娜說。

麗莎對著夜晚的空氣吐出煙霧。周遭傳來底下威姆斯洛路上的車流聲，摩天大樓模糊不清的聲響，波提斯黑合唱團的〈嫁妝箱〉從附近某個人的房間飄出來。

所以……漢娜說，報告怎麼辦？

哦，對，好。麗莎說，妳覺得一開始我們先列舉出各種各樣我們所能想到的賤斥怎麼樣？

為什麼？漢娜說。她不喜歡迂迴思考，她的思維是線性的。

噯，為什麼不要？來嘛——麗莎朝漢娜揮舞大麻菸——妳可以說出多少種？

漢娜皺起鼻子。嗯，顯然有小便——尿液、糞便，還有血液；兩種血液，靜脈血、經血。

我敢打賭肯定有更多種的血液。

可能有吧。

一開始這些就夠了，嘔吐物、鼻涕、耳垢。

我們得記下來。漢娜抓起鉛筆匆匆寫下。

有多少了？麗莎說。

到目前為止七種。

眼屎怎麼樣？

眼屎肯定是，眼屎的恰當用語是什麼？

我不知道。喏，妳不想來一點這個嗎？

漢娜以前只抽過一次大麻菸，那是去年夏天和凱特在麗思飯店抽的，搞得她頭暈目眩、身體不適。她侷促不安地走到窗邊，從麗莎手中接過大麻菸，短促、試探性地吸了一口。麗莎用眼角餘光看著覺得好笑，然後拿起筆和便條簿。

唾液，漢娜說，這回吸更大一口。說到這個，我可能把這弄得有點濕了。

沒關係，麗莎說，繼續說吧。

痰，漢娜說。

好吧，不要再說痰這個字了。

痰。

她們兩人噗哧地笑了。

頭皮屑。

頭皮屑可以。麗莎停止塗寫回到窗邊。她們彼此站得很近，她聞到漢娜身上的香味與洗髮精的味道。

那嬰兒呢？麗莎說著拿回大麻菸捲。

嬰兒怎麼了？

嗯，嬰兒本身難道不是一種賤斥？

或許是吧，漢娜皺了皺鼻子。或者至少嬰兒周圍的東西是，那個叫什麼？某種液體，羊水。

對，就是那個。我們應該組個樂團，麗莎咯咯笑著說，羊水樂團。不，等一下，賤斥樂團。

這下她們澈底放聲大笑。

噢，天啊！我們應該這麼做，賤斥樂團，我喜歡。

§

她們印出樂團T恤：黑色的，胸前印有豔粉色的文字。她們決定容許豔粉色，因為這顏色很諷刺。她們說出各自的賤斥，從自身的生活中一一舉例。她們討論男人留在妳身體上——性交後在內褲上留下痕跡——的精液本身是否可以視為是一種賤斥。（漢娜還沒有性經驗，所以這裡由麗莎負責說。）她們宣稱有很多不同類型的陰道分泌物：留下白色結痂、遺留黃色結痂、當妳興奮時會大量湧出的那種。她們討論帶有貶義的分泌物本身是否是父權用語，她們判定就像因紐特人用不同的詞來表達雪一樣，陰道的賤斥也有很多不同的種類。

她們滿意地看著男孩子感到難為情，感受到一股新力量。她們令人震驚，她們成為朋友。

二〇一〇

漢娜

她排隊等著買魚，在門檻處徘徊，強烈的陽光照在窗上，市集的陣陣叫嚷呼喊聲在她背後。今天天氣暖和；冰在融化，剩下的當日捕獲的魚身上血跡、鱗片斑斑。兩個穿著防水長靴的年輕人在前面櫃檯與後面的砧板之間來回走動，在後面去除魚的內臟裝進袋子。

八年前她搬到這地區時，這家店的老闆是個牙買加人，店面漆成牙買加國旗的顏色。他賣新鮮的魚和鹹魚、蔬菜，櫃檯後面還有其他零零碎碎的東西；店裡點著薰香，播放盜版錄音帶的雷鬼音樂。他有張極為俊美的臉。當他的店鋪被私下賣給房地產開發商時，當地展開了幫助他的運動：當地作家在《衛報》上發表文章，還有人在街上咖啡館的場地靜坐示威——那地方屬於同一家開發商。教堂大廳裡召開了一場憤怒的會議，他們全都去參加了，漢娜記得有個五十多歲的男人，氣得臉色鐵青，站著大吼：我記得這一帶還一文不值的時候，那時好多了。

但是現在漣漪已經撫平，大理石磁磚以及用釣魚線捕獲的魚取代了鳳梨、鹹鱈魚、大蕉。這魚販已不算是新面孔了。儘管偶爾有殘餘的噁心感覺，不過漢娜還滿喜歡這家店，喜歡他們每天都出船捕魚，還有善於調情的年輕店員，以及給人一種大海依然有豐富水產、這世界也許一切仍然安好的感覺。

終於輪到她了，她適度地打情罵俏一下，買了幾片鮟鱇魚，請教還可以加點什麼到鍋裡，再買些番紅花粉和海蘆筍裝進袋子。離開魚店時她滿頭大汗，這是荷爾蒙下降的第一個徵兆。她的頭皮緊繃，這時期很辛苦，是他們不會告訴妳的部分，在停經三周內引起的向下調節時期，荷爾蒙被抑制到歸零：日夜汗流不止，經常有想哭的衝動。

不過她很擅長忍住不哭，已經精於此道。當公司的女同事一個接一個宣布懷孕時她沒哭；日復一日量測體溫、在圖表上做記號時；還有月復一月出血時。當交情最久的朋友告訴她自己懷孕時，漢娜緊緊抱住她，以免凱特看到她臉上的表情。

她走過咖啡店前，經過堵塞住人行道、無法避開的嬰兒推車時，她的視線掠過嬰兒和他們緊抓著卡布奇諾咖啡與澳式白咖啡的父母。（她也很善於避免仔細端詳小孩子，緊盯著嬰兒胖嘟嘟的手臂、與母親手牽手的學步幼兒、背在父親胸前的新生兒並不明智。）可是經過花攤時她停了下來，目光受到陳列的鮮花吸引。顧攤的婦人轉向她。

「妳需要什麼？」她問。她大約五十多歲或六十出頭，眼眸是藍色的。

「我——」時間漢娜不知所措，她需要什麼？「這是什麼？」她指向一朵高大帶刺的花。

「起毛草。我自己花園裡種的，我們今年大豐收。還有這個，」——婦人俯身指向桶子——「這是米迦勒節紫菀。」

「我兩種都要一些。」

婦人用細繩將花鬆鬆地綁起，把花遞給漢娜時，粗糙的指節擦碰到漢娜的指節。漢娜走到市集盡頭，那裡人群逐漸稀疏，她渡過運河後向右轉，穿過住宅區，走向自己的公寓，搖晃著袋子打開臨街不起眼的金屬大門，接著爬上室外樓梯到三層樓建築物的三樓，以前曾是一間小酒館，改裝甚至尚未完工就出售了。他們不得不和另外二十對夫妻擠來擠去，隔天以祕密競投的方式送出他們的出價。凱特在決定搬到坎特伯里之前常來她家，輕輕撫摸隆起的肚子，凝望窗外的景緻，大聲驚嘆漢娜的好運。

那並非運氣，漢娜很想說，生活本來就是如此。你努力工作，在二十多歲的時候存錢，等到三十多歲時就有足夠的錢付頭期款。這不是魔法，是簡單的數學。

如今凱特住在公婆為她購置的房子裡，而且似乎不必付半毛錢，還有個不費吹灰之力就懷上的健康、漂亮的兒子，然而這個凱特又不快樂了——或者說至少她昨晚在電話中聽起來是如此。

漢娜從袋子裡拿出購買的物品，把魚和海蘆筍、葡萄酒放進冰箱，修剪花莖插入花瓶，擺到午後斜射進來的狹長陽光下。起毛草出人意外，具有簡樸而細緻的美。桌子上她的筆電打開著，她走過去關上時，看見今天早上太陽呼喚她出門前正在寫的報告。她儲存文件後闔上筆電。

她仍然滿頭大汗，於是走到水槽往臉上潑了些水。這感覺非常奇怪，彷彿腦袋被掏空。她又有想哭的衝動了，她希望納森在這裡，陪在她身邊，想要感覺他的臂膀堅定地放在她背後。不過他只是去圖書館，沿著運河騎自行車只有一段路程遠，他很快就會到家了。他們會一起用餐，他會告訴她今天發生的事。她抬起頭來，視線停留在鮮花、桌子、光線上。

這間屋子是漢娜打造的。

那張桌子是她在古老鐵道拱廊裡的舊貨商店找到的，自己花了一個周末用砂紙打磨。這張鑲框照片是在康瓦爾郡一間屋子的花園裡拍攝的，那是納森求婚的地方，每片草葉都結了霜、完整無缺。

這面牆上的書架擺滿了詩集、小說、納森的期刊。（在沒有書本的屋子裡長大的她可以站在書架前好半晌，讓書架對她說話，書脊是按照作者姓名的字母順序排列：阿迪契[7]、艾略特[8]、佛斯特[9]、吳爾芙[10]。）

這張小地毯是他們某個周末在摩洛哥的馬拉喀什買的。夜晚在露天市場購物、討價還價，最後妥協，以過高的價格將毯子帶回飛機上。但是這塊柏柏傳統手織毯來自亞

7 當代奈及利亞旅美的知名女作家。
8 美國的詩人、評論家、劇作家，一九四八年榮獲諾貝爾文學獎。
9 英國小說家，多部著名作品如《印度之旅》、《窗外有藍天》等都改編成電影。
10 英國作家，二十世紀非常重要的現代主義作家，也是使用意識流敘事手法的先驅。

特拉斯山脈，非常美麗。厚實的奶油色羊毛。這會帶給妳好運，販賣的人邊說邊用手指描摹上面的菱形圖案，不知是她自己的想像，還是在她掏出信用卡付帳時，他真的快速瞟了她的子宮一眼。

還有這張沙發是他們在切爾西的大型零售店購買的，之所以選擇這張是因為它採用了世紀中期風格的低矮線條以及暗灰藍的亞麻布。在第一次做試管嬰兒的兩星期後，她拿著驗孕棒坐在這張沙發上，為那兩條清晰的粉紅線條歡欣鼓舞。當納森為他懷孕的妻子烹煮湯和義大利燉飯時，她緊緊地裹著毯子坐在這張沙發上。

這邊順著走廊再往下走一點是浴室，貼著白色斜面的磁磚。乳液裝在樸素的棕色玻璃罐中。在驗孕三星期後，她在這裡痛苦地扭動，經過一天的出血後排出血塊，纖維性的囊膜包裹著已無生命的胚胎。她和納森不知該如何處理，到最後，他們在深夜拿去公園，挖個洞深埋在地下。

但是等一下，這裡——過來，往這邊走，到走廊盡頭的小房間——打開門站到裡面，看看光線如何照射下來，這裡的光線比較柔和、分散。這間房間在等待，目前空無一物，只有靜謐的期待氣氛。

這是漢娜打造的屋子，位在倫敦上方的三層樓處，飄浮在光線中。

§

爐子上的燉菜煮好了正在沸騰。有脆皮麵包和一碗大蒜蛋黃醬，一瓶白酒在流理臺上閃耀，旁邊準備好了兩個玻璃杯。漢娜拿起歐芹切碎，加點檸檬和鹽，她聽到前門聲響，不一會兒納森到她身後，手擱在她的背上。「嘿。」她轉身面向他，在嘴上親了一下。「這一章寫得怎麼樣？」有著作要完成時，她丈夫就會去大英圖書館。他說他喜歡周末去那裡，那時閱覽室比較安靜；他覺得在那裡工作比在家容易。

「哦，妳知道的，慢慢接近目標。」

她遞給他一杯酒，他感激地接下，接著她舀出燉菜撒上歐芹，再把碗遞給納森。她在丈夫前面的座位坐下，意識到這有些微的儀式感。今天是星期六，她可以隨心所欲地吃喝。她啜飲那杯酒，這酒純淨、堅實、明快，她可以一大口喝下，不過她將酒杯放回餐盤旁的桌子上。自律，這是她一向具有的特質，她以此來忍受這情況：不可有咖啡因、不可有酒精，除了周六晚上以外。

納森抬頭看她，發現她正注視著他，他伸手越過桌面握住她的手。「這很美味。」

「謝謝。」

「妳呢？妳今天工作了嗎？」

「今天早上做了一點。後來天氣太好了，所以我走去公園。」

「嘿，」他說，「我本來想告訴妳，我遇到麗莎了。」

「麗莎？在哪裡？」

「圖書館，昨天。」

「圖書館？她在那裡做什麼？」

「她說她想讀點書，為了攻讀博士學位。」

「真是奇怪，我完全想不到。」

「嗯，妳了解麗莎嘛，她對所有事情好像都有點隨意。」

他伸手去拿酒瓶，她看著他為他自己再倒一杯。

「納斯？」她輕聲說。

「怎麼樣？」

「我想……這真的很蠢，不過這禮拜稍早我開始注射的時候，突然有了這個念頭。我在那裡拿著注射針筒的時候……我在想是不是要做點什麼……儀式。」這個詞感覺很奇怪。她說話時，前額又冒出了一股汗，她抬起袖子輕輕擦拭。

「什麼樣的儀式？」納森放下湯匙，兩手交握在下巴前。他教的正是儀式，那是他的謀生之道。

「我不知道。」她感覺得出來自己開始臉紅，熱氣再度上升。「某種紀念的形式。我的意思是，假如我們……如果真的要做點什麼，那我們該怎麼做，你覺得呢？我們能做什麼？」

「嗯，」他微笑著說，「妳知道的，什麼都可以當成儀式，甚至不必很嚴肅。我們可以做點簡單的事。」他伸手過來抓住她的手。「我們可以點根蠟燭，或者……」然後，當她沒有回應時他說：「或者我們可以什麼都不做，我們可以等著瞧就好。」

吧。」

「對。」她說，現在她感到尷尬，將手從他手中掙脫開來。「對，我們就等著瞧

麗莎

「親愛的。」莎拉打開門，立刻往回走進昏暗的走廊。「進來吧，我爐子上有東西。」

麗莎跟隨母親穿過走廊進入廚房。

「我正在煮湯，天曉得是為什麼，天氣明明還熱得要命。要喝一點嗎？」莎拉走到爐灶前，掀開鍋蓋攪拌一下。母親的灰色長髮盤繞在頭頂上，以兩根日式髮梳固定住，她穿著古舊的棕色工作圍裙，上面滿是顏料。

「我很想喝。」麗莎說。她在莎拉家從來不曾拒絕用餐，因為母親的廚藝精湛。

「再十分鐘就好，」莎拉說著將鍋蓋蓋回去。「我會做點沙拉來搭配。」

麗莎抱起餐椅上的貓咪坐了下來。要說屋內有什麼不同的話，那就是比平常更凌亂了：桌上一堆堆的信件，有些已拆開，有些還沒。母親的雜誌：《新政治家》、舊的《衛報評論》；來自綠色和平組織、免於酷刑組織等慈善機構的信函。一封看起來很正式的信封並未拆開被拿來列清單，莎拉優雅的筆跡如蜘蛛般在紙上爬。

茱蒂？？

腎上腺皮質醇？請教醫師。

露比——藥丸。

「露比怎麼了？」麗莎抬起頭來。

「她的肚子有點問題，可憐的小東西已經又吐又拉了好幾天。那家獸醫診所喔，要等好幾年才預約得到，真的是這樣。」

「妳的手還好嗎？」

「哦，妳知道的。」莎拉活動一下手指。「還可以。」

「這封看起來很重要。」麗莎拿起一封信朝母親揮了揮。

莎拉轉回去面對爐灶，滿不在乎地揮手打發女兒。「不是很重要的，妳從信封就看得出來。」

「真的嗎？」

「那是要更多錢的慈善機構，或是想要我拿出信用卡的人。」莎拉從圍裙口袋掏出菸草給自己捲了一根菸。「妳要菸嗎？」

「當然。」麗莎接過遞來的菸包，一邊捲著一邊享受加糖菸紙在舌頭上的甜味——總是同樣的牌子，總是同樣瑞茲拉的甘草捲菸紙，從她有記憶以來，母親的指尖一直都沾染著橘黃色，她的呼吸低淺而混濁。母親又在創作了，這點很清楚；圍裙、凌亂，還有一股恍惚躁狂的幹勁，彷彿附近某處有聚會，鄰近房間的談話更為有趣。但是麗莎很清楚不要過問，目前時機尚早，無論莎拉正在做什麼都是嶄新的作品。

「小茴香，」母親在碗櫥裡發出嘎嘎聲響，「我需要小茴香。應該有啊，該死。」

麗莎把信封扔回那堆信件中引發輕微的崩塌，信件滑過桌面一直到水果盤旁邊才停下來。如果母親不擔心未付的帳單，她也不打算替她擔心。

「甜紅椒？」莎拉轉過身來，手裡拿著香草。

「媽，妳覺得適合就好。」

「我想這個應該可以。只不過——我從來都少不了小茴香籽，真是奇怪。」

「我可以幫點什麼忙嗎？」

「我要做點沙拉，妳願意的話可以幫忙切。不過，等一下，喏。」她母親將一盒油膩膩的廚房用火柴扔給她，麗莎接住後走到門口，門敞開著迎向夏末的空氣。

花園是這裡最美好的地方。母親是個出色的園丁，當你走到外面時會覺得屋內的混亂似乎很合理——母親的感性；一切都在狂野的邊緣剛好平衡。麗莎劃根火柴抽起菸來。

「我拿到那個角色了。」她對著薰衣草與忍冬輕聲說。

「抱歉，寶貝？」母親從屋內高聲說，「妳剛才說什麼？」

「那個角色。」她吐出一縷細煙，轉身回到廚房。「我告訴過妳的那個？」

「再跟我說一次吧。」母親的臉在陰影中。

「契訶夫的伊蓮娜。」

「哦，太棒了，真是太好了。」母親過來擁抱她，麗莎吸入她身上的顏料和香草以及乾枯得劈啪作響的頭髮味道。

麗莎笑了，再度感受到聽見這消息以來內心就一直揣著的高漲興奮的情緒。「謝謝。的確很棒，導演是位女性，我想她很優秀，他們說很難對付但是很優秀。」

「可是真的太好了，我們得慶祝一下！」

她還來不及反對，母親已經在放酒的櫥櫃裡翻找。「嗯，白酒，利多超市的普依—富塞，應該可以，可是不冰。或者有一些高登琴酒——來點琴通寧怎麼樣？等等，不確定有沒有冰塊，我可以從冷凍櫃頂部鑿一點下來。我們先從這個開始吧？再決定接下來喝什麼？」

「好啊。」

「那丟一顆檸檬給我吧。」

母親哼著歌一邊倒出兩大杯琴酒，在上頭灑了一點通寧水。「有點走氣了，不過湊合著喝吧，拿去。」莎拉用誇張的動作將酒杯遞給她。「來花園坐吧，沙拉可以等等。」

莎拉帶頭走下彎彎曲曲的石頭小徑，穿過叢叢薰衣草，經過番茄、南瓜、香草，來到一處木棚架，下面擺了一張飽經日晒雨淋、老舊的小桌子和幾張椅子。

「寶貝，妳出頭了。」母親傾身向前重新點燃麗莎的香菸。「乾杯！天哪，敬妳。」她舉起酒杯。「敬契訶夫。所以伊蓮娜——那齣戲是……」

「《凡尼亞舅舅》。」

「《凡尼亞舅舅》，棒極了。等等，提醒我一下，是有槍的那齣嗎？」母親從她嘴唇上摘下一抹散落的菸草。莎拉在退休前是教英文的，在當地的綜合中學教英文與藝術；那是北倫敦的一所好學校，中產階級父母拚盡全力想讓孩子擠進去的那種。

「那齣是《海鷗》。」

「啊，沒錯，是《海鷗》，有個逐漸走向失敗的年輕女演員的那齣，所以——《凡尼亞舅舅》是？」

「他是那個失敗的……呃，他就是失敗了，在生活方面失敗，他們全都失敗了，不是嗎？契訶夫的作品就是這樣。」

「失敗的大學教授，謝列布里亞科夫。」

「沒錯。噢天啊，對了——我想我以前看過葛蘭黛演過這個角色。」葛蘭黛·傑克森是她母親眼中的表演行業標杆。

「還是不是她——等等，是很漂亮的那個——姬莉黛什麼的。」

「莎芝？」

「就是她，她演得好極了。妳也會演得很好的。」莎拉向前傾身緊握住麗莎的手腕。「天哪，幹得好，寶貝，一個適合的角色，也該是時候了。妳應該告訴蘿莉，她一定會很激動。」

蘿莉是母親的老朋友，在莎拉的學校教戲劇，好多年前她犧牲自己的時間輔導麗莎，讓她進入戲劇學校。

「妳告訴她吧。」麗莎說。

「我會的。」母親往後靠坐，隔著煙霧凝視她。莎拉的目光，什麼都逃不過她的視線。她曾經忍受她的目光多少個小時？她小時候經常當母親的模特兒，年復一年花無數個小時坐在閣樓那把破舊的椅子上，直到有一天她拒絕再這麼做。

「我必須說，」莎拉說，「妳能夠看起來像……那個角色應當的年紀，真是太好了。我的意思是，這些戲裡的女人她們永遠不超過三十歲，不是嗎？除非是五十歲，或者是女傭。那些女傭不時會拖著腳步走來走去，不是嗎？」她在空中揮舞著香菸。「點燃一、兩個俄式煮茶的大銅壺。」

「對啊。」麗莎說，雖然不大確定她贊同的是什麼。應該是所有的話吧，她想。沒錯，她能看起來像三十歲真是太好了。是的，沒有任何女性角色介於三十歲到五十歲之間，不只是在契訶夫的劇中，而是在其他所有的作品中。或許在生活中也是，或許這就是女性的成年期，荒漠時代。

「天啊。」母親豪飲了一大口。「這真是痛快，好久沒在白天喝酒了。那麼導演是哪一位？」

「她是波蘭人，克拉拉。」

「我真不敢相信妳居然什麼都沒說。」

「我不再提了。我的意思是，幾乎都不再值得一提了，不是嗎？」她用另一手的指甲摳拇指上一塊零星的皮。

「噢不，千萬別那麼說。有事情的時候，妳一定得讓我知道，我可以戴上我的幸運耳環。」

「嗯，好啦。整體看來，我不認為妳的耳環有那麼大的作用。」

「妳拿到那個電視角色的時候耳環就幫上忙了啊，還有妳生病的時候。」母親責備地用香菸指向麗莎。

太陽繞過牆角，落在她們身旁的草地上。麗莎把臉轉向陽光，貓咪喵喵叫著用身體纏繞母親的小腿肚。

「妳什麼時候開始？」

「下周一。」

「這麼快？那妳有多長的時間？」

「四個星期。」

「那相當不錯嘛。他們給妳的酬勞高嗎？」

「不算高，夠用就是了。」

「很好，」莎拉說著將香菸捻熄在最近的花盆裡，「很好。」她拍了一下手。

「好吧，餓了嗎？」

「我來幫忙。」麗莎準備站起來，但是母親揮手示意她別動。

「妳坐著吧，享受一下陽光。太陽才剛照進屋子，這是一天中最舒適的時刻。」

於是她坐在那裡，而母親在廚房裡弄得哐啷作響。莎拉哼唱著片段的歌劇。天空中，飛機雲迴旋交錯映襯著那片藍，天氣很熱。麗莎抬頭望著屋子；三層樓的維多利亞式磚房，她能看見以前她睡的那間臥室的窗戶，閣樓的天窗。距今三十年前，她母親利用麗莎父親給的和解費買下這間房子。她從來沒有在這房子上花任何費用，也從來沒有錢可花，她只有教師薪水，足夠買好的食物，買顏料和用具，偶爾度個假。倘若賣了這間房子，她母親將會很有錢。

「沙拉來嘍。」莎拉端了兩個熱氣騰騰的碗到桌上，再沿著小徑往回走，拿了一個大木碗回來。帶苦味的紅葉蔬菜混入綠葉蔬菜中，上面撒著核桃和壓碎的羊奶起司。另一個碗中裝著橄欖油，底下是巴薩米克醋，而好吃有嚼勁的麵包搭配鹽味奶油。她們靜靜地吃了一會兒，周遭一帶的聲音傳來：孩童在游泳池中的戲水聲、烤肉聲、人們的笑聲，慵懶、輕鬆的假期末尾；夏天印在身體裡，太陽晒在皮膚上。

「其他方面怎麼樣？」母親問，她吃完推開碗、再捲一根菸來點燃。「漢娜還好嗎？凱特呢？」

「凱特在肯特。說真的，我不是很清楚，有好一陣子沒跟她說話了。」

「為什麼？」

「哦，妳知道的嘛，有時候就是會發生這種情況。」

「什麼樣的情況？」莎拉的目光如鷹一般銳利。

們。」

麗莎聳聳肩。「我們有點斷了聯繫。」

「麗莎，妳得好好把握友誼。那些女性朋友，到最後唯一能拯救妳的就是她

「要切實去做，」莎拉說，她隔著煙霧凝視麗莎。「我一直很欣賞凱特。」

「我會記住的。」

「我知道。」

「她很有原則。」

「真的嗎？」麗莎說，「我想她應該是吧。」

「那漢娜呢？」莎拉說。

「漢娜還好，我前幾天晚上才和她見過面。」

「她還在……？」

「對，她又在做一次試管嬰兒。」麗莎將一大塊麵包壓入碗底。

她母親嘖了一聲。「可憐的漢娜。」

「嗯。」麗莎說。

「可憐的女人。」莎拉再說一次。

「漢娜才不可憐呢。」

「那只是一種修辭而已。」

「我知道，」麗莎說，「可是並不精確。她很成功，她和納森兩人都做得很

好。」

她母親放下湯匙。「天啊，梅麗莎，妳的脾氣突然暴躁起來。」

「我沒有生氣，我只是——如果妳要評論人家最好精確一點。」

「我說可憐的漢娜是因為我知道多年來她一直想要有個孩子，努力懷孕卻失敗，我想不出比這更糟的事了。」

「是嗎？那努力發展事業卻失敗怎麼樣？」

「妳是指什麼？」

「沒事。」

「不，說真的。」母親的眼神現在犀利起來；她察覺出有事。「妳是什麼意思？妳是指妳自己嗎？寶貝，那是妳的感覺嗎？」

「對。不，事實上不是。算了吧，我們就忘了這件事。拜託，今天很愉快，我們不要破壞了氣氛。」

「好吧。」莎拉彎下腰將露比抱到腿上，一隻手心不在焉地輕撫她的腦袋，露比發出如汽艇般的輕微呼嚕聲。麗莎吃完最後一口食物。

「你們這一代，」母親輕輕地說，「坦白說，我真是搞不懂，真的。」

「為什麼呢？」麗莎把碗推開。

「嗯，你們擁有一切。那是我們努力得來的成果、我們積極爭取的結果。老天爺，我們走出去為你們改變了這個世界，為我們的女兒，結果你們做了什麼？」

這問題沉重地懸在夏日的空氣中。莎拉閉上雙眼，彷彿正在從深處召喚什麼東西。

「我在格林漢[11]的時候，和其他成千上萬個女人站在那裡，手牽手圍繞著基地。妳也在那裡，在我身邊，妳記得嗎？」

「我記得。」

塵土飛揚的營地、擺滿了孩童玩具的圍籬、熟悉所有歌曲歌詞的其他孩子。臉凍得發紅、縮在防水布下不斷喝茶的婦女。她母親的朋友：蘿莉、艾娜、卡蘿、蘿絲。沒有男人，唯一的男人是在圍牆另一邊巡邏的士兵，他們的槍舉在胸前。

她記得那個可怖、憂鬱的破曉，警察來了，揪住她母親的頭髮將她拖出帳棚。她記得擔心母親會遭到射殺的恐懼。她記得自己不停地哭，吵著要回家。莎拉帶她到電話亭，打電話給麗莎的父親，他開著黑色富豪汽車來接她。她記得父親開車離開時莎拉臉上的表情，失望，彷彿她原本抱著更高的期望。

「我們為你們抗爭，我們為了讓你們與眾不同而奮戰，我們為你們改變了這個世界，結果你們做了什麼？」

麗莎凝視著紫藤與常春藤爭奪空間的那堵牆。

11 一九八〇年代一群英國婦女為抗議核武而在格林漢公地皇家空軍基地附近建立和平營。

話。」

「對不起，」她說，胸口湧起一股熟悉、揪緊的感覺。「如果我讓妳失望的

「噢，天啊。」莎拉說，一邊在剩餘的午餐中捻熄香菸。「別那麼誇張好嗎？我

根本不是那個意思。」

§

她搭地上鐵從福音橡到肯頓路。這星期六下午，車內擠滿了從漢普斯特德荒野回家的家庭。孩子嚎叫抱怨，紅撲撲的臉上沾著殘留的防晒霜、冰淇淋、野餐的碎屑，他們的父母疲憊不堪，因為喝了幾瓶酒而面色紅潤。與她同年紀的女人，剛在女池游完泳，髮尾還是濕的。到肯頓站時她好不容易找到座位，這天熱得過頭，熱氣讓人受不了。她旁邊坐了個青少年，眼白發紅，耳機傳出震天響的音樂。

列車到哈克尼中央站後清空，麗莎穿過公園。這裡是年輕人的地盤，活動才剛要開始，烤肉正在準備，人們三五成群或十人、二十人聚集在一起，香菸的煙霧、木炭、大麻的味道飄來，底下還潛藏著酒與古柯鹼的味道，夜晚即將來臨。她經過兩名年輕女子，裙子拉到腰部，互相抱在一起，邊刺耳地笑著邊在樹後面小便。

她的公寓就在公園旁，在一間老屋的地下室。她跟狄克蘭還在一起時搬來這裡，他給她押金的錢並幫她支付房租。分手以後，她利用當人體模特兒、電話服務中心的工作、偶爾的表演工作等不穩定的收入，加上稅收抵免補貼，設法繼續住在這裡。她跌跌

撞撞地撐過來，存活下來。勉強而已。

幸好屋內很涼爽，她將手提包扔在狹小的走廊上，走進廚房倒滿一杯水，喝下水龍頭的水。花園牆的另一側有人正在唱生日快樂歌，用醉醺醺的聲音唱著祝你——生日快樂！！！

她在臥室裡躺下來，閉上雙眼。她的頭好痛，因為酒精和她母親，以及太陽的緣故。我們為你們改變了這個世界，結果你們做了什麼？

她明白莎拉的想法，莎拉認為她浪費了時間，在兩代女性主義者的接力賽中漏接了接力棒。

她應該回答——我們盡了全力。我們他媽的盡最大的努力了。

公園傳來難聽刺耳的音樂聲惹得她心煩，她走到隔壁的客廳，拉上百葉窗遮擋低垂的陽光。她從手提包抽出《秋光奏鳴曲》的DVD。莎拉布滿灰塵的電視室裡有整套褒曼的電影。封面是兩位女演員情感強烈的特寫，她將DVD拿在手上掂量一會兒後，拿著DVD和電腦到長沙發上，將DVD放入電腦。

起初她覺得很無聊，對過分簡化、靜態的攝影手法以及對著攝影機述說的緩慢獨白感到厭煩，一度考慮關掉影片，但是等英格麗．褒曼登場後，影片開始激起火花。感覺好像在觀賞一場拳擊賽，兩位重量級拳擊手勢均力敵，一輪又一輪殘忍地狠狠互毆，母女兩人針鋒相對，不斷將雙方關係的爭議點重新搬出來。看了半小時後，麗莎才意識到自己屏住了呼吸，到影片末尾，她的身體繃緊縮成一團，雙臂牢牢抱住膝蓋。

電影結束後，她起身在客廳裡走來走去，感覺血液令人難受地回到四肢。她捲了一根菸，拉開窗戶坐在窗臺上抽菸。外面天色已暗，夜晚的空氣令她穿背心的皮膚起了雞皮疙瘩，汽油的味道混合著油炸食物和烤肉的木炭味從公園飄來。

她想到了納森，想起他在圖書館裡的表情。看完那部電影後我需要心理治療。大多數男人不會說這種話，不過話說回來，納森從來不像大多數男人。

她認識他是拜莎拉所賜。他們第一次見面是在她剛滿十二歲的時候，那時她拒絕再當母親的模特兒，由於星期六是莎拉作畫的日子，莎拉另外找了一位模特兒，麗莎就變成獨自一人。

看了幾星期無趣的周六晨間電視後，她開始離開家走下山到肯頓去，沒有告知莎拉她要去哪裡。比她大不了多少的孩子成群在運河邊上廝混，她喜歡到書報亭買罐可樂，然後坐在橋上觀看他們。納森是其中一個孩子，不屬於特定的族群，只不過是個周六下午在運河邊上鬼混、抽大麻的北倫敦青少年。

有一回，在某個寒冷的下午，他走到她身邊。妳還好嗎？妳看起來很冷。她承認自己很冷，他將自己的針織套衫借給她。他的衣服又大又溫暖，而且他和其他青少年一樣在套衫袖口處鑽了拇指孔。他們共享了一罐蘋果酒，他給了她她的第一根菸。

幾年後他們會在肯頓大戲院再見面。他們會相互擁抱——她大大張開雙臂——彼此看得出來他們喜愛對方，並且是真心誠意的，但她還是跟他保持純精神友誼的關係，即使是她周五晚上穿著邋遢、神智恍惚的時候也一樣。之後他去念大學，她從來沒有他的電話號碼，好多年沒見到他，直到那天晚上在莎拉展覽的開幕儀式上，巧遇剛畢業的他，將他介紹給漢娜。當時她已經和狄克蘭在一起了。

他現在肯定將近四十歲了。

她拿出手機寫了一則簡訊：褒曼讓我傾倒。我想該謝謝你。

她加了一個代表吻的X。刪除，再加上去，刪掉那則簡訊，重寫一則。

你是怎麼知道的？

刪除。放下手機。

你是怎麼知道的？你知道嗎？你曉得這會帶給我這種感受嗎？我可以打電話給你嗎？我需要談談。

她再度拿起手機寫下：

感謝你介紹褒曼。我很喜歡。小麗。X

靈魂伴侶・二〇〇八—九

漢娜結婚當晚，凱特跟與她同桌唯一的另一個單身漢上了床，他是納森的親戚，是在倫敦金融城工作的三十八歲銀行家。他們在婚宴上喝卡瓦氣泡酒喝到酩酊大醉，然後在公園酒館的廁所裡做愛。在那之後她滿常和他見面，他有時會在晚上十一點打電話給她，她就去他家。他自己擁有一整間屋子，位於倫敦場最遙遠的角落，靠近皇后橋路那邊，他獨自居住在那裡。他已經轉售了一間位在道爾斯頓的房子。他的廚房擁有一個大爐灶，但他似乎從未在那上面煮過東西，因為垃圾桶裡總是塞滿了外賣的盒子。

他們多半在他家做愛，但是有時倘若他出差（他經常如此），就會在曼徹斯特、伯明罕或新堡的旅館奢華、毫無特色的房間裡見面。他們一起觀賞色情影片，以前很少看色情影片的她很驚訝自己非常喜歡。有一次，他們在他的電腦前面、另一對情侶面前做愛，那對情侶也在美國南部某個州自己房間的電腦前面做愛。這明顯地激起了她的性慾。

這樣的安排持續了好幾個月。他們從來不曾在白天見面，他從來沒有邀她去過畫廊，或出去吃晚餐。他是她的祕密，一想到他她就感到羞愧。有時候他無聲無息了好幾星期，她心知肚明他是在跟別人做愛，有時她會因為自己不是那個別人而想恨他。但他不是個壞男人，也不是爛男人，他有很多優點。他只是不想要她當他的女朋友，事實上她也不想要他當她的男朋友。

有一天他突然不再打來了。她試著聯絡他幾次，然後等待著示意他準備恢復與她的親密關係的簡訊。然而她收到的是一則簡短、客氣的訊息，告訴她他認識了某個人，即將訂婚了。

她三十三歲了。她明白這男人在自己人生中占據了一個空位，這位子原本可以由合適的伴侶來填補。自從將近十年前，她在奧勒岡州的森林裡離開露西後，她就一直沒有合適的伴侶。不過話說回來，在這些年中，她開始懷疑露西其實也從來不屬於她。

一種絕望的感覺攫住了她。她要去參加衛報靈魂伴侶[12]，這是唯一明智的選項。她從漢娜在希臘舉辦的告別單身派對中挑選了一張自己的照片，是從遠處拍攝而且她坐在牆上，看起來不會太胖。下拉的選項讓她猶豫了片刻：

女找男

---

12 隸屬於《衛報》的線上會員制交友平臺。

男找女
女找女
男找男

為了簡單起見，她選擇了第一項。她自稱為文學女孩，談論她對書籍、政治、現代主義作家、東區歷史的熱愛。

她和一個樂團的男人約會。他是蘇格蘭人，長得又瘦又矮，穿著黑色牛仔褲，沒有屁股。他說話時眼睛掃視著她背後的空間。喝完一杯啤酒後，他收到簡訊站了起來。他說，我得走了，然後俯身親吻她的臉頰。

她去柯芬園，來到滿是遊客的露天廣場上一家戶外的大型酒館。她遇見一個穿西裝的男人，看起來不老實而且消沉，他告訴她最近剛離婚，老婆想要小孩的監護權。她和他在一起時感覺好像無法呼吸。她以上廁所為藉口，快步離開小酒館走向地鐵站。

她和更多的男人約會，雖然意識到這對她並沒有好處、會傷害到她，然而有如賭博、成癮一般，不得不繼續。

在絕望中，某天下午她走下樓到麗莎的公寓。

她敲門時心情忐忑不安。她想說，若不是走投無路了，我才不會來。我知道妳不想看到我，我曉得妳還在生氣。

然而麗莎打開門時態度相當友善。

她給麗莎看了她的個人簡介。天啊，麗莎說，妳也幫幫忙。藉助麗莎的幫助，她選擇了另一張照片，一張她開懷笑著的近距離照片。

還要露胸，麗莎說。

妳是說真的嗎？

絕對要露點胸。

她們精心寫了另一篇口吻沒那麼嚴肅的個人簡介。妳想要讓人覺得妳沒有伴侶也可以，麗莎說，沒有什麼比渴望更會嚇跑男人的了。

她好奇麗莎是在何時何地學到這些規則的。

這回比較順利，很多男人想要跟她約會。她認識了一個長得好看但不引人注目的男人，頭髮是薑黃色，戴著眼鏡。她一見到他心跳就加速，他們喝一杯後到餐廳去，他們爭論菲利普・羅斯[13]的作品。他一面打臨時工一面撰寫自由投稿的書評。他經常摘下眼鏡擦拭，她覺得這個習慣動作很可愛。他個子矮小，但她不介意。他們吃完晚餐後各自付了一半。他們在嘴唇上輕輕地吻了一下，碰觸到一點點舌頭，說今晚過得非常愉快，然後就各走各的路了。她沒有收到他的任何消息，她不斷查看電腦，發了一則訊息

13 獲獎多次的美國作家、小說家。

給他，再發一封。她開始覺得自己快要瘋了。過一陣子以後她看到他在交友平臺上積極活躍，改了個人簡介，換了照片，說想要認識喜歡書的人。

處在這種情緒時，一切都黯淡無光。在這種情緒下，所有男人都是壞掉了的怪物。和她一樣。每個人都告訴她現在所有人都是在網路上認識，在一旁為她加油打氣，然而在這種心情下她曉得那些都只是剩菜、殘渣。比方說，她就無法想像麗莎會去那裡找男人。

她給麗莎看那些男人的照片；那些殘渣、剩菜。麗莎說，聽著，妳找錯對象了。他們全都太瘦、太理智了，妳要的是像熊一樣的男人，他怎麼樣？她指著一個蓄鬍、有眼袋的男人。他看起來很和善。或者他呢？她向前傾身點擊一個戴棒球帽的紋身男人的個人簡介。就是這個，她說，試試他吧。

他們在百老匯市集的多芬餐廳碰面，喝著麥芽啤酒聊音樂和食物。他是個廚師，對政治或書籍一竅不通。他沒上過普通教育高級程度課程，而是離開學校去念餐飲學院，曾經在巴黎和馬賽住過，說了一口流利的法文。她覺得自己好像一生都在等待認識一個沒上過普通教育高級程度課程、能說流利的馬賽街頭俚語的男人。他不會調情，脫下帽子時她看見他的頭髮開始禿了。她看到他本能地些微退縮了一下，密切注意她的反應。但是此時，約會了兩個小時喝了幾品脫的啤酒後，她沒有絲毫值得密切注意的反應，因為現在她覺得就算他頭髮全掉光，自己也不會介意。他告訴她，有一天他想要開一家餐廳，不矯揉造作，簡單地烹調本地的食物。他詢問她自己的事。她對他述說她的工作，在一家小公司上班，將社區計畫與大銀行配對，辦公室位在金絲雀碼頭邊上，午餐休息時間和那些西裝革履的人一起排隊。她將工作說得一副很有趣的樣子，說了一場當地孩童與德國銀行的五人制足球比賽給他聽。那些孩子如何將對手打得落花流水，她有多高興。正如她所希望的，他喜歡這個故事。她提到今天早上她帶去美國銀行開會的那群孟加拉婦女，她們穿著紗麗緊張地動來動去，宛如美麗的小鳥。

很棒，他說，妳做得很好。那些銀行家，妳應該盡全力抓住那群混蛋。

對，她微笑著說，我要為此乾一杯。

他去拿更多的飲料時，她看見他努力把小腹縮進去，等喝完第三杯啤酒後他已經不再努力了。他們在外面的街道上接吻，兩手插入對方的頭髮中。

他們回去他家，是眺望運河的破敗街區裡的一間大單房公寓。他有一張床墊和一整面牆的唱片，他播放經典的雷鬼音樂給她聽，開了一瓶葡萄酒。床上非常凌亂，他匆忙拿條薄毯蓋上。

他說，我沒想到會有人來這裡。她相信他，因此更加喜歡他。他們肚子餓了，他說由他來煮，她看著他以驚人的效率切菜，他鐵定喝醉了，但手中的刀子並沒有失誤。他的紋身、寬厚的前臂，麗莎說得沒錯，她需要的是像熊一樣的男人。他用酸豆、辣椒、新鮮番茄煮了義大利麵，美味得難以置信。吃完後他們在未整理的床上做愛，她很驚訝跟他做愛非常愉快。

早晨太陽升到煤氣鼓上，照耀在運河上。她數算他的紋身；他告訴她每個紋身的故事。

那這是什麼？他說，一邊抓住她的手腕，用指尖描繪她的蜘蛛。

哦，那個啊？她說著抽開手。只是九〇年代的玩意兒。

三個月後她懷孕了，九個月後他們結了婚，十七個月後她住在坎特伯里。

彷彿人生為她做了決定，將她撿起來、轉向，放到離家很遠、很遠的地方。

二〇一〇

凱特

「來吧，」她用爽朗的語氣對高腳椅上的湯姆說，他坐在那裡一本正經地吃著香蕉。「我們今天要去旅行喔。去見漢娜！」

山姆從手機上抬起頭來。「今天是星期六欸！」他說。

「我曉得。」

「星期六是我的日子。」

「我知道，」她說，「可是我想見漢娜，她平日要上班。我以為你會很高興，你可以回去睡回籠覺。」

「我的意思是……」他將頭上的棒球帽往後推。「我打算去媽那裡，不過要是妳確定的話。妳和她約在哪裡見面？」

「在漢普斯特德荒野。」

「倫敦？」他不解地凝視著她，「為什麼？」

「因為我想念她，想念倫敦。而且湯姆長很大了，她也很想他，所以……」

「真的嗎？」

「什麼意思？」

「嗯，我的意思是，這一切……我只是——無法想像那是真的。」

「你是指什麼？」

「呃，如果妳是漢娜，妳會想念湯姆嗎？」

她低頭看著自己的雙手，深呼吸一口氣。「他是她的教子，是的，我想我會想念的。而且他們說接近嬰兒對想要懷孕的婦女有好處。」

湯姆咯咯發笑，她抬起頭來看。他對他們兩人咧開嘴笑，拍著雙手，這是他最新的把戲。

她翻找之前購買的那些特百惠塑膠小盒，當時她認為自己會親自動手將他的食物壓碎搗成泥、混合在一起。她在碗櫥後面找到了塑膠盒，在兩個盒子裡堆滿蘋果片和米餅，再將他的吸管杯裝滿水，外出尿布包裡塞滿尿布，收拾好嬰兒背帶和替換衣物，再匆匆幫湯姆穿上外套，抓起錢包向門口走去。山姆起身去開門，懷疑地盯著外頭的世界。「我要怎麼跟我媽說？」他搔著鬍子說。

「告訴她我得和漢娜見面，說我們下星期會去看她，星期二。譚馨正在安排，記得嗎？」

「哦，對喔，好極了。」他湊上前來與湯姆擊掌，在她臉頰上短促地親了一下。

「小心照顧你們自己，妳確定沒問題嗎？」

「我們不會有事的！」聽到自己飽含樂觀的聲音，她皺了下眉頭。她沿著路不斷向前走，經過那片有一棵樹的灌木叢草地，走過超市，穿過地下道，到達破敗的城牆邊緣。倘若她再繼續這樣走，很可能會戰勝疲勞。太陽點燃了些火花，但是天氣依然很冷，季節在轉變；這裡的空氣有種令人神清氣爽的變化，她已經很多年不記得有這種感覺了。那片海——這肯定是與靠近大海有關。她只穿了件薄夾克，她考慮返回家中，但是如此一來會有失敗的風險，假如那麼做，自己很可能會將湯姆從嬰兒推車上抱起來，然後放棄。而且他心情十分愉快，不停踢著雙腿，東張西望，對著狗和路人練習揮手。

他在火車上也很乖，當英格蘭平坦的河口陸地在窗外消逝，他站在她的大腿上蹦蹦跳跳，試著把腿伸出去比大小。她的手機響了，是漢娜。

妳今天早上還是可以嗎？

可以！她加了個笑臉符號，過去她會避免做這種事，但是今天，由於成功出門和這全新如原色般明亮的開朗感覺，這麼做似乎很恰當。

可是等火車減速下來抵達倫敦時，湯姆已經累得脾氣暴躁，而且錯過了小睡的時機。到月臺上她想要將他放進嬰兒推車時，他抗議著猛然往後弓背、扭動，想要擺脫帶子。她彎下腰在包包裡翻找特百惠，可是包包又大又寬還有許多口袋，不願意將盒子交出來。好不容易找到了盒子，凱特拿出一片米餅朝湯姆揮舞著。「來了，來了，寶貝。」

這下他徹底地哭了，臉頰上是真正的眼淚。他不想要米餅，八成是想要喝奶，她跪在嬰兒推車前。「就等一下下，拜託，你很快就可以睡覺覺了。」

她將嬰兒推車順著月臺往前推一小段路，可是湯姆抓狂了，她停下來拿出兩條嬰兒背帶中較細的那條，那是她在他更小的時候使用的，那時山姆會把他放進去對他唱歌。山姆。她願意忍受他諸多的意見和抨擊，只要他在這裡陪伴她。可是他不在這裡，這兒沒有騎兵，也沒有神仙來搭救，她現在已經長大成人了。

「等一下，」她說，聲音變得緊繃，路人飛快地朝她投以擔心的目光。「再等一下下，寶貝。」她將嬰兒背帶扣好，把摺紙般的皺褶綁緊，再設法將湯姆放進去。那簡直像在和章魚扭打一般，他在她的胸前扭來扭去，不過最後哭聲逐漸平息，兩人同時喘了口氣。

「好了吧？」她邊說邊隔著嬰兒背帶撫摸他的背。「好了吧？」

他慢慢睡著了。目前。她可以沿著月臺來回踱步，等他睡得更沉一些，或是繼續走到地鐵站，冒著他會醒來的風險。看了一眼手錶後，她決定選擇後者。

地鐵站很吵雜，比她記憶中的更吵，不過謝天謝地湯姆仍在睡覺，他的頭靠在她的胸前。人們看著他們微笑，她也回以微笑，但是她的心臟怦怦作響。萬一發生了什麼事情，像是攻擊事件之類的，怎麼辦？她感覺完全不應該讓這個熟睡的小嬰兒待在這車廂，在這金屬車廂裡死亡彷彿會以多種形式降臨，這車廂穿過成堆的屍骨，經過城市裡飢餓的幽靈，然後鑽到河川下面，而河川本身勢必就是很危險，不是嗎？她之前怎麼沒有考慮到這些事情呢？

她根本不應該離開家。

湯姆繼續睡，但她現在擔心得渾身緊繃，手僵硬地放在他的背上。拜託，拜託千萬不要醒來。現在還不要，等我們到那裡再醒吧。

他沒有醒，列車的行進讓他左右搖晃、睡得不省人事。等她將嬰兒推車推上電扶梯，在肯頓站離開地下鐵，走到地上鐵，搭列車到福音橡站，他都還在熟睡，一直到她繞過荒野的大門，他才抬起可愛、睡意矇朧的頭四處張望。

「噢，寶貝！」她高興得快要落淚，大大鬆了口氣。「你看，看那些樹，還有樹葉！你看得到嗎？」

這是個明媚的早晨。遠處那一大片廣闊的海格特丘洋溢著紅、褐與金黃。荒野裡有跑步的、遛狗的人；穿著相配羽絨衣的優雅情侶們一邊用法文、義大利文、阿拉伯文交談一邊比著手勢。這是個廣大的世界，而她是其中的一分子。「是不是很漂亮呀？」她說著將他從嬰兒背帶裡抱出來，放到嬰兒推車上繫好安全帶，然後走向國會山腳下的咖啡館，那間價格便宜也是她們的最愛，是家老義大利咖啡館，在那裡你仍然可以吃到冰淇淋三明治和炒蛋加吐司。在漢娜看到她之前，她先看見漢娜獨自坐在外面的桌子旁。

「嘿，漢娜！」她大喊大叫，滿身大汗地叫著，但她似乎甩脫不掉這輕鬆活潑過度的語調。漢娜抬起頭來。

漢娜站起來擁抱她，她頸子上的香水味昂貴而內斂，接著她向湯姆彎下腰來。

「嘿，小傢伙。」

漢娜穿了一件時髦的冬季羊毛大衣；頭髮看起來像是最近才剛找手藝精湛的美髮師打理過。

「妳看起來很漂亮！」凱特喘過氣來說。

「謝謝。」

凱特在漢娜臉上找尋壓力的跡象，但是什麼都沒看到，反而覺得自己的視線從她臉上滑落，彷彿漢娜塗著一層光滑、難以穿透的東西，宛如手腳無處可攀援的岩石表面，而她自己卻感覺有很多孔洞。不只如此。好像她身上有許多巨大的漏洞，任何人都能夠看穿、隨意探索，對內部的雜亂擅加批評。她汗流浹背，將湯姆抱起來時，他也滿身大汗。

「哦，」漢娜盯著湯姆說，「他都濕了。」

「只是流汗而已。」

漢娜點點頭。「可是他的胸前都濕透了。天氣滿冷的，不是嗎？」

漢娜說得沒錯。他流了一身的口水，她應該帶圍兜來的，為何沒帶來呢？他的胸口滿是汗水與口水，他還小、正在長牙，而且漢娜說得對，天氣並不暖和，在她躲在屋裡的時候季節已經轉變了。「喏，一下下就好。」她將他塞給漢娜，漢娜把他接過去放到膝蓋上。

「嘿，先生。」湯姆轉過身去疑惑地盯著漢娜，凱特能看見漢娜臉上瞬間閃過一絲驚慌。

「他沒事，只是剛醒——」

「別擔心，」漢娜舉起一手，「我們好得很。」

凱特俯身到嬰兒推車上翻找他的替換衣服。又是這個包包，這該死的包包搞得她驚惶不安。「找到了！」她手中拿著一件乾淨的針織套衫，舉到漢娜面前，漢娜點頭微笑。找到這衣服內含的成就感是無法傳達的，因此凱特什麼也沒說，只是開始將針織套衫費力地從湯姆的頭上套下去，然後塞一片米餅給他，他高興地接下，她再把帽子隨便戴到他頭上。

深呼吸，深呼吸，深呼吸。

「我去買杯咖啡，妳和他在一起可以嗎？」

「當然。我們會很開心的，對吧？湯姆？」

湯姆踢踢小腳咧著嘴笑。

「妳要點什麼嗎？」

「不用了，真的，我很好。」

凱特站起來走進咖啡館，在櫃檯前排隊，不時回頭瞄向漢娜與湯姆坐的地方，漢娜舉起一手指向某個視野外的東西。她瀏覽一下花草茶的選項，決定不喝花草茶，點了一杯卡布奇諾咖啡和一塊茶點，丟兩塊糖到咖啡裡，再拿回外頭的晨光中。

深呼吸。

「告訴我發生了什麼事吧。」凱特放下咖啡後坐下來。

「其實沒什麼好說的。我現在正處於停經期，汗流不止心情煩躁，感覺相當糟，不過不會再持續太久了。」

「可是妳看起來氣色很好耶！」凱特大聲說，伸手去摸了摸漢娜的袖子。這是奇怪的反射性動作，她自己也想要那種光滑的東西。漢娜的手放到她的手上。

「那妳呢？」

「我很好啊。」凱特說。

我想我可能快要瘋了。

對話一時停頓。凱特吹著咖啡，湯姆在漢娜的腿上尖叫，她看著自己可愛的孩子在老友的懷中，突然感覺眼中湧出惱人的淚水。她趁漢娜看到之前低頭擦拭眼淚，但是她已經看到了，她當然看見了。

「嘿，妳在哭啊。」

凱特點點頭，眼淚現在撲簌簌地落下。「我沒事，我保證，只是──」鼻涕也流下來了；她沒有東西可以對付鼻涕，只有咖啡旁邊塑膠包裝的餅乾下面一張薄薄的小餐巾紙。她擤了下鼻子，餐巾紙就在她手中分解了。

「拿去。」漢娜伸進手提包裡取出一包面紙，凱特抽出一張面紙擤擤鼻子。「妳看起來很累。」

「我累死了，湯姆晚上經常醒來喝奶。」

「那很辛苦。」漢娜點頭。她傾身挨近湯姆，在他耳邊低聲說，「嘿，聽好喔，你要放媽媽一馬，她需要睡眠。」

「妳看著吧，」凱特說，「等妳生了孩子，妳會睡得很沉，妳會從第一天起每天都可以熟睡。」

漢娜大笑。「嗯，好吧，我們等著瞧。山姆還好嗎？」

「他過得還不錯。呃，是也許還不錯，我不確定。他們提議要幫我帶湯姆，一星期一天，山姆的姊姊譚馨和山姆的媽媽。」

「那很棒啊！」漢娜說，「免費幫妳照顧孩子，那不是妳搬去那裡的原因之一嗎？」

「我想應該是吧。」凱特看向湯姆，他正在對附近的一隻狗無比熱情地擺動雙臂。「可是萬一他最後變得像他們一樣怎麼辦？」

「妳是指什麼？」

她搖了搖頭。「對不起，我真的不是那個意思，我只是——」

「什麼？」

「我有時候會覺得自己失敗了。」

「什麼失敗了？」

「所有事情。」她舉起拳頭中揉成一團的面紙。「我今天連面紙都沒有，我媽隨時都帶著面紙，那就是媽媽該做的事，而且我好害怕。」

「怕什麼？」

「什麼都怕。未來、氣候變遷、戰爭，我一直在想等他到了我們這個年紀，世界會變成什麼樣。」她用手圈住另一隻手的手腕，拇指觸摸著那隻剛好隱藏在視線外的蜘蛛。「而且我一直想著露西，想她現在在哪裡。」

「露西？真的嗎？」漢娜的臉色沉了下來。「我相信不管她在哪裡她都過得很好。拜託，凱特，妳已經有湯姆了，還有山姆。妳有自己的生活。」

「可是萬一這不是我的生活呢？」

「這究竟是什麼意思？」

「我只是覺得——」

「妳覺得什麼？」

一直覺得該死的寂寞寂寞寂寞。

「有時候我覺得……」

「什麼？」

「也許生孩子根本是不負責任。」

就那樣，她感覺到漢娜變得疏離，她交抱起雙臂，頭轉向別處。感覺充滿希望的早晨從她身邊、從他們所有人身邊流走。

「凱特，」漢娜聲音緊繃地說，「妳聽我說。接受她們幫妳照顧孩子的建議，給自己一星期放一天假，好好睡覺。而且我覺得妳應該找個人看看，找醫生。」

「醫生？」

「如果妳覺得憂鬱，」漢娜緩慢地說，「妳有很多事情可以做。妳以前曾經歷過。去看醫生吧，吃點藥，好起來，拜託。」她抱起湯姆放回凱特的腿上。「加油，凱特，要防患於未然。就算不是為了妳自己，也要為了湯姆。還有他冷了，」她說，「湯姆很冷，我們進去裡面吧。」

麗莎

排練第一天是個晴爽的初秋日子，麗莎很早就起床了。在淋浴時她哼著曲子，發發聲音，將舌頭繞著下巴轉動。她謹慎地選擇服裝：領口敞開的寬鬆棉質T恤、牛仔褲，和一條紅色串珠項鍊。除了塗點睫毛膏外沒有化妝。她用髮夾夾起頭髮，穿上過大的男性夾克，在脖子上纏繞一條輕薄的圍巾。她很緊張，不過這感覺還能控制，當她走過公園，欣賞早晨的魅力以及節奏快速的步行者與自行車時，在一切事物的邊緣有種敏銳、輕微的興奮嘶嘶聲。空氣清新，法國梧桐的葉子在晨光照耀下閃閃發亮。

她邊走邊低聲自言自語，複習已記住一半的臺詞；他們採用的是劇作家麥可．弗萊恩的版本，她已經很熟悉了，將臺詞的韻律根植在心裡，想像自己成為那個角色：伊蓮娜，一個老人的年輕妻子，埋葬在婚姻中渴求生活。

伊蓮娜：你知道擁有天賦意味著什麼？意味著可以成為無拘無束的人，代表有膽量和開闊的視野……他栽種了一棵樹苗，他清楚千年後小樹會變成什麼樣；他已經瞥見了千年後的景象。這樣的人很稀少。我們必須愛他們……

她很想知道誰飾演伊蓮娜愛上的那位醫生阿斯特羅夫。想看看過去三周以來她反覆唸給自己聽的所有角色是由誰來飾演。

§

她提早十五分鐘抵達劇本封面上寫著的地址，一間位在道爾斯頓的地下室排練室，隱藏在兩家土耳其餐廳之間的小巷中，餐廳前面的百葉窗都拉上以抵擋早晨的太陽。導演克拉拉已經在排練室的角落，正在和一位只可能是設計師的人說話，他們低頭看著舞臺布景的比例模型。她比麗莎記憶中要來得矮，甚至有些矮胖，滿頭如蒲公英般的捲曲灰髮。十張左右的椅子排成一圈給演員坐，後面另外一排是供技術人員使用。一張小茶几上擺著開水壺，正將蒸汽噴進明亮的空氣中。一個膚色光潔的年輕女子走上前來與麗莎握手，介紹她自己叫波比，是助理舞臺監督。「很高興認識妳！這裡有咖啡、茶點，請自取吧。」

麗莎將手提包放在椅子旁，走到桌子邊。

「不妨好好享用一下款待的食物。」

她轉向聲音的來源，看見一個身高與她差不多的男人站在她旁邊。

「誰知道我們什麼時候會再見到這種東西。」低沉粗啞的聲音中帶有輕微的北方口音。利物浦人？他的鬍子刮得很乾淨，年約五十，棕色頭髮之間夾雜著灰白，他的頭髮略長、垂到耳下，眼眸是非常奇特的藍色。她在不知何處認識他。肯定是在舞臺上見過，但她不記得是什麼時候。她正要回點什麼話，他卻已經轉身走了，拿著可頌回到自己的座位。

「麗莎？」

她轉過身去，這回看見一個年輕很多的男人，他的臉龐瘦削，眼距較寬，嘴唇很厚。她握了握他伸出來的手，他們認識嗎？

「麗莎・丹恩，不對嗎？」

「對。抱歉，我──」

青年大笑起來。「我只是認得妳的臉，從照片上。」

「真的嗎？」

「妳以前不是和狄克蘭・藍道爾交往過？」

「哦，的確沒錯。」

「我喜歡他的作品。」

她點了點頭。「嗯，他是個很有才華的人。」

「最近那部電影，在監獄裡的那一部，法國導演的那部？棒極了。」

「我還沒看。」她說。

「妳在開玩笑吧。」他搖頭。「假如我能夠擁有任何人的生涯，我絕對會選擇他的。」

她點點頭，發現自己的目光滑向那位年長男演員所坐的位子。他的臉惹得她心煩，她究竟在哪裡見過？

「所以你們分手了嗎？」

「是的，」她說，「分了好幾年了。他甩了我，為了一個化妝師。」

「天哪，」他搖著頭說，「真是惡劣。」

「嗯，是啊，他是個自命不凡的壞蛋。所以，你知道的，」她拿起咖啡。「凡事都有好有壞。」

排練室裡現在擠滿了人，咖啡桌周圍的喧鬧聲越來越大，一群演員蜂擁進來，助理舞臺監督拍拍手叫大家集合。麗莎和那名自我介紹叫麥可的青年走到圈子裡，她在那位年長男演員的旁邊坐下，他微微點個頭向她致意。

所有的椅子都坐滿了，克拉拉走到她的位子但是仍然站著，她的目光掃過眾人，演員一個一個安靜下來。她任由沉默擴大直到整個房間都靜下來，然後用一手摸著心口。「你們來了，」她說，「你們全都在這裡。但你們是誰？告訴我們吧。強尼，」她向麗莎旁邊的男人點點頭，「由你開始。」

「強尼，凡尼亞。」

接下來是一個神情緊張的年輕女人，她身穿黑色牛仔褲和高領針織衫。「海倫，桑妮雅。」

他們一個接一個說——理查，謝列布里亞科夫；葛瑞格，阿斯特羅夫——隨著他們這麼做，這齣戲的人員名單就自動形成了：那位年長、優雅的女士飾演伊蓮娜的婆婆瑪莉亞；那位看起來約莫七十多歲的婦人扮演保姆瑪琳娜。麗莎看著克拉拉端詳每位演員，他們全都謹慎、興奮地望著彼此，直到整圈人都介紹完畢，輪到麗莎了。「麗莎，」她說，「伊蓮娜。」

「那麼，」克拉拉說，「我們來讀這本精彩的劇本吧。」

強尼彎腰從腳邊的黑色皮包中拿出劇本時，麗莎突然想到她是在哪裡認識他的——是在電話服務中心。現在她可以想像出他在那裡的模樣，坐在簡陋的休息室裡，臉上同樣略帶輕蔑的表情。他身上有種王者的風範、悲劇的氣質，穿著一身黑，腳邊同樣擺著一只黑色皮革的公事包。

漢娜

醫院吩咐他們早點到醫院報到，因此倫敦天剛破曉，她和納森就已經沉默地並肩坐在釘在地板的硬質塑膠椅上。

納森在用手機瀏覽工作的電子郵件，漢娜數算一下在座有幾對。共有七對。她熟知那些統計數據：在她這年齡層的女性中有百分之二十四會懷孕，比她年長的是百分之十五，低於三十五歲的會略高一些。她觀察這些人的臉，猜測他們的年紀，試著計算在座之中有多少幸運兒？一對？兩對？

護士叫到女人的名字，她們站起來，手中拎著小手提包，向伴侶道別。納森比漢娜先站起來，將額頭貼在她的額頭上。

接著護士帶女人們從旋轉的雙扇門走進等候室，那裡的電視正在播放庸俗刺耳的晨間節目。噪音刺激著漢娜的神經，她既不想看也不想聽，因此拿出書來試著閱讀，真希望自己帶了耳機。她的名字在釘在牆上的名單中間。

護士給她們穿病人袍——一種背後敞開的奇怪衣服。她們坐著以免內褲露出來。早晨就這樣過去了。有一些稀薄的果汁飲料可以喝。女人一個接一個離開，漢娜目送她們離去，每個人都帶著她們珍貴的貨物，滿懷希望。她試圖讀懂她們的表情、肢體，彷彿她可以看到她們的命運寫在那裡，看出她們哪一個人將得到渴望以久的孩子。好像若是她們贏了，她就輸了，恍如生育能力是種零和遊戲。

她想到了凱特。有時候我覺得生孩子根本是不負責任。

她輕率的評論。禮物如此輕易到手才有的餘裕。

坦白說，她的話令漢娜怒不可遏，但是她什麼也沒說，收拾起她沒有多餘精力去體會的怒氣。

坐在她旁邊的女人十分神經質，頻頻起身去上廁所，惹得漢娜也不安起來。

「這是妳的第一次嗎？」她回來時漢娜問。

那女人點了點頭。「妳呢？」

「第三次了。」

「真的嗎？」女人聽到這話似乎不大開心，漢娜真希望自己什麼都沒說。

「我不喜歡麻醉劑，」女人說，「不喜歡失去知覺。」在醫院的燈光下她的臉透著灰白。

等輪到漢娜時，她也變得緊張起來。會有幾顆卵呢？她有越多卵，機會就越大。上回她接受掃瞄時，顯示器上看起來好像有十一顆，不過有時候只是空的囊。

「漢娜．葛雷？跟我來。」

她輕步快速跟著護士走進一間小櫥櫃似的麻醉室，爬上桌子。

「好了嗎？」麻醉醫師飛快地看她一眼。

麻醉醫師握住她的手要她倒數，漢娜照做了，然後……

§

「十三，」她在恢復室對納森說，「我有十三顆。」她頭暈目眩但歡欣雀躍。

「哎呀，」他探身過來吻她，「妳真棒。」

「你的怎麼樣？」

「很好。」他咧開嘴笑。「不過很好笑，他們抽屜裡擺著跟上次一樣的雜誌。」

「你在開玩笑吧。」

「才不是！」

「你想他們會消毒嗎？你覺得有人負責這個工作嗎？」

「我不知道。」

他們笑了起來，她坐在擦拭乾淨的恢復椅上，心情輕鬆，因為喝了醫院的茶而亢奮。其他女人坐在她對面，有些看起來很高興，有些則不然。她了解，她知道這是屬於他們的時刻。

下午時間還早，他們走路回家，穿過後街，越過公園，公園裡樹葉在金色的陽光下旋轉掉落。公寓有種在一周中段的下午寧靜、私密的感覺，他們一起曠了職。他們打開窗戶讓白晝進來，然後幾星期來頭一次躺在床上做愛。

§

她很早就醒來了。她一直在做夢，但不確定夢的內容。

納森在她身旁繼續睡。她輕手輕腳地站起來，從床上拉了一條毯子到廚房去，為自己泡了洋甘菊茶，然後拿出筆記型電腦，想著是否應該看部電影分散注意力，可是沒有什麼想看的，因此她點閱了其他的網頁，試管嬰兒的留言板，有成千上萬的婦女留言提問，有成千上萬的婦女回答她們，由焦慮與安慰組成的性質柔和的姊妹會。她受不了這些留言板，但是她們用誘人的姊妹之歌一再呼喚她。

一會兒後她將電腦扔到一旁，拿起毯子走到窗邊，眺望公園和遠處的城市。她想到那些胚胎，小到肉眼看不見。其中有多少已經受精？有多少現在正以最微乎其微的生命脈搏在跳動？她想要靠近他們，想走回醫院找到他們躺著的房間，坐在他們旁邊。在黎明前漫長的凌晨時分照看他們，畢竟，她是他們的母親。

§

隔天早上她在工作時他們打電話給她。她一看到手機上有未知來電就跳了起來，到走廊上去接電話。「十一顆受了精。」護士告訴她，她感覺心雀躍了起來。

她試圖打電話給納森，然而他的手機響了又響，轉接到語音信箱。一封簡訊寄達。正在開會。一切都還好嗎？

十一顆，她寫道。他回了一個字：讚！

現在她必須等待。

§

隔天沒有消息。納森要工作到很晚，公寓感覺很大，她打開小房間的門，這間小房間朝西，面向醫院。她滑到地毯上靜靜地坐著，片刻後拿起手機打回娘家，她父親接起電話。

「嗨，爸。」

「漢娜，親愛的，妳好嗎？」

「我很好。」

「很高興聽到妳這麼說。」

「你還好嗎？」

「好極了。」

他們在電話中曾經說過除此以外的話嗎？

「親愛的，妳等一下，我去叫妳媽。」

「謝了，爸。」

他輕聲呼喚。她坐在幽暗的空房間裡，想像母親放下正在做的事站起來，最有可能是在看電視，兩腳蹺在前面的矮桌上，穿著去年耶誕節漢娜用郵購買給她的拖鞋。她來了，輕快地走進門廳，發出噓聲趕走電話桌旁小扶手椅上的狗。

「漢娜，親愛的。」輕柔的母音。

「嗨，媽。我打擾到妳了嗎？」

「沒有，親愛的，一點也沒有。只是在看《舞動奇蹟》，妳等一下，我換個舒服的姿勢。」她可以聽見母親坐得更陷進椅子裡。「妳好嗎？妳做了那玩意兒嗎？」

「嗯。」

「還順利嗎？」

「還不錯吧，我想。」

她沒有說明細節，母親對於試管嬰兒充其量只有模糊的概念。

「哦，那很好啊，親愛的。妳知道嗎？我前幾天看見阿桃，她女兒的小傢伙現在一歲了。」阿桃和她女兒的女兒這個護身符的作用強大，因為她女兒的孩子是去年透過體外受精受孕、出生的。去年耶誕節她們首次亮相，三代一起受邀過來尷尬地喝杯茶。

「一歲了？」漢娜對著一片漆黑說，「好快啊。」

「乖寶寶一個。」

「吉姆還好嗎？」她問。

「很好。他們換了房子，大約一星期後要搬進去，正好趕上孩子出世。」

「海莉現在肯定快要臨盆了。」

「她是啊，狀況非常好。妳很快就要當姑姑了。」

「太好了。」漢娜說。

「妳的工作怎麼樣？」

「很安定。」

「嗯，那是件好事。那納森呢？」

「他……很好。」

「哦，那真是好極了，親愛的。」

她閉上雙眼。她想要在曼徹斯特娘家煤氣暖氣開得太強的小客廳裡，和媽媽一起觀賞《舞動奇蹟》。

「親愛的，我會為妳禱告。」她媽媽說。

「謝謝。」漢娜說，她永遠不知道該如何回應這句話。

媽，謝謝，可是世上沒有上帝這回事。

「我還是掛電話，讓妳去看電視吧。」

「好吧，妳確定嗎？」

「納森有東西在爐子上煮。」她撒謊。

「好吧，那麼，妳告訴他我們愛他，好嗎？」

「我會的。拜，媽。我愛妳。」

「我也愛妳，小娜。」

§

第二天一早，醫院打電話來。

「胚胎師想今天進行移植。」

她向他們道謝後走進浴室，納森正在那裡刷牙。

「他們想要今天做。」

他吐出水來，漱了漱口。「他們還說了什麼嗎？」

「那人只是接待員而已。胚胎肯定是看起來不大好。」最微弱、忽隱忽現的脈搏。

「我相信一定沒問題的，小娜，那只不過是——科學。」

她撥弄著一捲衛生紙。

「嘿，嘿，小娜。」他把手放在她手上。

§

他們被帶進一間狹小、光線昏暗的候見室。護士吩咐她脫掉腰部以下的衣物，給她一件長袍穿。

房間裡很暗，只有牆上有組低照度的小燈。房間內有一名護士、一位醫生，她躺在輪床上，兩腳擱在病患腳架上，顯示器在她旁邊，她的心猛跳。納森的手鎮定地按住她的手臂。胚胎師出現了。「葛雷小姐？布雷克先生？」

她點了一下頭。

「嗯，我們一直密切觀察三天前取出的十三顆卵，有七顆到昨天晚上都還在發育。」

她點頭。

「有三顆看起來可行。一顆非常好，長到三點五，其他兩顆分別是二點五和二。」

「那其他的呢？」納森問。

「存活的可能性比較低。我們的建議是移植最好的兩顆。」

「好，」納森說，「那當然。」

天花板上有少許的小光點，宛如星星。

「小娜？」

「我們可以繼續進行嗎？」醫生的聲音說。

「可以。」

她往後躺下，當鴨嘴器插入，金屬的冰涼讓她倒抽一口氣。子宮頸被撐開時有種強烈、奇怪、近乎痛苦的感覺。

「現在，看著顯示器。」

納森緊握住她的手。

「好了，」醫生說，「放進去了。」

兩個光點出現在她黑暗的子宮中。她注視著光點。

「喏，」醫生親切地說，伸手撕下列印出來的資料。「妳想把這個帶走嗎？」

「謝謝。」漢娜低頭凝視著照片，看著那兩個模糊的光點。她仔細端詳，反覆地盯著看。

反抗・一九九八

凱特在她最後一篇期末報告上畫下句號（論史賓賽[14]的《賀新婚曲》中的希臘神話），走進五月溫和的陽光中，一小群等待她的朋友如預期地在那裡向她投擲麵粉和米，她跟他們在鵝卵石街道上喝了一瓶香檳。然後到小酒館，在露天啤酒園喝下幾品脫的淡啤酒，直到地面開始傾斜，她到廁所去時感覺噁心想吐。

翌日早晨她很晚才醒，坐在那裡盯著牆壁，牆上貼滿了便利貼，上面寫著史賓賽、羅徹斯特[15]、康格里夫[16]、多恩[17]的引文。她將便利貼一一拿下放入垃圾桶。她星期一就得搬出這房間，一切已經結束。她靠著百憂解修補，一瘸一拐地走到了終點線，那是她從二年級末就一直服用的藥物，當時她站在學院的方庭中，非常突然地精神開始崩

14 愛德蒙・史賓賽，英國文藝復興時期著名的桂冠詩人。
15 羅徹斯特伯爵，名為約翰・威爾默特，英國十七世紀放蕩主義詩人，亦是查理二世的寵臣。
16 威廉・康格里夫，英國王政復辟時期的劇作家及詩人。
17 約翰・多恩，英國十七世紀玄學派詩人。

潰。學校諮商師告訴她那是因為悲傷，醫生同意是延宕的悲傷，開出了處方。當然，他繼續說，讀牛津大學本身可能就壓力很大。

她休學一年，回去曼徹斯特，住在父親的房子裡。

她知道自己不會是第一名或最後一名畢業，而是介於中間。她從直欞窗可以看見宿醉的學生搖搖晃晃地走到商店去買汽水和香菸。在她右邊正好可以看見謝爾登劇院的食屍鬼面具，還有遠處的波德利圖書館，她永遠不會再踏進那間圖書館了，她得收拾行李。她懷疑這一切是為了什麼。

她無家可歸。母親已過世，父親在西班牙，姊姊在加拿大。因此她要去跟漢娜一起住，漢娜住在肯迪什鎮邊緣的一間小公寓裡，而順著長長的斜坡步行就能走到麗莎和她母親同住的地方。凱特睡在漢娜公寓客廳的沙發上。漢娜交了新男朋友，一個名叫納森的男人。她（當然）是透過麗莎認識他的，高大英俊又溫柔，走路時略微駝背，好似在為自己的身高道歉。不過在其他各方面，他似乎是人生的贏家。納森常在小公寓裡過夜，有時候凱特在黑暗中醒來，會隔著牆壁聽見他們的聲響。

她與漢娜只有一次談到漢娜的新工作——在一家管理培訓公司的入門工作。

妳為什麼想做那個工作？凱特問她。

這不是永久的，漢娜說。可是我需要錢，我想要錢，我受夠了沒有錢。我會先做一陣子，然後再做值得從事的工作。

可是那佩蒂・史密斯[18]呢？凱特很想說。還有艾瑪・包法利[19]？小妖精樂團？但是她什麼都沒說，只是點了點頭。

那麼，你打算做什麼？漢娜問凱特。凱特根本沒有答案。

她不喜歡倫敦，光是交通系統就讓她頭疼。漢娜在廚房桌上留下幾份《戰利品》[20]，透露誰可能有空房的消息，不過凱特沒有循任何線索去找。她跟漢娜、麗莎在一起感到不自在，這段日益增長的友誼讓她自己相形失色。她們跟納森及狄克蘭一起出去吃飯時，她感到侷促不安。狄克蘭是麗莎的男友，一個十分風趣、長得很帥的愛爾蘭演員。他們到一家麗莎知道的衣索比亞餐廳，那裡的食物不是用餐具而是用酸麵餅吃，他們全都同樣敏捷地用手指撕麵餅再蘸醬，喝著端到桌上再當場烘焙的咖啡。他們在吃飯時聊天，說話時用手勢強調，他們似乎對所有的事情都很確定，例如看哪部電影，讀哪本書，他們是誰、未來將會成為什麼樣的人。

凱特自己對什麼都不確定。生活似乎無風停滯卻同時充滿了危險，彷彿波浪隨時可能會襲來，從平靜的水面升起滔天巨浪將她擊倒。

---

18 美國詞曲作者、音樂家、作家及詩人，其作品將垮世代的詩歌與實驗性搖滾樂相結合，因此被譽為龐克搖滾桂冠詩人。
19 法國文學家福婁拜的小說《包法利夫人》中的女主角。
20 刊登租屋、買賣、工作等分類廣告的報紙。

她收到了期末成績，勉強拿到了第一。她告訴漢娜，漢娜一臉震驚。凱特急忙說，那只是意外而已。事後她又恨自己那麼說，不過她還是認為那是意外，她壓根兒沒有預料到。

她的導師打電話來恭喜她。那妳打算做什麼？他說。

她只想到很想告訴媽媽，告訴她這個好消息。

§

她收到一封海絲特寄來的電子郵件，她是牛津大學時的朋友，現住在布萊頓，邀請她去那裡玩一天。她的住處有空的房間。

一走下倫敦的火車，凱特就能聞到大海的味道。她走到海邊，站在礫石海灘上，凝視著灰白的地平線。她穿過城市走到海絲特家，布萊頓似乎可憐兮兮地搖搖欲墜，規模小得和人一樣。房間小而便宜，有一扇窗戶因此光線充足，她租下了房間，到露厄斯路的慈善商店為自己買了些家具。

另一間房間住著一個名叫露西的女人。露西穿著戰鬥褲、背心、鞋底堅固的靴子，彷彿是個身處無名戰爭中的步兵。她留著一頭濃密的辮辮披垂在背後，臉蛋小巧精緻。她正在薩塞克斯大學攻讀國際發展的碩士學位，有一半的美國血統，在德文郡和麻薩諸塞州長大，口音混亂非常有趣。兩年前的夏天，露西住在紐伯里的一棵樹上，睡在離地面一百英尺的木製平臺上，抗議為了建造外環道而破壞古老的林地。

露西教凱特如何使用電鑽，如何在她房間安裝架子。她有一團淺色的腋毛，沒有使用體香劑，她們站得靠近時，凱特會聞到她的麝香味。跟露西一起在城裡四處走動簡直像在上課，她的眼光跟拾荒者一樣：撿拾燒柴爐用的木頭，用紅酒木箱做架子，從超市大垃圾桶翻撿剛過期的食物。露西的舉止敏捷，彷彿仍走在森林中，好像她隨時都可能是捕食者或獵物。

一種節奏自動形成。凱特每兩周到就業服務中心登記一次，錢每月匯入她的帳戶一次。金額並不多，但是足夠支付租這間小臥室及購買便宜食物的費用，足以讓她能夠呼吸。她很高興發現自己的需求很少。海絲特告訴她在她工作的咖啡館有份工作在徵人，在城鎮的另一頭，騎自行車只要一段路。凱特接受了那份工作。第一次輪班結束時，她的酬勞是用收銀機裡的現金支付。第一次很難，她覺得好像在詐騙，她對海絲特說了這件事，海絲特嘖了一聲。妳知道英國政府在武器上花費多少錢嗎？再說，這只是到妳準備妥當、站穩腳步而已。

在那之後就容易多了。

周末，她們去海邊喝蘋果酒、觀賞日落，看椋鳥川流不息地飛到西碼頭的骨架上棲息，看牠們一大群一大群在黃昏的天空中飛翔。

露西和海絲特屬於一個年輕人的團體，他們喜歡聚在家裡談論資本主義、階級制度、平行權力、變革的可能性。他們計畫採取行動。凱特完全不知道是什麼行動，直到夏末的某個拂曉，露西敲她的房門叫她起床。凱特穿上毛衣和運動長褲，她們開車出去，到大街後露西停下廂型車，指示凱特坐到駕駛座上。她神經緊張地照做了，露西用大手帕遮住臉龐，在一家運動鞋店正面整齊地噴漆上SLAVERY（奴役）一詞，中間的V字噴成耐吉的彎勾形符號。露西跳回廂型車上，大聲叫凱特開車。她頭昏腦脹地迅速開走，感覺自己彷彿是邦妮或克萊德[21]。

她又開始閱讀了，卻是性質截然不同的書：喬姆斯基[22]、克萊恩[23]、E．P．湯普森[24]。她開始參與討論。起先在團體中聽到自己的聲音感覺很奇怪，她很久沒有覺得有話要說了。她開始認為，牛津大學這個擁有權力的地方——她希望能夠賦予自己力量的地方——剝奪了她發表意見的能力，或者更確切地說是她自己放棄了。抑或她想，也許只是隱藏起來，或許她只要循著麵包屑的痕跡就能再度找到。

她和露西、海絲特到倫敦去，在街上遊行。她們穿上自己用縫紉機匆匆縫製的服裝，她們穿著細條紋的寬大西裝抗議金融城裡的肥貓。現場到處都是自行車，太陽能的音響系統對群眾滔滔不絕地發言，路過的人停下腳步搖擺臀部。

周一上午她去上舞蹈課，老師把音樂放得震天價響，各年齡層的人在教室裡跳來跳去，渾身大汗，著了魔似的大喊。偶爾在上這些課時，當音樂達到高潮，她會大聲尖叫，沒有人會注意到，因為那是理所當然的事。她意識到自己滿腔怒氣——真的非常、非常地生氣。

在她憤怒的另一面有別件事。

有天早晨，露西在凱特的房間發現了她的抗憂鬱藥。

妳為什麼吃這些藥？

我曾經精神崩潰，凱特說。在上大學的時候，從那時起我就一直服用這些藥物。

妳不需要抗憂鬱藥，露西說，微笑著抬起頭來看她。妳只需要更好的朋友。

她扔掉藥物，等著她擔心的崩潰到來，卻只對薄霧消散感到如釋重負。

在腦中某處，她知道若漢娜見到她會怎麼說，這些騙取補助金、喝蘋果酒、跳舞、看地平線，都可笑幼稚到不行。但是她開始不在乎了。

她寫張明信片寄給漢娜，那是張老派的照片，照片中一個老婦人撩起裙子，腳踝泡在海中，上面寫道，來吧，海水很棒呢。

露西與海絲特兩人都擁有廂型車，因此凱特用自己的一小筆存款也買了一輛，那是輛退役的救護車，她停在城外的一間水泥廠，在那年冬天藉由露西的一點幫助和一把

---

21 邦妮和克萊德是美國經濟大蕭條時期以搶銀行聞名的鴛鴦大盜。
22 艾弗拉姆．諾姆．喬姆斯基，美國語言學家、哲學家、認知科學家、社會批判家、政治積極分子。
23 喬．克萊恩，美國作家、政論家、《時代》雜誌的專欄作者。
24 愛德華．帕爾默．湯普森，英國歷史學家、作家、社會主義者、和平運動倡導者。

小的牧田電鑽，她自己親手改造。車內有榫槽接合的包覆層，一張用鋸開的三夾板製成的床鋪，上有架子，下有抽屜。到了春天車子準備就緒，當改裝完成時她認為這是她一生中最自豪的事。

有一張專輯她們整個秋天、冬天、春天都在聽：瑪奴．喬[25]的《偷渡客》。凱特尤其喜愛其中一首叫〈我的人〉的曲子。

噢，我的瀑布。

噢，我的女孩。

噢，我的吉普賽女郎。

她一遍又一遍地播放，聆聽時心裡想著露西。

§

夏天來臨。她們從當地批發商購買了大量的原味穀片、咖啡、米之後出發。她們往西開，在河裡裸泳，興高采烈地冒出來，背部變成銀白色；她們去參加藏在翠綠山丘褶皺中的小型慶典。

凱特開始認得一些圍在夜晚篝火旁的面孔：有像她們一樣的年輕人，也有年長的人；他們的臉龐述說著風霜、工作、在外生活的故事。到了晚上，喝著茶與威士忌，這些上了年紀的人開始打開話匣子，他們談論圈地運動、下議院，談到古老野蠻的不列顛，以及用溫和或不那麼溫和的方法對抗現狀。凱特覺得自己好像觸摸得到這股賦予生命的潮流，如條緞帶流入晴朗的西部夜裡。

然後他們跳舞。

在某個漆黑的夜晚一個小型聚會上，由於是盛夏，午夜的空氣仍然很溫暖，那裡沒有燈光也沒有月亮，凱特失去了露西的蹤影。她在四處徘徊了好幾個小時，不斷地尋找，感覺恐慌啃咬著她的邊緣。天剛破曉時，她找到了露西，坐在一堆人中間，腰部以上裸露，乳頭塗成金色。

露西向凱特伸出雙臂，凱特走入她的懷抱，然後，滿懷著愛與寬慰以及想要聲明所有權的渴望，她低頭湊近露西金色的乳頭，將乳頭含進嘴裡。乳頭嚐起來有鹽和金屬、土壤的味道。

不久之後，當陽光照射在她的廂型車窗戶上，凱特將手指放進露西光滑溫暖的體內，沒有遭遇到絲毫阻力。她看著露西在她下面弓起身子，兩眼半閉著。她看見露西大腿內側有個紋身圖案，一隻銀絲蜘蛛和銀絲的蛛網，她將嘴巴貼上去親吻那個圖案。她自己因情慾而顫抖，甚至不需要露西觸摸就達到高潮。

25 在法國出生的西班牙音樂家，是支持反全球化、原住民權利、性工作者權利等各項運動的積極分子。

二〇一〇

凱特

上午十點，湯姆正在睡覺。凱特坐在餐桌旁，身邊有一袋藥。

加油，凱特，要防患於未然。

講得好像很容易似的。

今天早上，她按照漢娜的建議去看了醫生。醫生人很好、很親切；她詢問了凱特的飲食、睡眠、性慾方面的狀況，還問起生產的方式，凱特告訴了她。

剖腹產。

很辛苦嗎？

她想起當時為孩子、為她自己的擔憂。混亂、手術刀與麻木，以及肌肉燒焦的味道。

嗯，我想是那樣沒錯。

醫生問她是否想過要傷害自己、傷害她兒子。沒有，凱特說，沒有那樣想過。

醫生說沒錯，她認為凱特是憂鬱症發作。她說可以用認知行為療法，但是等候的名單很長，或者是服用抗憂鬱藥。不過，倘若她服用抗憂鬱藥，就得讓她兒子斷奶，醫生問凱特以前是否吃過抗憂鬱藥。

有，百憂解，在上大學的時候。

很好，醫生說。那麼，或許我們可以從那個開始。

凱特伸手去拿那包藥丸，從包裝裡取出一顆握在手掌中。無害的白色與醫院的綠色。這些藥物以前經常害她的腦袋嘶嘶作響，若是在服藥期間喝酒，她就會昏厥。她將藥丸放到桌上，把電腦拉過來，搜尋「哺乳抗憂鬱藥」，讀到喝母乳的嬰兒吸收到的藥物量通常不到母親血液中所發現含量的百分之十，這聽起來還是很多。

妳不需要抗憂鬱藥，妳只需要更好的朋友。

她的手指停留在鍵盤上，接著在谷歌中輸入「露西・史肯恩」，感覺到自己的心跳加速。幾張照片出現了，但是沒有一張像露西，儘管她現在當然年紀會大一些，老很多了。她比凱特年長四歲，所以現在已經四十歲，或者將近四十。說不定露西・史肯恩根本不是她的本名。

她們是在美國分開的。她們到西雅圖去參加反對世界貿易組織的抗議活動。他們將自己鎖在透明壓克力管子中，讓城市停擺，看見警察騎在馬上，穿著黑色制服，戴著防護面具，宛如童話故事中的場景，正義對抗邪惡，光明對抗黑暗。她們和其他數千名抗議者坐在一起高喊口號，警方對他們噴灑催淚瓦斯直到他們被灼傷、幾乎失明。她記得那種疼痛，那種對二元邏輯、對黑與白、對正義心醉魂迷的洶湧情感。

在西雅圖之後，她們去了奧勒岡州的尤金市，和其他十名積極分子在一間舊大型零售店擅自住了兩個月，在那裡露西聽說了胡德山的抗議營地——伐木工人正在砍伐古樹。她們一起搭便車到那裡，在晴冷的十一月早晨走入森林，高山巍然聳立在她們眼前，空氣中瀰漫著強烈的泥土、樹脂，和雪的味道。她們抵達營地，那裡有很多樹，樹上有人，他們在高過頭頂的網子裡走來走去，一邊叫嚷著、吹著口哨。凱特看見露西臉上的表情，無奈地看著露西取出繩索綑綁在她自己身上，獨自爬進翠綠與光線中，留凱特心情沉重地站在地面上。

她們搭車回到尤金市。凱特的簽證快到期了，露西不需要簽證。她們去了市中心的一家紋身店，凱特坐下來，露西握著她的手，一個面無笑容的男人俯身在她手臂上畫了一隻在銀色蛛網上的銀絲蜘蛛。她搭飛機回家，決定盡快再飛回來，她每天到網路咖啡廳查看電子郵件，卻毫無音訊。最初幾星期，當紋身結痂痊癒、她對露西的思念越來越深時，她會用指甲戳進去掀起結痂，再次感受那種痛楚。

她回去咖啡館工作，登記領取失業補助，努力存下一班飛機的錢，等候消息，但始終沒有接到隻字片語。春天來了又去，沒有帶來絲毫露西的消息。之後到了初夏，一封電子郵件到來，只有寥寥數語。

我們營地裡有些人遭到逮捕，他們說我們是恐怖分子。我不會再用這個帳號了。永遠旋轉。

永遠編織。

永遠愛妳。

露。X

之後再無訊息。聯繫中斷。自由墜落。

好多年。有好多年凱特一直認為她時常看到她，在布萊頓的海灘上，或是騎著自行車穿越城市，長髮披垂在背後。那些年凱特一直在咖啡館工作，依舊盯著門口，等待露西再次走進來。

最後走過那道門的是漢娜。漢娜有一天來到布萊頓，她穿著整潔漂亮的工作服站在那裡環顧咖啡館內，看看蛋糕架上的蛋糕以及用粉筆寫在黑板上的菜單，看著皮塔餅、鷹嘴豆泥、豆製漢堡、豆漿拿鐵，然後說，妳擁有牛津大學一流的學位，怎麼還在這裡工作？

漢娜告訴她麗莎在倫敦場找到的那棟房子有空房間，租金便宜，就在公園旁，是重新開始的機會。凱特知道自己在櫃檯後面受到等待侵蝕日漸腐朽，因此接受了那個房間。

她回過神來凝視著電腦螢幕上的照片，感到昔日失去的感覺再度盤繞。

她本來可以更努力搜尋。可以回去美國，可以找到她，可以索求她，索回那部分的自己。

這時她想到了一個主意——海絲特。或許海絲特的發文中有露西的照片，也許她們一直保持聯繫。她搜尋海絲特，找到了她的個人簡介、她家人的照片、她在布里斯托的喬治王朝風格的房子、挑高的天花板和漂亮的廚房。不斷地往回點擊，有幾張布萊頓時期的照片，但是沒有半張露西的照片。

她點擊了海絲特的名字。

嘿，海絲特，好久不見了，希望妳一切都很好。

今天剛好想到了一些老朋友，想知道妳是否有露西・史肯恩的聯絡方式？

非常愛妳的

凱特。

她按下傳送。

該死的。

一陣敲門聲傳來。凱特待在原地，可是敲門聲再度傳來，這回十分迫切，接著是鑰匙在鎖中轉動的聲音。她嚇了一跳，走到玄關看見愛麗絲從門口進來。

「我想妳可能需要幫忙。」山姆的母親生氣勃勃，穿著有襯墊的背心戴著圍巾，雙頰紅潤。她的腳邊有個塞滿的袋子。「所以我來幫點忙。」她舉起袋子，裡頭放滿了色彩豔麗的塑膠瓶。「我可以進來嗎？」

凱特往後退一步，愛麗絲經過她身邊進入廚房。藥丸仍擺在桌上的電腦旁邊，開著的電腦螢幕上是一系列女人臉孔的照片。凱特走過去擋在桌子與愛麗絲之間，心臟怦怦狂跳。

「那些箱子還沒拆開嗎？」愛麗絲脫掉背心掛在椅背上，然後指著門後堆成山的箱子。

「還沒有。我的意思是——我一直等著借輛車跑一趟慈善商店。」

「妳可以借泰瑞的呀。」愛麗絲說，她從袋子裡拿出燙得平整的圍裙繫在腰上，然後從袋子裡拿出瓶子。「我想我們可以先處理廚房和浴室，然後去喝點茶吃個蛋糕，讓你們兩個離開家門。」

凱特注視著那些瓶子，愛麗絲的清潔用品櫃是各種致癌物質的神殿。「噢，愛麗絲，妳人真是太好了。」她轉過身去收拾電腦和藥丸，全都塞進安全的開襟毛衣內。「問題是……」

「怎麼樣？」

「我其實正要出門。」

「出門？」愛麗絲歪著頭，似乎是在嗅聞空氣尋找謊言。

「對，去幼兒遊戲班。」

「幼兒遊戲班？」

「就是妳推薦的那個啊。」凱特點頭指向冰箱上的傳單。「我剛才一直在等湯姆醒來，現在正要去看他。失陪一下。」

她跑到樓上的臥室，湯姆睡得正熟，兩條手臂在羽絨被上呈直角伸展開來。她將藥丸塞回藥包，再把藥包放進紙袋，收到浴室櫥櫃的最後面，蓋上毛巾，再用法蘭絨巾擦把臉後回到臥室，在湯姆的嬰兒連身衣外面套一件針織套衫，穿上嬰兒背帶，迅速設法將他放進嬰兒背帶，然後在他完全清醒過來前走到樓下。

「我們準備好了。」她說著一把抓起冰箱上的幼兒遊戲班傳單，並從櫥櫃裡拿出一包太空食品。「愛麗絲，我真的很抱歉沒有辦法和妳一起。我非常感激妳來幫忙。」

愛麗絲站在房間中央。「那好吧，可是星期二別忘了喔。」

「星期二？」

「星期二，我孫子和我有約會！」

§

傳單上的地址是棟低矮、不起眼的市政大樓。她迅速走過去，繼續往山丘上走，接著繞著街區轉回來，再次看見那棟大樓。

她其實根本不需要去幼兒遊戲班。她大可帶著湯姆到別的地方，也許去一間有無線網路的咖啡店，喝杯咖啡焦慮不安地度過這個早上，將有限的精力花在更多毫無結果的網路搜尋上，可是天空下起雨來，湯姆又不住地哭鬧，況且她都來到這裡了。她走到街對面，跨過門檻，進入走廊，那裡一片混亂，擺滿了嬰兒推車、鞋子、外套，凱特將湯姆從嬰兒背帶抱起來，告訴接待處的女人她的名字。雙扇玻璃門後面傳來如潮水般的喧鬧聲。

「一節課是五英鎊，」那個女人說，「不過妳可以付三英鎊，這節課一小時前就開始了。」

凱特從錢包裡拿出一些硬幣扔下。到了裡面迎接她的是一大片滾來滾去的孩童與塑膠玩具，她緊抱住湯姆，湯姆也緊抓著她，他轉動頭部東張西望。這裡似乎沒有一處安全的港灣，她的心臟怦怦直跳，背部大汗淋漓。

「現在是圓圈時間。」凱特轉身看見一位精神抖擻的灰髮女士站在她旁邊。

「那裡有寶寶地墊，等我們上完課後可以使用。」那位女士指向遠處的角落，然後拍了拍手。「圓圈時間到嘍！」她以富有抑揚頓挫的聲音高聲喊，凱特看著一大群人自行圍成一個粗略、不規則的圓圈。「來吧，」灰髮女士用不容反對的語調對凱特說，「過來參加吧。」

那位女士開始唱起沉悶版本的〈公車上的輪子〉。大一點的孩子練習在整個空間突擊爬行，凱特將湯姆保護在兩腿之間。在這些大一點的孩子之間他顯得格外的幼小。

我們什麼時候下車？凱特想問，但灰髮女士煩人地繼續唱下去。公車到底什麼時候停下來？她上一次像這樣坐在地墊上是在她自己還小的時候。小姐？小姐？我們快到了嗎？拜託，小姐，我想下車。

終於公車顫動著停了下來，接著再唱幾輪〈小星星〉和〈捲線軸〉後，女士拍了拍手。「好了，孩子們。現在是自由玩耍的時間嘍！」

全體孩子發出尖叫，大一點的孩子衝向掛滿喬裝打扮的衣服的架子。一個小女孩穿著消防隊員的制服從混戰中出來；她那戴頭巾的母親對她咧嘴微笑，豎起了大拇指。超級英雄們在房間裡扭來動去。凱特退到擺著寶寶地墊的角落，那裡擺出了一些零零落落的玩具。

「天哪，這裡簡直像是第三次世界大戰。」

她抬起頭來看見一個女人站在她身邊，懷裡抱著一個和湯姆年齡相仿的寶寶。「我聽說小小孩也可以來呢。」

「我知道。我想妳恐怕得待在角落裡。」凱特比手勢示意她下面的地墊。

「真的嗎？」女人看起來不大高興。「那該死的還有什麼意義？」

女人的寶寶看見湯姆便向他伸出手，母親注意到了，覺得好笑。「妳想要下去嗎？」她跪下來將孩子放到地墊上。寶寶穿著手工編織、風格隨意的衣服，戴著手織的童帽，看起來像朵小蘑菇，或是布勒哲爾[26]畫筆下的農人。女人摘下女兒戴的帽子，黑色捲髮跳了出來，然後脫掉她自己的開襟羊毛衫。她個子嬌小，面貌透著溫和的剛強，留著一頭褐色的短髮，瀏海稜角分明。

地墊上，她們的孩子在摸索著對方，兩雙手碰在一起時兩人都高興得尖叫起來。女人哈哈大笑，「他叫什麼名字？」

「他叫湯姆。」凱特說。

「她叫諾拉。」女人說。

「這名字真好。」

「妳這麼覺得嗎？那是我伴侶決定的。我想要的名字全都多少和悲劇有關：安蒂岡妮[27]、伊菲珍妮雅[28]。」

她是在開玩笑嗎？凱特無法判斷，但是女人迎上她的視線露出笑容。她往後坐吹開前額的瀏海。「那麼湯姆的名字是怎麼來的呢？」

「哦，我想我們純粹就是喜歡這個名字。」

「喔，了解。」女人伸出手將一個玩具放在諾拉面前。玩具上頭有很多按鈕，諾拉依次按下，發出響亮刺耳的美國版童謠。

「哦，不行不行不行不行不行不行。」女人傾身向前關掉聲音。「我們今天早上已經受夠噪音了。」諾拉又按了幾次按鈕卻沒發出聲音後，她便失去興趣，爬到湯姆旁邊，湯姆正在用一塊積木猛敲桌子邊。「我喜歡那件嬰兒連身衣。」女人指著他說。

「哦。」凱特感覺得到自己臉紅了。「我們遲到了，他又還在睡覺，所以——」

「可以的話我自己都想穿了。妳能想像有人把妳放進嬰兒連身衣、幫妳舒服地

---

26 老彼德．布勒哲爾，荷蘭文藝復興時期的重要畫家，以畫風景及農人著名。

27 希臘悲劇故事中的女主角名字。

28 希臘神話故事中的悲劇人物。

裹好嗎？而且任由妳睡覺？那簡直是天堂。」女人閉上雙眼，一瞬間疲憊占據了她的面容，直到一陣哭聲響起，她立即再度睜開眼睛。諾拉正伸手去抓湯姆頭上的髮絡。「哦，不行不行，寶貝，我們不能亂抓。」女人邊說邊抱起孩子放到自己腿上，諾拉的手指牢牢抓著空氣。

「諾拉．巴納寇[29]！」凱特說，「喬伊斯。」她不假思索地脫口說出。

女人抬起頭來，「對。」她咧嘴笑了。「沒錯，她的確是漸漸有點像巴納寇，脾氣壞又執著。嘿，小乖乖。」她伸手用袖子擦抹女兒的鼻子，「我的伴侶正在寫有關喬伊斯的文章，」她說，「我叫荻雅。」女人抬起頭來笑了笑。「那麼，接下來會怎麼樣呢？」

麗莎

她的頭很痛，舌頭感覺腫脹起來。床邊的品脫杯空了，肯定是她在夜裡某個時間點醒來喝光了。排練結束後她沒有吃飯，直接和其他演員一起到小酒館，喝了三杯酒之後才意識到自己有多餓。但是到那時酒館的廚房已經關閉，因此她吃了兩包洋芋片充當晚餐。

從床上透過窗戶看見外面，雨水無精打采地落在濕漉漉的花園。之前鐵定颳過一陣強風，因為樹木掉落了許多葉子。至少圍牆另一邊的公園很安靜，通常星期六一早就能聽見嘰嘰喳喳的聲音，不過今天天氣顯然攔阻了人群。

她勉強自己起床，穿上舊晨衣，走進廚房，從水龍頭裝滿一杯水，直接喝下去。她在櫃子裡翻找止痛的布洛芬，卻只找到空盒子。再進一步搜找發現了兩顆撲熱息痛，她心存感激地吞了下去。冰箱裡有一塊切達起司，沒有包好硬掉了，還有一點奶油，有刀子挖過的痕跡還沾著果醬。她拿起起司小口啃咬，凝望著外頭的雨。

以前狄克蘭常來的時候，她的這些習慣，例如：不把東西放回原處，使用東西的方法不當，或是把蓋子蓋回空罐子上，都會搞得他抓狂。在他住在這兒的最後一段時間裡，有一次她下班回家發現小餐桌上堆了五個幾乎空了的馬麥醬罐子，旁邊有張字條寫著：明白我的意思嗎？

狄克蘭很奇怪，初次遇見他的時候，給人的印象是非常地從容自如，四肢柔軟靈活，笑起來像狼一樣，很樂意和你一起在小酒館灌幾杯健力士啤酒、熬夜一口氣吸掉一包古柯鹼，但不知怎地邋遢的總是她——喝得比較多不記得前一晚的事的也總是她。即使只睡了幾小時，他也會起床出門去繞著公園跑步。狄克蘭喜歡紀律，他喜歡乾淨的廚房，喜歡無毛的陰戶。他有種殘酷的性格，會打斷愉快的時光，讓你有所收斂。她想到了麥可，想起排練第一天的那段對話——假如我能夠擁有任何人的生涯，我絕對會選擇他的。

29 愛爾蘭作家詹姆斯·喬伊斯的妻子。

她撒了謊。她當然看過那部電影，看了他所有的作品，好幾遍。狄克蘭是個才華橫溢的演員，他做出明智的抉擇，和他想要的對象合作。他的演技如此精湛，她可以觀賞他的電影，暫時忘了他是誰，忘記她痛恨他。

她拉起晨衣上的兜帽，捲了一根菸，在餐桌上點燃，抽了兩口後又厭惡地捻熄。她想要被觸摸。上一次有人摸她是什麼時候的事了？她上次性交是什麼時候？她甚至不想要性關係，只想要被觸摸；再不快點被撫摸的話，她可能會枯萎。她不擅長獨身一人，厲害的單身人士會為周末擬訂計畫，他們清楚這種伏擊令人苦惱，因此利用瑜伽、早午餐約會、展覽、晚餐來攔截，可是她沒有任何計畫，只有宿醉和她自己作伴，以及漫長的一天。

她考慮回到床上再試著睡一覺，但是那樣感覺甚至更令人沮喪，因此她泡了些茶端進客廳。百葉窗拉了下來，她就任其保持原狀。

她的目光落在褒曼的DVD上，想起納森在圖書館咖啡店裡的表情，當她用他的筆在自己手上潦草書寫的時候嘲笑著她。

他們是否一起討論她——他和漢娜？

麗莎在考慮攻讀博士學位呢。哦，哈哈哈哈哈哈哈。

她拿出手機，往回找到那段簡短的簡訊交流。

感謝你介紹褒曼。我很喜歡。小麗。X

我很高興。希望妳買了筆記型電腦。改天在圖書館再見。納。X

在那之後她又去了幾次圖書館，辦了一張借閱證，預約了一些俄國歷史的書。她喜歡那裡，喜歡將個人物品放入置物櫃，喜歡在那間咖啡店喝優質的咖啡。她經常尋找他的身影，但是沒在那裡再見到他。

她的手提包就在旁邊的沙發上，裡面的東西撒落出來：劇本、圍巾、菸草、手機。她將劇本拉近身邊。劇本反摺翻開在她和強尼昨天排練的那一場戲，在那場戲中伊蓮娜訓斥代表所有男人的凡尼亞：你們不顧後果地破壞森林，你們所有的人，很快地表上就不會再有任何東西留存了。

第一周才剛結束，排練室裡卻已經有了某種氣氛。克拉拉動不動就爆發，遇到些微挑釁都會勃然大怒。星期四飾演阿斯特羅夫的演員葛瑞格遲到了半小時，因為他兒子預約的醫生門診逾時，克拉拉大聲責備他，告訴他若是再發生同樣的事就會遭到開除。

通常到這個階段，也就是第一周結束時，多少能察覺到事情進展的狀況，但是這回她完全看不出來——例如，昨天她在練習伊蓮娜的獨白時，導演的表情顯露出幾乎控制不了的輕視，最終她爆發出來大拍桌子。「別再用這種微波激情了！」

大家很快就明白微波激情是克拉拉最喜歡的用詞。他們繼續嘗試了幾種不同方式的獨白，但是每次克拉拉都搖頭，小聲地嘀咕。不過等輪到強尼練習凡尼亞對伊蓮娜的臺詞——妳是我的幸福，我的生命，妳是我的青春……讓我凝視著妳，傾聽妳的聲音

——克拉拉往後靠坐，邊點頭邊低聲表示認可。假如她是隻貓，必定會發出呼嚕聲。不可否認強尼是位非常出色的演員。昨晚她在小酒館聽見葛瑞格對麥可極力吹捧二十年前他在利物浦所看過強尼的表演——他那一代最棒的哈姆雷特，讓我想要當個演員。他沒有成為明星真是他媽的太遺憾了。

儘管演員裡大多數男女似乎都心照不宣地想要尋求他的認同，但強尼很少與人來往。昨晚他在小酒館沒有待很久，只喝了一品脫，是在吧檯和理查一起喝的，理查是扮演謝列布里亞科夫那位年長的演員。他非常謹慎地花費精力，不像其他人，早已精力旺盛地投入輕鬆的親密關係中、投入親吻、擁抱，與交換故事中。他離開時，她無意中聽到他告訴理查這周末他要陪孩子。他們每次都想去軟質材料遊戲區玩，帶著宿醉去簡直是人間地獄。

她不知道強尼對她的看法，他的表情難以看透。昨天，她和克拉拉單獨排練時，瞧見強尼悄悄地溜進房間，他待在後面默默地看著她——那雙藍眼睛平靜而強烈地凝視著。

她突然有個念頭，於是在沙發上更往下滑，打開晨衣，把手伸進內褲放到胯部。她闔上雙眼，想像自己單獨站在舞臺上，想像強尼注視著她，她為他脫掉衣服，一層一層緩慢地脫下。她想像他的臉龐，他的藍眼睛，他注視的方式、想要她的模樣，接著那張臉不再是強尼，而是納森，納森坐在強尼的位置上，在房間後面盯著她看、想要她，而她現在赤身裸體地站著，在自己手中達到高潮。

她躺在那裡，凝視著天花板，讓呼吸平緩下來。之後她蜷縮起身體發出呻吟，羞愧地把頭埋進坐墊。

漢娜

「我們這周末要不要做點什麼？」

納森站在淋浴間裡。這是移植後的第二天，通往露臺的門敞開，秋日的陽光照進公寓。

「比方說什麼？」他大聲說話壓過水聲。

「比方說——我不知道——離開倫敦？去鄉下，海邊。」

「好啊，為什麼不呢？啊，等一下……」他關掉淋浴器伸手去拿毛巾。「我得交那篇要發表的論文。」

她看著他用毛巾擦乾身體，在陽光中伸展身子，他朝她走來。「妳看起來氣色很好。」他說。

「我感覺得出來。」

他口中有咖啡、牙膏、肥皂的味道。

「可是妳應該去，」他朝背後喊道，一面走進臥室從五斗櫃拿出一條四角褲和牛仔褲。「我的意思是，出門去。妳何不出去找人呢？去見凱特？去坎特伯里？或是——海邊的那個什麼地方？在附近的那個，有牡蠣的？」

「惠斯塔布。」

「對，就是那裡。」他再度走向她，一邊扣上牛仔褲的鈕扣。「何不去那裡呢？」

「或許吧。」

「等等，妳可以吃牡蠣嗎？如果妳——？」

「喔，不，」她說著閉上眼睛，內心和外在都有股暖意。「不，我想應該不行。」

§

到最後，她什麼都沒做，因為發現她根本不想離家太遠。不過在度周末的時候，她一直想著體內的胚胎，經常拿出照片端詳，用手指描摹那兩顆在無垠黑暗包圍下的光點。

§

星期一，第四天，他們打電話來。她正在開會，感覺到手提包裡的電話嗡嗡作響，於是託辭離席，到外面走廊上接聽。

「很抱歉，」護士說，「我們沒有冷凍任何一顆，其他胚胎都發育得不好。」

「喔，」漢娜說，「謝謝。」

脈搏、閃爍的生命。熄滅了。

「那其他的胚胎？」她輕聲說，「怎麼辦？妳能告訴我嗎？」

「我……」護士支支吾吾，她聽起來非常年輕。「我想，已經處理掉了。對不起，從來沒有人——」

「沒關係，」漢娜說，「謝謝。」

§

第六天，星期三，她到劇院和麗莎見面。她在堤岸站走出地鐵，緩緩地走過亨格福橋，橋上暮色降臨，河中燈火輝煌。

晴朗的日子持續著，入夜則乾冷，她將外套裹緊一些，穿梭在街頭藝人之間，找出一鎊給一個坐在階梯頂端的少女。她試著想起她們要看的是哪齣戲，一部家庭劇，麗莎選的。這回是去劇院，而不是電影院。說實話，她並不想進去，她想要繼續走下去，在這晴朗的秋夜，小心翼翼地沿河散步，帶著體內的光遊蕩。要走多久才會到達海邊呢？

長吧裡擠滿了人，角落有個爵士樂團在演奏。漢娜掃視整個空間尋找麗莎，終於找到了她，躲藏在觀景窗旁的皮革長椅上，面前的桌上擺了一杯剩餘的濃縮咖啡。她低頭看著劇本，鉛筆懸著不動，嘴巴無聲地動著。漢娜輕觸她的肩膀，她嚇了一跳。

「哦，嘿。」麗莎起身親一下她的臉頰。她的妝化得比平常濃一些；長髮用日式髮梳別在頭頂上，看起來格外像她母親。漢娜在她旁邊的長椅坐了下來。

「妳做了那玩意兒了嗎？」麗莎說。

「移植。做了。」

「還順利嗎？」

「很好吧，我想，我希望。這是妳的劇本嗎？怎麼樣？」

「哦，還好。」麗莎皺起眉頭說，將劇本對摺放進手提包。「她很難纏，那個導演。我的意思是，我知道她不會很好應付，可是她真的很難搞，我不確定她認為我有哪點好。」

漢娜的目光越過麗莎，看向外面寬廣的河流、閃爍的燈光。

「這一行就是這樣的……爭強鬥勝，」麗莎說，「每天、每分鐘都必須證明自己，無處可以躲藏。還有那個飾演凡尼亞的男人，他很出色，可是跟他在一起我就是不知道自己的位置。」

噢，麗莎，她想要說，這是妳自己的選擇，演員難道永遠都不會滿足嗎？

然而她說出口的是：「當然，我了解。」

演出的鈴聲響起。麗莎從手提包裡拿出門票，漢娜跟著她進入劇院黑漆漆的入口。

§

這齣戲很長，演員眾多，門票便宜，座位離舞臺很遠。漢娜記不清楚誰是誰，所有情節似乎都發生在非常遙遠的小盒子當中。

中場休息時她們到外面漫步，一語不發地走到河堤。

麗莎拿出一小袋菸草。「妳介意嗎？」

漢娜搖搖頭，麗莎捲根菸點燃，將煙吹離她們兩人身邊。她們沉默地望著河水，在她們下面露出了一小片河灘，沙子與岩石在昏暗的光線下閃閃發光，漢娜吸入強烈的淤泥、鹽，和泥土的氣味。

「我考慮去念書，」麗莎說，「想改變一下我的生活。」

「哦？」漢娜喚起回憶，她想起來了。「妳是不是在圖書館遇見納斯？幾個禮拜前？我確定他提到了一些。」

麗莎點了點頭，一股細細的煙從她嘴裡冒出。

「有關博士學位的事？」

「對，可能吧。」

「妳攻讀博士學位打算幹什麼？」

麗莎聳了聳肩。「我不確定，我最近一直在讀書。」

「妳是說真的嗎？小麗？」漢娜將外套拉攏一些。「要是每個大材小用、申請實習的博士都給我五英鎊……」

麗莎短促地大笑一聲。「妳就會很有錢了，我知道。」她轉向中場休息的人群往回走的地方。「我們該回去了。」

「妳會介意……」漢娜說，「我真的很累了，妳介意我不進去嗎？」她想要回家把自己緊閉起來，不想漏出任何一滴。

麗莎迅速吸了最後一口，然後將香菸扔過河堤。「當然不會，」她說，傾身過來飛快擁抱一下。「妳多保重，小娜。」

漢娜朝階梯走去，上了滑鐵盧橋。她等候公車，想著下面湍急的河流，想著河的流向，通過沃平，越過泰晤士河防洪閘，再繼續不斷地向前流，在寬闊的河口與大海交會時，鹹水及淡水快速地旋流。

§

隨著時間推移，她能感覺到，她非常確定。有股牽引力，抓牢；光點已經埋入她的體內扎根，她的胸部變得較為沉重，體內有種以前不曾有過的充實。

「事情發生了。」第八天早晨，她在早餐時對納森說。

他伸手過來握住她的手，露出笑容，但笑意不達眼底。

「怎麼了?」漢娜說，「有什麼不對勁嗎?」

「沒什麼不對勁，我只是——不想抱著太大的希望。」

「真的嗎?為什麼?」

「漢娜，拜託。」

「我告訴你，」她緊握住他的手。「我感覺得到，事情正在發生。我很清楚。」

§

第十一天下午，她在上班時去上廁所的時候，內褲上有血跡，一點點，不過確實在那裡。

她轉頭看向別處，再轉回來查看，她很想尖叫，但她試著呼吸。

這沒什麼，這很正常。她回到辦公桌前用谷歌搜尋「體外受精後出血」。她找到了留言板，在那裡她讀到流血可能是好事，代表著床出血。也就是說她想得沒錯，那兩顆光點正把自己埋進她體內。

她沒有再去廁所，那天剩餘的時間都撐著。她寫報告；與美國開電話會議，在會議中她微笑、點頭、勤勉地記下大量的筆記。不會再出血了，那沒什麼，那很正常，體外受精成功了，切安好。那沒什麼那很正常體外受精成功了一切順利。

在回家的地鐵上，車廂每一次顛簸她都蹙起眉頭，現在腹部深處開始疼痛，有隻爪子沿著子宮爬行。等到家的時候她已經無法再推遲，內褲浸透了血。結束了，完了。

§

納森下班回來時，她蜷縮在床上。

「嘿。」他吻她。

「我流血了。」她對他說。

「什麼？噢，天啊。噢，小娜，我很遺憾。」他聽起來毫不驚訝。

「你很遺憾？」她的聲音很沉悶。「為誰？為我嗎？還是為了你？為我們的孩子？不存在的孩子？」

「為所有的這些，主要是為妳，小娜。」他在她身後的床上躺下，緊貼著她的背，用胳臂摟住她的腰。「妳還好嗎？妳在這裡躺多久了？」

「一個小時，還是兩小時吧。」

「妳很冷。」他說完更緊密地抱著她。

她突然意識到自己的身體，察覺到他說得沒錯，她非常地冷，她的身體變冷了。

「噢，漢娜。」他將臉頰靠在她的肩膀上。「噢，小娜，我親愛的。」

§

隔天早晨，納森還未醒來，她就弓著身子坐在電腦前。

「怎麼了？」他走進房間裡說，邊在她頭上落下一個吻。

「我找到了一間診所，在哈利街。」

她感覺他的手指緊抓住她的肩膀。「漢娜——」

「求求你，」她說，「看一下就好。」她指著螢幕上的嬰兒照片。

「不要。」他走到窗邊。

「納森——」

「不，漢娜。妳答應過了，妳保證這是最後一次。」

「這個人是最優秀的，他——」

「漢娜，我不想聽這些。」

「為什麼？」她站起來，緊握雙拳。「為什麼？」

「漢娜？妳就不能……就讓我……我可以抱抱妳嗎？拜託？」

「為什麼？你為什麼要抱我？」

「漢娜，天啊，小娜，妳認為是為什麼？」

「我要去，」她說，「我已經預約好了，我會付錢的。跟我去吧，求求你，就——去嘛。」

指標・一九八七－九二

她們互相猜疑。她們知道彼此的存在，因為去年她們的英文成績分居第一第二，這些事情大家都會談論。不過她們不曾一起上過課，直到現在。此時她們同在一間教室裡，萊利小姐的高階英文課。她們十二歲。

萊利小姐留著一頭長長的捲髮，戴著一副像蘇．波拉德在《嗨－嗨！》劇中所戴的眼鏡。她發下一首湯瑪士．哈代[30]的詩。誰願意先朗讀？她梭巡一張張臉孔；他們是在一間組合式教室裡，就是戰後興建、發了霉的那批教室之一。

第一天，漢娜和凱特都沒有舉手。她們宛如狙擊手般留神觀察彼此，等待對方先採取行動。當別人（拙劣、結結巴巴地）大聲朗讀完那首詩後，萊利小姐抬起臉來看著全班同學。

那好吧，凱特？妳可以告訴我這首詩是在描述什麼嗎？

她長得不是特別漂亮，漢娜心想，這個女孩英文考試比她或任何人都整整高出百分之五——高達百分之九十七。她有張圓臉。在這年代女孩子都穿腳踝處有摺邊的襪子，裙子拉到規定的高度以上，但凱特穿的裙子是普通的長度，她的頭髮剪到剛好在肩膀上方的長度，體重有點過重。但是她有種漢娜無法用言語形容的特質，潛藏在表面下的某種力量。

這首詩是在描寫愛，凱特說。以及失去愛，他深愛他的妻子，但她已經不在了。很好。還有誰要說說看？

漢娜舉起手來，她的手感覺很熱。

好的，漢娜？

她死了，她說。

妳怎麼知道？

她已化為毫不留戀的一抹蒼白。無論遠近都再也聽不見。她是個鬼。對。

可是他很難過，他對某件事情感到愧疚。這可以從格律中看出，這首詩的格律在最後一段出了錯、改變了，結尾並不好。

太棒了！萊利小姐眉開眼笑。

---

30 英國小說家及詩人。

凱特從教室另一邊凝視著這個洋洋得意的女孩，她有一頭深色的長髮，眼神專注有如鳥一般。

比賽開始了：從那天起她們就陷入激烈、狂熱的競爭當中。

過了一段時間，大約半年後，她們一起去校外教學，結果在前往史泰爾紡紗廠的遊覽車上並肩而坐。她們相處得意外融洽。下個周末，漢娜邀請凱特去喝茶，令她受寵若驚，而凱特接受邀約也出乎漢娜的意料之外。

漢娜的家很小，是在帕斯伍德路附近的公營住宅區裡的一間半獨立式房屋。屋後有座長型的花園。在狹小的廚房與餐廳之間仍然有上菜窗口，漢娜媽媽透過窗口傳遞烤薯條和天使喜悅慕斯。漢娜的房間非常小，比她弟弟詹姆斯的還要小，儘管他年紀較輕，漢娜對這樣的不公強烈不滿。

她的父母每星期天早上都去教堂，也要求漢娜去，她經常帶書在布道時閱讀。她告訴凱特這件事情之後，凱特借給她一本茱蒂．布倫[31]的《永遠》，用威廉．莫里斯[32]壁紙當書衣，讓書看起來像無害的詩集。我把精彩段落的頁角都摺起來了，她說。

下個星期天，在教區牧師喋喋不休地講道時，漢娜打開書來讀：

他翻身壓在我上面，我們一起一次又一次地律動，這感覺太美妙了，我一點都不想停下來，直到高潮來臨為止。

漢娜咧嘴一笑，開始明白她所看到在凱特溫和外表下運行的力量是什麼，儘管她還找不出詞彙來形容，不過那是種顛覆的力量。她是個內心叛逆的女孩。

凱特家是在迪茲伯里一間愛德華時代的半獨立式房屋，位在帕斯伍德路的另一邊，有四間大臥室和一座花園。她有爸媽和一個姊姊，她姊姊名叫薇琪，今年十七歲，高視闊步地走在樓梯平臺上，宛如憤怒女神。

凱特的媽媽是護士，長得漂亮豐滿，紅色長髮垂在臉龐，雀斑散落在鼻子上。她經常大笑，也自己做麵包，漢娜以前從未吃過家裡自製的麵包。凱特的爸爸個子很高、蓄著鬍子，他在的時候會在客廳裡播放音樂；他收藏了一堆舊唱片，時常播放巴布．狄倫、保羅．賽門、凱特．史蒂文斯的歌曲。有時候，喝完茶以後，他們會在廚房裡播放音樂跳舞。凱特的媽媽非常會跳舞，她爸爸也是，有時候他們會親密地貼在一起跳舞，有時候會大笑親吻。漢娜以前從沒看過父母親互相碰觸。凱特的姊姊如果看到這樣的表演就會翻白眼。真是他媽的煩吔，她說，別再來這一套了。

與她自己的父母親相比，凱特的爸媽似乎很年輕。

凱特的家人投票支持工黨；漢娜家投給保守黨。

31 美國知名小說家，作品以兒童文學與青少年小說為主。但因為她在書中大談性愛、月經、宗教等議題，因此她的作品在一九七〇年代一度成為禁書。

32 英國的紡織品設計師、詩人、小說家，其設計的家具、壁紙、布料世界知名。

凱特家有左拉[33]和厄普代克[34]；漢娜家有《讀者文摘》和《大英百科全書》。凱特爸爸的工作與工程有關；漢娜爸爸在克里斯蒂醫院當搬運工。凱特家用橄欖油；漢娜家用沙拉醬。

§

她們十三歲時，凱特的媽媽生病了。她的體重減輕並且掉了頭髮，因此嘗試用圍巾遮掩。有時她到學校門口接凱特，但是凱特希望她別來。她希望可以逕直走過這個陌生、消瘦的女人，她戴著頭巾耳環、塗了口紅，過分刻意地努力，牙齒在她臉上顯得過大。

不過，一段時間後，她母親的身體好轉，頭髮也長回來了，雖然有一點點不同，比以前略微稀疏。凱特的爸爸依舊播放音樂，但是他們再也不在廚房跳舞了。

她們十六歲的時候，凱特在她牆上掛了一張佩蒂．史密斯的照片，那是真人大小的《馬群》唱片封面的海報。她在城裡的穀物交易所購得的。她們到阿弗萊克斯宮，在發霉的橫桿上找尋像佩蒂那樣的短外套，漢娜其實更適合這個造型，因為她還沒有值得一提的胸部。整個夏天，每逢周一晚上，她們總是告訴漢娜的媽媽她到凱特家過夜，然後她們搭乘公車到城裡的麗思飯店，在有彈性的舞池隨著小妖精、超脫、R. E. M. 等樂團的音樂跳上跳下，凱特穿著芭蕾舞裙、馬汀靴，以及邊緣磨損的條紋上衣。漢娜穿拼布長裙和馬汀鞋，要是再打扮得過火些，她媽媽肯定會心臟病發。事實是，她畫眼線時她媽媽差點大發脾氣。

她們到巴黎西邊的一個小鎮進行法語交流，回來時說了一口差強人意的法文。她們每周六都手挽著手在弗萊徹莫斯公園散步，大聲練習說法文，拿過去的考題測試對方。

艾瑪．包法利如何對她自己的墮落負有責任？還是鄉土社會的本質以及她周遭的人導致她的不幸必然發生？

她們那年的英文老師是位盡職盡責、精力充沛的女士，她相信社會流動，相信女孩賦權。她建議她們兩人申請牛津大學，晚上投入額外的時間輔導她們準備考試。她們進入新的競爭時期，互相激勵。

某個周六早上，凱特的母親倒下，癱倒在阿斯達超市穀類食品的貨架前。她再度入院，凱特住在漢娜家，睡在漢娜房間的行軍床上。夜裡，漢娜睡著時，凱特躺在羽絨被下，看著安全地包圍在睡眠中的漢娜，感覺恐懼在黑暗中等著她。

她在母親過世前一周去安寧病房探望她媽媽。她媽媽的眼睛極大，身體在床上似

33 埃米爾．左拉，十九世紀法國自然主義文學家，同時也是自由主義政治運動的代表人物。
34 約翰．厄普代克，美國小說家及詩人，曾榮獲兩次普立茲小說獎。

乎只占了非常小的空間。病房裡的氣味既強烈又混濁，凱特走進房間時，她母親說了聲哦，聽起來彷彿是有人按壓她的肚子，擠出所有的空氣。凱特緩緩地走向她，心想這或許是她最後一次見到母親，她心裡有點想笑；她用手摀著嘴巴以免笑出來。

妳來了，母親將凱特拉近身邊說，妳來了。

喪禮過後，凱特的姊姊薇琪搬進男朋友的房子。如今只剩凱特和父親，住在大而空蕩的家裡。父親放棄了煮飯，凱特則經常忘記進食，她不再為牛津的課外輔導寫論文。漢娜大為震驚，為她的朋友慌張害怕，同時在內心刻薄的小角落裡感到寬慰。

她們各自申請了學院。由於她們和老師對這所大學都一無所知，因此她們隨便選擇——漢娜選的是因為那所學院看起來最美，凱特選的則是因為這所學院據說每年招收最多公立學校的學生。她們參加了考試，在十一月一個濕冷的周末，她們都獲邀參加面試。漢娜是在一間俯瞰四方院的房間裡，四方院籠罩在早晨的薄霧中，美好的未來似乎從四周的牆壁散發出來，讓她的內心跟著激動起來。凱特則是在餐廳後面一間現代房間裡，窗戶後面是通風井，房間裡充斥著煮食的味道。

一個月後，就在耶誕假期剛開始時，她們收到了信。她們按照事先說好的打電話給對方。她們打開信，漢娜難以置信地低頭看著她的信。

凱特注視著她的信。靠，她說，噢，見鬼了。

二〇一〇

凱特

「早啊，我的小小兵！」

儘管一大清早，愛麗絲還是如她平常一樣完美無瑕：背心、頭髮、熨燙過的牛仔褲。「我的小小兵今天怎麼樣啊？你準備好跟我們約會了嗎？」

湯姆咧開嘴笑，擺動雙手，擠眉弄眼。「很好，」凱特說，「他很好。我們都很好。」

「你有親親嗎？」愛麗絲衝向湯姆。「你要給奶奶親親嗎？」

湯姆興高采烈地撲向祖母。「泰瑞在花園裡。」愛麗絲將湯姆抱進懷裡。「昨晚風很大。」她朝窗外點了點頭，山姆的父親正在那裡頑強地努力對付吹葉機。他們三人默默地注視他片刻，泰瑞似乎在設法控制的同時也製造了不少混亂。

「我從來都不知道那是做什麼的，」凱特大膽地說出，「那些東西。」

「那是用來清理樹葉的。」愛麗絲說。

「啊，是喔。」

泰瑞抬起頭來看見他們，設法熱烈地揮手，湯姆在愛麗絲的臂彎裡踢腿弓背。

「他想要跟大男孩在一起，」愛麗絲說，「我帶他出去一下。我們待會見。」

凱特吞嚥下恐懼；她幼小的兒子，那臺討厭的機器。「看妳想怎麼做都行。」

「我想，」愛麗絲乾脆俐落地說，「那樣會對他有好處。」

§

凱特在公車站等待，但是沒有半輛車子來，於是她走下山坡進城，大教堂在她的前方。她有五個小時可以消磨，在這段時間內她可以做任何合理的事，可以搭火車到查令十字車站，去國家肖像藝廊。欣賞席格[35]、凡妮莎·貝爾[36]的畫作。沿著聖馬丁巷往上走，穿過柯芬園，走到高爾街盡頭的樂施會書店，買本便宜的平裝書，坐在其中一座廣場上看，開始感受自己往昔的輪廓。

她知道自己應該做什麼——回家，清洗抹布、嬰兒連身衣、廚師的白色制服；摺衣服、拆箱，完成搬家的工作。可是她沒有做這些事情，而是四處走走，雙腳找到古老的朝聖者之路，穿過城牆，順著北門、宮殿街往下走。

大教堂入口不可避免地有一排外國學生和各國的基督徒等著進去。凱特躲進Pret咖啡店，買了咖啡和甜點，坐在窗邊眺望木桁架屋組成的市中心。這裡有販賣廉價旅遊紀念品、印著倫敦的棒球帽的貨攤，還有正面寫著一九五〇年代的字樣、販售大糖球和大黃軟糖的糖果店，身穿紅夾克的青年在人群中巡行，兜售撐篙之旅、招攬生意。所有二十一世紀快活英格蘭仿造的刺激事物。

人群當中的一個小攤子吸引了她的目光，攤位正面的橫布條寫著：**抗議學費上漲，十二月十日投票**。

一名年輕女子站在攤子前面分發傳單，長髮染成粉紅色。凱特注意她對路人說話的方式。她裹著寬大針織套衫的嬌小身軀、臉上的活力，令凱特想起了露西。

儘管幾乎每小時查看一次電子郵件，凱特仍未收到海絲特的任何回音。喝完咖啡後，凱特走到外面，羞怯地靠近那個攤位。

「我可以要一張嗎？」她指著傳單對粉紅頭髮的年輕女子說。

「當然可以。」年輕女子微笑著說，然後拿一張傳單塞進凱特手中。「妳也想在請願書上簽名嗎？」

「當然。」凱特傾身向前簽了名，然後驀地感到侷促不安，不清楚下一步該做什麼，含糊地說聲再見後離開，加入準備進大教堂的隊伍中。進去裡面要花十英鎊，她猶豫了一下，但還是掏出錢包拿信用卡支付。一條鵝卵石路通往大教堂入口，建築物本身聳立在前方，她走進裡面來到中殿，屋頂高聳在頭頂上，身穿短袖外衣、和顏悅色的導遊站著販售旅遊指南。她離開那裡，經過一排排的蠟燭架，走到遠端的牆壁，閱讀嵌入

---

35 華特・席格，德國出牛的英國畫家，是二十世紀初倫敦後印象畫派肯頓鎮畫會的成員之一。

36 英國畫家及室內設計師，是聚集了文人、藝術家、學者的團體布魯姆斯伯里派的一員。

石頭裡的墳墓上的碑文，這些是殖民苦難的傷感剪貼簿：記錄在滑鐵盧、印度、西非、南非，一路到規模最大的第一次及第二次世界大戰中死去的年輕男子。牆上懸掛著破爛的黑旗，遠方某處傳來管風琴的聲音。她停在一座橢圓形的紀念碑前，那是一位羅伯・麥克弗森・凱恩斯的墳墓，他是皇家騎馬砲兵團少校，「於一八一五年六月十八日離開塵世，享年三十歲。」

這不起眼的紀念碑
由友誼之手所豎立
忠實卻不足以見證無法言喻的感情及傷悲
這分感情存留於墳墓之外
這股傷悲永遠不會終止
直到那些如今哀悼失去的人們
在神聖
永恆
和平的國度
與他團聚

這麼多男孩，這麼多母親，這麼多的悲痛。然而在此沒有絲毫道歉，倘若在某處，就算只是在一小塊牌匾上寫著：對不起。我們錯了，就好了。這些殖民主義、帝國殺害了我們的孩子。那所有的神祇，掠奪土地，侵吞資源，擁護父權社會。教會與軍方攜手合作。

那麼誰是小士兵？

她想要回兒子。想跑上山坡到哈伯當，從他祖母懷中把兒子搶奪過來。她突然難以呼吸，急忙衝出側門，進入迴廊，迴廊裡寒風刺骨，四方院中的草是一片深綠。她跌坐在刻入牆壁的石凳上，大口大口地吸氣。驀地她想到為什麼她不喜歡這座城市了，因為這裡讓她回想起牛津——教堂、遊客、不能踩踏的草地。就連平底船都一樣，一代又一代的學生走向河邊，急切地抓住布萊茲赫德的夢想。

伊夫林．沃[37]是個多愁善感的法西斯主義者。請論述。

她討厭那本該死的書。

石板上有腳步聲。凱特抬起頭來，看見一個人影快步向她走來。她身穿男士的大外套，頭上的毛線帽壓得低低的，不過凱特認出她是幼兒遊戲班裡的人，於是往後貼靠在石牆上，她今天不想讓人看到，但是已經太遲了。

「哦，」荻雅說，「嘿，嗨！妳是凱特，對不對？」她微笑著伸出一隻戴手套的

---

37 英國小說及傳記、旅遊書作家，同時也是位多產的記者與書評家。他所寫的《慾望莊園》（或譯重返布萊茲赫德莊園）中的主人翁為牛津的學生，此作品備受歡迎，曾改編成電視劇與電影。

手。她的臉被風吹得憔悴。「寶寶不在妳身邊，我一開始沒有認出妳來。他今天去哪裡了？」

「和我婆婆在一起，在哈伯當。」

「那很好啊。」荻雅把頭歪向一邊。「妳看起來不大確定，那樣不好嗎？」

「哦，不，是很好。只是我頭一次離開他，感覺有點奇怪。」

「我懂妳的意思，」荻雅點點頭說。「我每星期二有屬於自己的一天。我整個星期都期待著，我應當要工作，可是我就是……」她扮了個鬼臉。

「妳做什麼工作？」

「教堂藝術。我正在寫一本書，但是一直看不到盡頭。」

「什麼樣的教堂藝術？」

「有一些就在這裡。」荻雅指著屋頂，凱特抬起頭來看。起初她不知道要看什麼，但是一會兒後——「這裡，」荻雅抓住她的手肘——「看見那個綠人嗎？還有美人魚？」

起先很難看清，但是凱特再仔細觀察，細節就浮現了——不光是綠人，還有盤繞的龍、蜥蜴、拿著笛子的牧羊人。「哦，」她說，「有耶，我從來不知道他們在那裡。」

「正是如此！我喜歡把他們想成是顛覆的小交叉點，異教神祇支撐著國教的扶壁。」荻雅轉回頭。「我剛才真的說出來了嗎？抱歉。」她懊悔地苦笑了一下。

一陣冷風吹過迴廊。「好冷，」荻雅說，「去我家好嗎？就在附近而已，我們可以喝點茶。」

「好啊。」

她們走出大教堂，經過學生看守的那個攤子，荻雅在那裡停了片刻和粉紅頭髮的女孩說話。凱特退縮不前，看著女孩自豪地向荻雅展示簽名的名單。

「她是我的學生，或者更確切地說在我請產假前是我的學生。」荻雅回到凱特身旁說。「我們在要求校長就學費問題公開發表意見，但是我想她不會那麼做。不過這些孩子很有意思，他們確實地表明立場，我感到很驕傲。」

荻雅的家很近，就在大街近旁，擠在一排類似的小屋子之間。前門漆成柔和的灰綠色；旁邊的窗口花壇綻放著晚開的深紅色花朵，狹窄的門廳裡外套和圍巾亂成一團。荻雅帶她走進後面的廚房，房子到那裡擴展開來，變得光線充足而舒適。一位高個兒的黑人女子頂著鬆散的爆炸頭站在爐灶前。

「嘿，小柔。」荻雅解開圍巾，「這位是凱特。我在遊戲決戰場認識的，就是我講過的那個糟糕的團體，我剛才在大教堂碰見她。」

女子轉過身來。她的一切都很長：修長的四肢、長長的脖子、纏繞著馬克杯的細長手指。她長得美麗非凡。「凱特，很高興見到妳，我叫柔伊。」她帶著美國口音；凱特覺得她聽見了南方的腔調。荻雅漫步到爐灶旁親吻柔伊，凱特看見柔伊的手在荻雅的背上短暫停留了一下。

「坐吧，凱特，」柔伊說，「屋子很亂，請見諒。」

凱特坐在一張破舊的沙發座位上，沙發上擺滿了薄毯與墊子。陽光從後面的窗戶斜射進來，溫暖著她的背。基爾納玻璃密封罐與書本、玩具、瓶子爭奪架子上的空間，在陽光中閃閃發亮。更多的書堆放在其他的檯面上，一本路易絲．布爾喬亞[38]的傳記被拿來當成花架使用。護牆板飾條上盡是灰塵，木質地板也有些磨損，水槽裡堆著待洗的餐具，看見髒盤子讓凱特微微有種強烈的如釋重負的感覺。「妳們住在這裡很久了嗎？」她問。

「五年了。」荻雅撒了些香草到壺裡。「在這之前我們是住在美國，我在那邊的一所大學教書，我們就是在那裡認識的。不過我是肯特人，就在這座城外長大。那妳呢？妳到坎特伯里一段時間了嗎？」

「快兩個月了。我們是在湯姆五個月大的時候搬來的。」

「那一定很辛苦吧。」

「還好。」凱特撒謊。

「妳住在哪裡？」

「在城鎮的另一頭，溫奇普那邊。」

「我知道那裡，」荻雅說，「我們有一小塊農地，在幼兒灣遊戲場後面。」

「很高興認識妳，凱特，」柔伊說，「我要趁諾拉小睡的時候出門去辦點事。」

「啊，這可是有資金贊助的博士生活中的一大樂趣呢。」

「是呀，妳不也在享受全薪產假的樂趣？」柔伊說著朝荻雅拋了個飛吻。「嘿，」

她在門口轉身說，「妳們兩個應該安排點什麼活動，一些可以放鬆的事，就是媽媽們聚在一起會做的事。」

「我們正在做了啊。」荻雅拿著一杯茶走過來遞給凱特。「是不是，凱特？這就是了，這是我們的聚會，就在此時此地。」

「呃……對，我想是吧。」凱特說。她端起茶——茶湯是淺黃色的，微微散發香氣，水面上漂浮著幾朵小花。

荻雅滑到凱特旁邊的沙發上。「媽媽俱樂部。媽媽俱樂部唯一的規則就是我們不談媽媽俱樂部，好嗎？」

柔伊哈哈大笑翻了個白眼。「我不打擾妳們兩位了。」她揮揮手說。

柔伊走了以後，荻雅轉向凱特。「要吃巧克力餅乾嗎？我有一些存貨。」

「好啊。」

荻雅伸手到後面的櫥櫃拿出一個餅乾盒。「當上媽媽以後會發現自己買些意想不到的東西，我都忘記巧克力手指餅乾有多好吃了。」凱特傾身向前拿了一塊。

「那麼……」荻雅說，「凱特，妳還好嗎？」

「我……」凱特吃了一驚，她滿口餅乾猶豫著說，「我很好。」

38 法裔美籍藝術家，以大型雕塑及裝置藝術聞名。

「我們在媽媽俱樂部要實話實說，」荻雅用責備的語氣說，「我先說吧，妳問我，問我過得怎麼樣。」

「嗯……荻雅，妳還好嗎？」

「嗯，我想想看喔。」荻雅閉上眼睛片刻。「呃，我每天晚上平均睡五個鐘頭，我以前是睡八個鐘頭甚至更多的人，要是睡眠不足就會抓狂。在內心某個角落，我仍然是那樣的人，可是自從我女兒出生以後，我想我從來沒有睡滿一個完整的睡眠周期過。我的膝蓋又突然疼痛起來，那是舊傷，因為用嬰兒背帶抱我女兒所以又惡化了。在她三周大的時候，用嬰兒背帶抱她好像是最棒、最美好的事，現在感覺似乎不是那麼好的主意，可是那是她唯一睡得著的地方，所以嘍。然後我的乳房變得超大，人家告訴我以後會下垂，目前還沒有。我的左邊肩膀壞了。我日夜遭到恐怖的幻象襲擊：女兒跌下去了，女兒受傷了，有人傷害她了；我一聽新聞就忍不住掉淚或是把新聞關掉。另外從女兒出生後我就沒有性生活了。」

凱特笑了。

「妳覺得這很好笑？」

荻雅啜飲一口茶。巧克力讓凱特的口中充滿甜味。

「還有更多呢，不過——妳知道，我可以留到下次再說。現在，」荻雅轉向凱特說，「告訴我吧，妳好嗎？」

§

她煮了番茄義大利麵；用橄欖油和一點辣椒，一塊放在冰箱後面遭到遺忘的帕瑪森起司磨碎了撒在上面。湯姆的那一份已經放在他的綠色小碗中，桌上還有一瓶開了的紅酒。

門開了，她聽見山姆在門廳掛外套。「嘿！」他嗅聞空氣，「什麼東西聞起來好香喔。」

「我想我可以煮點食物。」她將在地板上玩的湯姆抱了起來。「來吧，小乖乖，來嚐點義大利麵。」

義大利麵煮得相當成功；湯姆出人意料地證明他擅長用手指撥弄蝴蝶麵再吸吮醬汁。吃完飯，她和山姆兩人各自喝了一杯半的紅酒後，山姆主動幫湯姆洗澡，凱特坐在桌邊聽他們一起咯咯發笑、唱歌。洗完澡後，山姆再帶他下來，他的頭髮濕漉漉的捲曲起來，她親一下他的額頭。「誰是我的兒子呀？」她說，「誰是我可愛的兒子？」

「我該給他換上睡衣嗎？」山姆說。

「好，麻煩你了。」

她到愛麗絲家接湯姆的時候，他很開心而且平靜。

她起身洗碗、擦桌子，然後給自己再倒半杯酒。

實話？

對，我們要說實話。

荻雅說這話的態度彷彿她想聽到答案，似乎除了實話之外什麼都不夠好。

實話是我也很害怕。

繼續說，怕什麼？

什麼都怕。一直以來都是如此。我很孤單、痛苦。我還是沒辦法面對他們曾經把我剖開的事實。我覺得自己很失敗，無論是當個女人或是母親，我把一切都搞砸了。我母親不在了，我很想念她，我發現我一直想念著她。她根本沒有幫我做好任何準備，我很生氣她丟下我自己一個人，我應付不了，完全無法應付。沒有人告訴我會是這樣子。

我覺得我嫁錯人了。

她沒有說出最後一點，但是其餘的她全說了，一旦開始說了就停不下來。荻雅就坐在那裡傾聽——有人聆聽提供了單純、令人陶醉的氧氣。

那麼，下星期同一時間？媽媽俱樂部？

好。下星期同一時間。

「嘿，」山姆走進房間。「湯姆好像心情不錯，媽那邊還順利嗎？」

「哦，」凱特說，「還不錯。」她喝光杯中的酒。「我想這行得通。」

麗莎

克拉拉說，他們要玩個遊戲。不過這是個必須認真對待的遊戲，是種技巧，有助於突破自我的技巧。他們需要這種技巧是因為他們都很拘謹，他們拘謹得像英國人，不像俄國人。俄國人不拘謹，一點也不，他們的血管裡有伏特加、悲傷，和土地的鮮血，英國人的則有淡茶與濕氣。

所以——

導演環視房間四周——全體演員都在她面前集合，全員點名。這是周一早上的第一件事，第三周的開端。

「哩莎，」她瞇起眼睛。「妳很拘謹，總是非常拘謹。看看妳的坐姿吧，凡尼亞是怎麼說伊蓮娜的？」她轉向強尼。「說她的作風那段？」

「如果妳能看見自己的模樣，」強尼凝視著麗莎說，「妳的舉止。妳慵懶的生活，純粹的懶散。」

「強尼，謝謝你。所以說，哩莎——伊蓮娜的坐姿是這樣子嗎？」她模仿麗莎的姿勢將雙手交叉放在膝蓋上。「不，妳是英國人，妳完全錯了。我為什麼要選擇英國人來詮釋這齣俄國劇？我真是瘋了，以後再也不這樣做了。哩莎——妳知道邁斯納表演技巧嗎？」

麗莎點頭；她曉得。「我們在戲劇學校練習過，雖然已經是好幾年——」

「很好，請坐在這裡。」

導演拿來一張椅子，麗莎恭順地走到排練室中間，坐到椅子上。「還有你，」——克拉拉旋身指向麥可——「你也很拘謹。你只在舞臺上五分鐘，可是你很拘謹，糟糕透了。過來這裡。」

麥可站起來，用手爬梳過頭髮。他咧嘴笑著。「太棒了，」他說，「很好。」

「麥可，你知道這個技巧嗎？」

麥可搖了搖頭。

「哩莎，麻煩妳向麥可說明一下。」

麗莎將雙腿在腳踝處交叉，然後又鬆開。「嗯……就我所記得的……首先是我們其中一個人注意到對方的某件事。我會注意到你的一些事情，起先是表面上的事，也許是你穿的衣服。我可能會說，你穿了一件藍色上衣。然後你重複一遍給我聽，我穿了一件藍色上衣。這樣做了一會兒後，我們再更深入——」

「停！」克拉拉拍了一下桌子。「解釋夠了，開始吧。」

麥可發出一聲短促的狂笑。麗莎深吸一口氣。

「你的頭髮，」她說，「……形狀像飛機頭。」

麥可微笑。「我的頭髮形狀像飛機頭？」他說，說到那個詞時語調稍微往上升。

「停。」

麥可轉身面向導演。

「不要表演。」克拉拉砰的一聲拍桌，助理舞臺監督波比嚇了一跳。「你這是在表演。要是你的演技是這樣，那我很慶幸你在這齣戲裡沒有臺詞，重點是不要演戲。」

受到教訓的麥可轉回去面向麗莎，麗莎同情地瞥了他一眼，他們再度開始。

「你的臉色蒼白。」麗莎說。

「我的臉色蒼白。」

「你的臉色蒼白。」

「我的臉色蒼白。」

她看得出來他現在嚇呆了，怕得動彈不得。

她想起她在戲劇學校的老師，一個矮小熱情的男人，他對這種訓練方式深信不疑。他們運用邁斯納表演技巧時他總是說：喊出你看到的東西。把注意力放在對方身上，仔細觀察，然後喊出你看到的東西。「你看起來很害怕。」她對麥可說。

「我看起來很害怕。」麥可同意。

「你看起來很害怕。」

遊戲軟弱無力、磕磕絆絆地繼續，克拉拉搖著頭一下發出噓聲一下咂嘴。「停。這太糟糕了，糟透了。」她嚴厲地揮手叫麥可下臺。

「天——哪，」他站起來拉一拉牛仔褲、壓低聲音說，「祝妳好運。」

「你，」克拉拉猛然把頭轉向強尼坐的位子。「強尼，輪你了。」

強尼默默起身，走去取代麥可的位置。

他靜靜地、一動不動地觀察她好長一段時間。他的眼神柔和，她感覺他的目光拂過她的肩膀、腹部、雙腳、胸部。她意識到自己的雙腿，再度緊緊地交叉——這是從什麼時候開始的？——還有兩手的位置。她察覺到自己夾在腋下的手掌在發熱，明白了兩人之間的權力平衡，知道權力屬於他。過一會兒後，「妳看起來很悲傷。」他說。

「我看起來很悲傷。」麗莎驚訝地重複一次。

「妳看起來很悲傷。」

「我看起來很悲傷。」

「妳看起來很悲傷。」

「我看起來很悲傷。」

「妳的臉紅了。」

「我的臉紅了。」

「妳的臉紅了。」

「我的臉紅了。」

「妳生氣了。」

「我生氣了。」

「我惹妳生氣了。」

「我惹你生氣了。不，」——她犯錯了——「你惹我生氣了。」

「我惹妳生氣了。」

她感覺得到自己的臉頰漲紅。「你——穿著黑襯衫。」她說。

強尼挑起眉毛。「我穿著黑襯衫。」他照著說。

「停。」他們轉向克拉拉，此時她從椅子上站了起來，勃然大怒。

「妳為什麼這麼做？妳為什麼提到他的襯衫？有事情要發生了。在這間討厭該死的房間裡第一次有事情即將發生，妳卻談起他的襯衫？不行。現在，重來一次。」

強尼緩緩地轉回來對她微笑。那是殺手的笑容，他的藍眼睛幾乎眨也不眨。「妳很不自在。」他說。

「我很不自在。」

「妳很不自在。」

「我很不自在。」

「我讓妳很不自在。」

「你讓我很不自在。」

「我讓妳很不白在。」

「你讓我很不自在。」

「妳看起來很悲傷。」

「我看起來很悲傷。」

「妳看起來很悲傷。」

「我看起來很悲傷。」

「妳有一張悲傷的臉。」

「我有一張悲傷的臉。」

她的喉嚨繃緊。她還來不及從剛才那一擊恢復過來，他就繼續下一擊。

「妳失去了某樣東西。」

「我失去了某樣東西。」

她感覺得到——其他演員在座位上向前傾身。排列的臉孔變成觀眾，她與他們之間隱形的細線收緊，有事情發生了。

「妳哭了。」

「我哭了。」

「妳哭了。」

「我哭了。」

「很好！」克拉拉跳了起來。「現在。馬上。開始你們的那場戲。」

§

她需要新鮮空氣，她推開人群走到外面，站在骯髒的樓梯間仰望天空。

麥可已經在那裡了。「幹，」他說，「剛才那真是殘酷，不過令人激動。」

麗莎悶不吭聲。強尼出現在她身後。

「老兄，他媽的太令人激動了，」麥可說。強尼沒理睬他。麥可自顧自地點點頭。

「非常令人激動。」他對著虛空說。

「剛才那段相當不錯，」強尼對麗莎說，「妳知道嗎？妳可以成為更好的演員，超過妳自己所認可的，只要妳肯放開一些。」

§

她有一下午屬於自己的時間。她不想回家，也不想再待在排練室觀看今天剩餘的排練，於是她爬上進城的公車，那輛吵鬧、老舊的七十三號公車，經過金士蘭路、肖迪奇、老街、安吉爾、國王十字區。天色暗淡發黃，等她在圖書館下車時雨滴開始落下。她將外套、手提包放進置物櫃，出示借閱證給珍善本區門口的警衛看，然後找個位子坐下。在一片寂靜中她閉上雙眼。

她很空洞；內在空無一物，沒有任何東西繫住她，她既沒有天賦，也不成功。強尼說得對，她失去了某樣東西，或是很多東西，抑或是她從來不曾有過。她只是失敗的總和。她空虛到可以飄浮在這些埋頭勤奮工作的人上方，飄上這座城市上空，這座她深愛的城市卻不愛她，沒有給予她生活所需的東西，只讓她勉強生存。

她要到樓下拿東西，打電話給經紀人，告訴她她要退出這齣戲，她要放棄用這職業當藉口。

她下樓到寄物處拿外套和手提包，穿過迴響的門廳朝門口走去，這時她瞧見了他。儘管背對著，她仍然知道是他，他弓著身子沒有說話，但是顯然電話彼端的人說了很多。麗莎躊躇不前，雙手插在外套口袋裡。過一會兒後他關掉手機，她看見他一動不動地站了幾秒，然後抬起頭來，她走向他輕觸他的手臂，納森嚇了一跳。

「麗莎，嘿。」

「你還好嗎？」

他用雙手抓了抓頭髮，眼神看起來瘋狂。「我只是需要……抽根菸，妳有嗎？」

「當然。」

他們經過警衛，走到外面一處可以避雨的小屋簷下，現在雨下得很大。她遞給他菸草，在他捲菸時站在後面。

「對不起。」他一邊將香菸放進嘴裡一邊說。

「對不起什麼？」

他抬頭看她，眼神充滿驚訝。「我不知道。我想，我只是——習慣了說對不起，為抽菸道歉，我不應該抽菸。」

她遞給他打火機，他感激地點了火，向後仰頭呼出一口煙。她從他手中拿走皮革菸袋，為自己捲了一根，他們的煙霧在潮濕的空氣中混合。中央大廳裡，人們拿著包包和書本匆忙走過因雨濕滑的混凝土路面。「妳吃過了嗎？」他說。

「還沒。」

「這附近有家小酒館，提供……一些下酒小菜什麼的。」

他提到「下酒小菜」的模樣讓她笑了。

過馬路時他看起來很迷惘，她不得不壓抑下想要伸手搭在他的胳臂上、帶領他穿過車陣走到安全處的衝動。

「就在這附近的某個角落。」他說著帶她走過位在尤斯頓路南邊的紅磚公寓，沿著一排寬敞的喬治王朝風格房屋，走到一間看起來燈光昏暗的角落酒館。「我想就是這家吧。不管怎樣，這家應該可以。」他為她撐開門。「要喝什麼？我打算來一品脫啤酒，還有一杯威士忌，妳想喝威士忌嗎？」

他沒有進一步提及食物。她看一眼吧檯上面的時鐘——兩點四十五分。

「好啊，」她說，「當然可以。」

她在酒吧角落裡找到一張遠離窗戶的桌子。他帶了兩品脫的健力士啤酒和兩杯威士忌回來。「敬妳一杯。」他大口灌下威士忌，緊接著又暢飲有益健康的健力士啤酒。然後，彷彿頭一次好好注意到她的存在，「妳今天過得怎麼樣？」他說。

「糟糕透了。」

他一臉嚴肅地點點頭。

「你呢？」她說。

「妳不會想知道的。」他向她抬起頭，她看見他的絕望。「上次嘗試的試管嬰兒沒有成功。」

她並不意外。她希望自己感到驚訝，但是她並沒有。

「我迷失了，」他說，「我們都迷失了，在這一切之中。」他撇開視線，看向雨水開始將窗戶打得斑斑駁駁的地方，然後分三大口喝光剩下的健力士啤酒。「我要再去買一杯。妳要嗎？再來一杯威士忌？」

「好啊。」

他離開後，她拿出手機把玩，打開又關上。她心想，真奇怪，這個消息漢娜對她隻字未提。她喝完威士忌，啜飲著啤酒。

他回來時又端了兩杯健力士啤酒和兩杯威士忌。「妳喝不了的話，我來喝。」他微微笑著把酒滑過桌面遞給她。「那麼繼續說吧，妳今天為什麼過得那麼糟？漢娜說妳接了一齣戲？」

她想告訴他那不重要，她不想談她自己的事。「嗯，」她說，「是啊。」

「俄國的作品？」

她點了點頭。「《凡尼亞舅舅》，契訶夫的。」

「還順利嗎？」

「還可以。」

他傾身向前。「還可以？聽起來不是太好。」

「是很好啦，只是……」她輕輕一笑。「我不知道，我今天對什麼都不確定。」

「我也可以說同樣的話。」

「真的嗎？」她沉默不語，等待他繼續說下去，看著他捧著品脫杯的雙手，他的雙眼，以及眼睛下面薄薄的皮膚、彎曲的嘴角。喊出妳看到的東西。

你很悲傷。

你很生氣。

「我不曉得。」他的手指敲打著沾有汙跡的木頭桌面。「我只是——我甚至不記得我們為什麼要這麼做，讓我們的生活變成了這樣。漢娜。這樣的拘束。每、一、件、他媽的、事。嚴密管制、監督所有我放進身體裡的東西，我看見她在周遭徘徊，注意我喝的咖啡，如果我下班後出去就問我喝多少酒。計數，總是在計數，她成了警察。」

他陷入沉默。

「她只是想要有個孩子。」麗莎柔聲說。

「妳以為我不知道嗎？」現在他怒氣沖沖。「可是那變成她的全部，她變成了一個想要有個孩子的怪物，偏偏這方法他媽的行不通。孩子的孕育難道不是應該發自愛嗎？還有放縱？跟美好的性愛？而不是按照時間表、試算表、圖表。」

他說過頭了。她看見他退一步暫停說話。

他抬起頭來看她。「妳從來沒想過要孩子嗎？」他低聲說。

「我——沒有。有一次，我的意思是，我曾經懷孕過一次。」

「真的？」

「對。」費茲羅維亞區瑪麗．史托普斯診所的掃描照片上模糊的形影，在戲劇學校第一年結束的時候。

「發生了什麼事？」

「我拿掉了。」

「我很遺憾。」

「不必遺憾。來吧，」她向他舉起威士忌。「乾杯。」威士忌讓她的喉嚨火辣辣的。「抽菸？」她說。

「妳看穿了我的心思。」

他們走到外面，擠在門口，輪流捲菸。

「繼續說吧，」他們兩人都點燃菸後，他又說，「妳還沒告訴我為什麼妳今天過得很糟糕。」

「有人……批評我的演技。我想我就是沒辦法接受吧。」她試圖找個精神支柱——雨水、開著燈的車輛、操控著傘的人們。她突然覺得快要醉了。

「有時候……我覺得不大真實。」她轉向他，他正注視著她，身體靠得很近。他搖了搖頭。

「怎麼說？」她說。

「聽妳這麼說，我就是覺得好奇怪。」

「為什麼？」

「因為我看妳總是那麼的鮮活、超乎現實。」

她輕輕地笑了。

「我記得第一次見到妳的時候，妳簡直是——光彩耀人。然後等我們長大以後的那些派對，那個穿著二手店衣服、美麗動人的派對狂。」

「對耶，我那時在想什麼？」

「那些日子挺好的，不是嗎？我們什麼都不在乎，不是嗎？我們那時好自由。」

他俯身向前，將她的手腕抓在手中。她低下頭看見他的手指，指甲修剪得很隨意，感覺到她心臟、手腕、胯部一陣跳動。

「我很想念那段日子。」他說。

喊出妳看到的東西。

你想要我。

「誰？」她對他說，仰頭回視他的臉。「對你來說？我是什麼人？」

「妳很漂亮、聰明，妳很狂野，麗莎。」他抬起雙手捧著她的臉，將她的臉拉向他的，把嘴唇覆蓋在她的唇上。

詫異。並不意外。

她的嘴唇為他分開，嚐到他舌頭的味道。

「對不起。」他說著抽開身。

「不。」她說。

「我不應該那麼做。」

「沒關係，就當沒發生過。」

他搖一搖頭。「漢娜——」他說，聲音哽咽。

「事情並沒有發生，納斯。」

他用手抹了抹臉。「不是這件事。只是——她想再做一次試管嬰兒，想再去另一家位在哈利街的診所。」

「那肯定有幾千家。」

「還有其他的呢。」

「那你打算怎麼做？」

「我不曉得。」絕望又回來了，籠罩著他，他抬頭看她。「妳會怎麼做？」

「噢，天啊。」她輕聲笑了。「別問我。」

「可是我要問，」他說，「我要問妳，妳是第一個我能夠商量這件事的人。妳不知道能夠討論有多好。小麗，告訴我吧，」他懇求，「拜託。妳會怎麼做？」

「我不會做。」她邊說邊將開襟羊毛衫拉攏一些，凝視著雨水沖刷的街道。「我會拒絕。」

漢娜

他們從攝政公園地鐵站出來，走過有奶油色柱廊的建築物，然後沿著馬里波恩路走一段再轉入哈利街。她走得很快，彷彿引領納森匆匆走過這些迷你豪宅，經過湧出瘦骨嶙峋、裹著頭巾的女人的大車，以及懷裡抱著小狗的老婦人，他可能就不會注意到他們身在何處。

她按下一棟三層樓房屋的門鈴，謝天謝地這棟比周圍的豪宅略微小一點。蜂鳴器准許他們進入，他們走進鋪著黑白石板的門廳，牆上裝飾著微笑嬰兒的照片，一座細長、彎曲的攝政時期風格的樓梯向上朝燈光延伸。他們說出名字後被帶進一間大小和他們公寓一樣的候診室，柔軟的沙發隔著稜角分明的桌子相對，滿滿的雜誌成堆排列在角落裡。一對夫妻坐在二十呎外的沙發上，從房間另一端打量著漢娜與納森。

納森坐下來，蹺起二郎腿。他的運動鞋磨損了；他踩在長毛地毯上的那條腿抖動著，角落裡的咖啡機汩汩作響。「我要喝一杯，」他說著再度跳起來。「妳要嗎？」

「不用了，謝謝。」漢娜朝桌子彎下腰來：《閒談者》、《哈潑時尚》、《鄉村生活》、《Elle》。她抽出《Elle》飛快翻閱，意識到自己的呼吸淺而短促。

納森拿了一個白色小塑膠杯走過來。

「這咖啡真難喝，」他用責難的語氣說，「他們收多少費用？」

「七千。」她輕聲但確切地說。他知道這點，她心知他明明曉得。

「好奇這地方的租金多少？」他的聲音有點過大。房間另一頭的那對夫妻抬起頭來，接待員從門口探出頭來。

「吉拉尼醫生現在可以見你們了。」

漢娜站起來，撫平裙子。「謝謝。」

納森跟著她上樓。「這些畫很漂亮。」經過一系列過於鮮豔的抽象畫時他說。

吉拉尼醫生坐在大房間裡一張寬大的桌子後面，他是個身材像熊一樣魁梧、面帶微笑的男人。他傾身向前打招呼，用雙手緊握住他們的手。「很高興見到你們，」他說，看起來像是真心的。「請坐。」

「那麼，」他們坐下來後他說，「我看了你們的紀錄。漢娜，如妳所知，和妳一樣不孕原因不明的婦女非常多。」

漢娜點頭。

「而妳曾經懷孕過一次，儘管流產了，但那是好事。好消息是妳隨時都有可能再懷孕；壞消息是除了平常的建議外，我們沒辦法提供妳什麼有幫助的建議。不過，」——他微微一笑——「我們這裡的設備非常完善。」

納森環顧房間，彷彿是在搜尋設備，然而這房間雖大卻看起來空空蕩蕩。

吉拉尼醫生介紹一下國民保健署無法提供但他可以提供的治療法：縮時攝影、頻繁掃描、子宮搔刮、周末移植卵子。所有這些措施加起來可以讓漢娜這年紀病人的成功率達到百分之三十左右。

「子宮搔刮是什麼？」納森說，「聽起來很野蠻。」

「那是項技術，」吉拉尼醫生說，「已證明有助於移植。」他從桌子上方遞過來一張資料，在數字下面畫了線：年齡三十五－三十八，懷孕機率百分之三十二；接下來的活產率較低。費用在頁面底部用小小的數字表示。

「你能不能告訴我，」納森說，「這些費用的細目？」

吉拉尼醫生的笑容堅定不移。「當然，我可以請我的祕書準備。」

「那是——那是一筆很大的花費，」納森說，「對吧？就一件有百分之七十的可能性會失敗的事情來說。」

漢娜將拇指指甲掐進另一隻手的掌心。

「我了解。」吉拉尼醫生微乎其微地瞥了一眼牆上的時鐘。「我們有很多病人利用保險來支付——」

「我們沒有保險，」納森說，「我們相信國民保健署。」

漢娜傾身靠近納森，一把將那張資料塞進她的手提包裡。「謝謝。」她說。

「所以——如果你們決定要做，請和我的祕書預約時間，我們可以讓你們馬上開始。」

「等一下，」納森說，「小娜——妳不需要時間復原嗎？漢娜才剛做過一次試管嬰兒，她很勞累。」

「我很好，」漢娜說，「還有我可以自己說話。」

「如果你們寧可等的話，」吉拉尼醫生攤開一雙大手。「當然可以。不過你們每等一個月自然是——」

「不，」漢娜說，「我不想等。」

納森望出窗外，他的下巴繃緊。「謝謝你，吉拉尼醫生，你幫了我們很大的忙。」

吉拉尼醫生緊握住他們的手。

納森先她一步走下樓梯，但是並沒有在接待櫃檯停下來，他推開門走到外面街上。等到漢娜追上他時，他已經拐過轉角，正捲菸捲到一半。

「你是從什麼時候開始抽菸的？」

「最近，不過我還沒有開始抽。」

「那這是什麼？」

「香菸。」

「上個治療周期你抽菸了嗎？」

「沒有，漢娜。我沒抽，不過現在我很想抽根菸。」他點燃菸，她瞪大眼睛盯著他看。車流呼嘯而過，這是個汙染嚴重、灰濛濛的日子。

「我真是不敢相信！」她說。

「妳不敢相信什麼？漢娜？」

她伸手指向他。

「喔，我惹妳討厭，是嗎？嗯，這一切——」他揮舞著香菸指向四周，「令我厭惡。這些醫生從別人的絕望中賺取成千上萬、甚至數以百萬的錢。這是條充斥著庸醫的街道，妳倒不如把七千英鎊扔進許願池還更有好處。」

「你是說真的嗎？」

「真的。小娜，他們都是他媽的用信仰療法治病。」

「那牆上的小孩怎麼說？他們存在都是多虧了這位醫生。」

「也許他們本來無論如何就會存在。」

「這點你又不知道。」

「對，我不知道。我什麼都不知道，妳也一樣，該死的吉拉尼醫生也不知道。沒有人知道，因為人體是個謎，因為生育能力他媽的是個謎，小娜。」

「有些事情是你可以做的……」

「我們一直在做這些事情，我們每一件都做了，漢娜。做了好幾個月、好幾年，我們還是沒有孩子。」

「一直在做的人是我，一直在做這些事情的人是我。納斯，你做了什麼？告訴我，是什麼？」

他注視著她，深深吸一口菸。「對不起，漢娜，我真的很抱歉。我希望妳知道我愛妳，可是我沒辦法再這麼做了。」

「什麼？你沒辦法做什麼？」

「這個。」納森說。

「這個是指什麼？」

他把香菸扔到街上，街上的車輛在交通信號燈處隆隆作響，他搖了搖頭。

§

她父親在斯托克波特的月臺上迎接她。他還沒看到她，她就先透過窗戶看見他，他的猶豫和白髮總是有一瞬間令她震驚。她下車時看見他的頭左右轉動，正在尋找她。

「爸。」她呼喊，他轉向她伸出雙臂。

他聞起來有肥皀和濃烈的媽媽洗衣粉的味道。

「我來拿吧。」他伸手去拿她的手提箱。

「沒關係，這不重。」

「給我吧，妳車票拿了嗎？現在後面有剪票口。」

車子停在一向停放的位置。「好了，」他拎起她的箱子放進後車廂。「妳媽做了牧羊人派。親愛的，她很擔心妳。」

天空下著濛濛細雨。樹葉都呈褐色；這裡已經感受得到秋天。他們到家時，她母親正在廚房裡，窗戶蒙著一層水氣，狗兒跳起來打招呼。

「過來這兒，」媽媽將她緊抱入懷。「妳瘦了。」她媽抱著她嘖了一聲說。

他們吃了牧羊人派和青花菜，又吃了水果鮮奶油布丁，飯後他們走進客廳坐在電視前。

「妳想看什麼？」父親打開電視，用稍微誇張的動作遞給她三只遙控器。「妳決定吧。」

「我沒有意見，真的。你們平常這時間看什麼？」

她坐在母親身旁，他們看了一集古裝劇。

播放廣告的時候，父親走進廚房，端了茶和巧克力回來。

他遞給她的時候眨了下眼睛。「奧樂齊超市的，」他說，「他們的這些小巧克力棒非常好吃。」

§

九點半，她父母去睡覺時她也上床，躺在自己兒時的房間舊的單人床上。牆上有張她和爸爸在她婚禮那天的照片，站在戶外公園裡、午後的陽光下——那襲綠色的禮服。

她母親從浴室出來時在門口探頭進來。

「妳需要什麼嗎？」

「謝了，媽，我很好。」

「熱水袋？」

「我沒事。」

「我知道，可是今天晚上冷颼颼的。而且我只是想，為了妳的肚子……在經歷過那麼多事情以後。」

「我很好啦，謝謝媽。」

「好啦，親愛的。晚安。」

「媽，晚安。」

她媽媽輕聲關上門，漢娜並非頭一次意識到，父母親雖然生活範圍似乎總是那麼的狹小、侷限，但他們卻掌握了體貼的藝術。她以前經常猛烈抨擊他們，批評他們看的報紙（《每日郵報》）、他們看的電視（肥皂劇和自然節目）、他們的政治觀點、宗教信仰（英國國教）。他們總是如此狹隘的視野，他們的天真，他們的階級。

然而他們非常體貼。

他們疼愛孩子，而且至今仍然深愛彼此。他們是怎麼辦到的？他們是隨著時光流逝逐漸學會的嗎？從這些微小、簡單的行為中慢慢積累起來的習慣與歲月？

§

周日早晨她爸媽準備好上教堂。漢娜看著母親穿上冬季大衣，然後嘖嘖地擔心爸爸穿的防寒夾克太薄；設法勸他多穿件針織套衫，誘哄他圍上圍巾。

「妳想去嗎？」

「不了，我要去散步，到商店買點東西。說不定會做點午餐。」

她沿著死巷走出去，經過周圍塗了灰泥礫石的小窗戶和英國國旗。此地的房屋變化之快總是令她驚奇，到了霧巷公園另一邊就宛如置身在迪茲伯里，那裡的房子很大、街道兩旁有樹，而不是像這些一九三〇年代的窄小半獨立式房屋，擁擠在一起彷彿為自己感到抱歉。

她在當地公園走了幾圈，然後到合作社超市買了一隻雞和一些蔬菜。她爸媽在十二點前回來，她看見他們聞到烤肉的香味後喜笑顏開。

稍後，吃完午餐她和媽媽在清洗碗盤時，漢娜轉向母親。「媽，妳是怎麼禱告的？」她問。

「妳是指什麼?」她母親說。

「我是指妳在教堂禱告的時候，是怎麼做的?」

她母親把手套脫掉擺在流理臺的一側。她沖洗了碗之後放回水槽下面的櫥櫃裡，然後轉向漢娜。

「說真的，我並不確定，」她說，「我閉上眼睛、仔細聆聽，我有點……我想是在整理自己的思緒。然後，假如我是特別在為某個人禱告，我就會回想起那個人。如果是為了妳，我就想著妳，有時候妳就像現在的模樣，有時候是像個小女孩。」母親的手握住她的。「然後我會請求、祈禱。」

「妳會祈禱我有個寶寶嗎?」

「嗯，親愛的，我祈禱過。」

「妳祈禱過?」她說，「那現在呢?」

母親走上前來，將漢娜的雙頰捧在掌心裡。「現在，我祈禱妳幸福，親愛的。祈禱妳快樂，就這樣而已。噢，漢娜，」她母親說，漢娜哭了起來。「噢，我可愛的女兒。」

倫敦・一九九七

一九九七年八月，畢業的那年夏天，漢娜來到了這座城市。工黨的東尼・布萊爾就任首相三個月。在漢娜十八年的人生中一直都是保守黨執政。就在考試前，她和麗莎一起在喬爾頓一家愛爾蘭酒吧觀看了選舉，她們喝黑天鵝絨調酒喝到暈頭轉向。就連她父親都投給東尼・布萊爾。

麗莎的邀請函非常隨意，寫在一張來自羅馬、顯示著特雷維噴泉的明信片上：我一直在盡力效法安妮塔・艾格寶[39]。這裡實在太美了，等我回去時一定會覺得無聊寂寞的。拜託快點來倫敦吧。

麗莎到尤斯頓站接她，穿著牛仔褲和磨損的橡膠底帆布鞋。她晒黑了，頭髮散亂。漢娜本身因為在意別人的看法而渾身不自在，她最近將頭髮剪短得近乎鮑伯頭；經常伸手去摸脖子上頭髮逐漸變成尖角的地方。

哇，麗莎在中央大廳擁抱她向她打招呼。露易絲・布魯克斯[40]，我喜歡。

真的嗎？漢娜說著伸手輕輕觸摸頸背處。

她們在國王十字車站外面等公車，公車到來時，漢娜跟著麗莎跑上後面的樓梯。前面的座位空著，麗莎霸占了那個位子，將穿著帆布鞋的雙腳大搖大擺地跨到欄杆上，一面喋喋不休地說著話，公車載著她們穿過國王十字車站後面的荒地，麗莎指出她去參加派對的倉庫和一間她在大多數周末會去的俱樂部。她告訴漢娜她的新男友狄克蘭的事，他是愛爾蘭人，比她年長十歲。他帶她去羅馬，他在那裡拍攝影集，他們在齊內奇塔片場的攝影棚內漫步，住在托拉斯特維爾的公寓，參觀中世紀的畫作和宗教聖地。

狄克蘭說他會幫我找個經紀人，麗莎說。這樣我在假期中就能找到事情做。

她說這話並沒有特別的驚喜，只是愉快地接受自己的命運。

麗莎說話時漢娜端詳她，覺得她比以前更美了，如果有可能的話，麗莎會成為一名成功的女演員。這點顯而易見，她甚至可能成為明星，她擁有才華、美貌，無憂無慮，成功唾手可得。嫉妒她毫無意義，因為事情就是如此。

隨著公車爬上長長的斜坡，車窗外的工業用地轉變成公營住宅區。她們在地鐵站對面下車，麗莎帶路穿過一條條街道，街上高大的房屋都從道路退縮，漢娜可以透過敞開的窗戶聽見練習音樂的聲音。這些街道很寧靜，城市也變得柔和，她們停在一間屋子

---

39 瑞典女星，因拍攝義大利導演費里尼的《生活的甜蜜》而走紅，影片中與男主角在特雷維噴泉接吻一幕是影史經典。

40 美國一九二〇、三〇年代的電影演員和舞蹈家，在事業巔峰時期所剪的短髮帶動了鮑伯頭的流行。

前，屋子的前花園裡種著蜀葵，綠色的前門破破舊舊。

妳的房間在後面樓梯頂端，麗莎說，進來吧。妳想要的話，可以把包包放到上面去。

樓梯上覆蓋著老舊的摩洛哥地毯，幾乎每一臺階上都堆放著東西。牆上掛著大量的畫：鑲框的漫畫、明信片，和其他較大張的畫作——在樓梯頂端有幅大的油畫，畫著小時候的麗莎。漢娜凝神細看，認出這畫風——在麗莎的學生宿舍房間裡曾經有一幅。她將包包放在狹窄的房間裡，房裡有張單人床，面朝著盡頭有間溫室的長型花園，收音機的聲音從上方某處傳來。

她在床上坐了一會兒後去上廁所，浴室很大很髒，漆成深灰綠色。雜誌散亂地堆在地板上，她撿起一本皺巴巴的《紐約客》，雜誌翻開在小說版那頁，已經有四年多的歷史。

樓下客廳打通，一整面牆都被書架占據。臨街的窗戶籠罩在植物中，使得照射進來的光線微帶綠色，效果有點宛如在水面下。茶几上放了幾個爆滿狀態不同的菸灰缸，架上的書似乎雜亂無序：托爾斯泰[41]、艾略特、愛特伍[42]、巴爾札克[43]。漢娜拿下其中一本，艾略特的《四首四重奏》，書的空白處寫滿了字，筆跡潦草、彎彎曲曲。她的背後有動靜把她嚇了一跳。

一位婦人站在樓梯底部。她個子很高，身穿棕色長圍裙，圍裙上沾滿顏料，灰白的長髮用兩把梳子盤在頭頂上。她美得引人注目。

妳是誰？婦人問道。

漢娜，漢娜說。對不起。

妳為什麼要道歉？婦人說，她的頭歪向一邊。

她看起來既好奇又帶著威脅，有如一隻猛禽。她走近一些，盯著漢娜手中的書。

啊，艾略特呀。妳是他的書迷嗎？

漢娜低頭看著正文和彎曲細長的旁注，該怎麼回答才恰當呢？

我也這麼想，我的意思是——我讀了《荒原》，我喜歡那本。不過……他對他老婆是不是很糟？

很不幸的，他的確是。他絕對是個混蛋，不過他很會寫。

對了，我叫莎拉，她伸出手說。妳借去看吧，不過如果不喜歡也不用擔心，艾略特對年輕人來說是浪費時間。

她們走進寬大、凌亂的廚房，莎拉接替麗莎做午餐，堅持說她餓死了，一個三明

---

41 列夫．托爾斯泰，俄國大文豪，著有《戰爭與和平》、《安娜．卡列尼娜》等名作。
42 瑪格麗特．愛特伍，加拿大詩人、小說家、文學評論家，是近代備受世人注目的作家。
43 奧諾雷．巴爾札克，法國十九世紀的文豪，寫實主義文學的先驅。

治遠遠不夠。食物準備完成後，漢娜看著麗莎與莎拉進食，留意到她們熟練地向食物進攻。鹽不是放在鹽罐，而是放在研缽裡，母女倆用手指伸進去拿。她們在沙拉上倒了大量的油，然後用麵包蘸著抹乾淨，吃完沙拉後她們將手指吸乾。她們吃東西像動物一般，但她們吃的時候卻比她見過的任何人都要來得優雅。她想起了自己的父母；想到穿著馬莎百貨開襟羊毛衫的母親、倒在毫無生氣的萵苣上的沙拉醬，想到他們的斯文、餐巾，以及對禮儀的堅持。

餐後她們抽菸。莎拉有一個和麗莎相似的皮革菸袋，使用同樣的深色捲菸紙。莎拉和麗莎談論她們看過的電影、戲劇，這些對話有些尖銳，有種相互較勁的感覺。麗莎談起羅馬的藝術時，莎拉沉默下來，歪著頭聆聽，然後莎拉對漢娜說，在去羅馬之前，麗莎還以為貝里尼[44]是雞尾酒呢。

它是雞尾酒沒錯啊，麗莎說著把手伸過來將香菸捻熄在剩餘的橄欖油中。藝術跟生活並不相互排斥，這是妳教我的。

說得好，莎拉舉起玻璃杯說。

漢娜感覺自己好像一株植物，伸出捲鬚，攀附著這間屋子、這些女人、這種生活。漢娜的時間快到了的時候，麗莎說：妳應該再多待幾天，我媽喜歡妳，她認為妳對我有好處。她下禮拜有個展覽要開幕，到時狄克蘭會回來，妳也可以見見他。

漢娜打電話給她媽媽，她在電話彼端的聲音聽起來微弱而遲疑。親愛的，如果妳確定的話？妳確定她們很樂意妳待在那裡嗎？妳不會妨礙到人家嗎？

她們的房子很大啦，媽。

哦，那就好。那麼，妳替我向她媽媽道謝，好嗎？

§

開幕式那天晚上很熱。漢娜穿了件緊身背心和寬鬆的長褲，她用手摸了摸頸後剛修剪過頭髮的地方。畫廊很小，位在東倫敦一條鵝卵石街道上，莎拉的油畫陳列在一間純白的房間裡。展場內有葡萄酒和幾桶啤酒，群眾站在外面街道上，和來自其他畫廊的人互相往來。

漢娜看著人群心想，現在——這才是生活。彷彿一部分的她一直在黑暗中默默努力地為自己製作一張皮，現在她準備好穿上那張皮、踏入光亮中。

她有一陣子找不到麗莎，等到人群逐漸散去後，她才又看到她，在街的另一頭，正在和一個高大的年輕男子說話，男子身穿法蘭絨襯衫，將袖子捲到肘部。麗莎邊比手勢邊講故事，男子大笑著傾身聆聽。她看見他們輪流抽一根菸，所以這位是麗莎的男朋友狄克蘭。漢娜一見到他心情就有種奇怪的變化，幾乎是承認，也是失望，極可能戳破

---

44 喬凡尼．貝里尼，義大利文藝復興時期的藝術家，被譽為威尼斯畫派之父。

當晚的魔力、讓更黑暗的東西進入內心。麗莎看見她向她招手，漢娜緩緩走向他們。高個兒的年輕男子轉向她，與她握手打招呼。不知怎地，他似乎不像演員。

嘿，麗莎說，漢娜，這位是納斯。

二〇一〇

麗莎

她沒有聯絡納森，他也沒有聯絡她。不過，她經常在腦海中重播那個吻——每當夜晚獨自在床上，或早晨清醒時就會拿出來回憶。她已經好幾天沒收到漢娜的訊息，她相信納森什麼都沒說——儘管如此，她仍然在思緒邊緣某處聽到隱約卻尖厲的警報響起。

她全心投入戲劇生活中。克拉拉的方法開始奏效——他們確實變得不那麼像英國人，他們的表演粗獷奔放，有血、有筋、有骨。隨著克拉拉日益滿意她的演員，這些演員也對自己感到滿意，成為富有生命力、會呼吸的實體。演員們早到晚走，以觀賞彼此演出的片段為樂。他們開始將整齣戲從頭演到尾，感受戲的韻律——哪些地方需要節奏，哪些時候需要放慢速度感受戲本身的呼吸。當一場戲變得棘手，或是感覺毫無生氣，演員便暫時離開戲劇文本，運用邁斯納技巧互相觀察，記住特點，重複眼中所見，然後再回到戲中。

麥可提議他們一起唱歌，其他演員熱情地接受了這個主意，於是他們學了一首俄國民謠，在早上開始工作前排練，他們唱歌時麥可用吉他彈幾段和弦。

隨著開幕之夜逐漸臨近，麗莎感覺得出來自己的演技有所改善；身體感覺和以前不同，有種慵懶：熱力、悲傷、搖擺。就連強尼的態度也變溫和了。自從他惹她哭泣的那天起，他們之間就有些變化，麗莎詫異地發現自己最期待兩人的對手戲。

在技術彩排的前一晚，她的手機響了，是漢娜。

麗莎盯著名字等待。過一會兒後，有訊息傳來的信號聲，她撥打語音信箱，將手機拿到耳邊。

「小麗？」漢娜的聲音輕柔，「妳能打電話給我嗎？我需要談談。」

腦中的警報器響得更大聲、更尖厲了。她捲了一根香菸，走到廚房門口，回撥給漢娜。

「嘿，」才響一聲漢娜就接起電話。「妳在做什麼？」

「只是在準備而已，我明天要技術彩排。」

「噢，該死。那是當然的。」漢娜的聲音有些哽咽。「妳能過來一下嗎？我有件事要問妳。」

該死。

「當然可以，」麗莎努力保持聲音平穩。「現在嗎？」

「拜託了。還有麗莎，也許——妳可以帶瓶酒來？」

她穿上連帽防寒外套，走向百老匯市集，途中在那間土耳其的酒類專賣店停下來買酒和巧克力。

漢娜按蜂鳴器讓她從金屬門進去，麗莎爬上老舊的室外樓梯，她的朋友在樓梯頂端等著她。在暮色中漢娜看起來蒼白、纖弱，充滿了煩躁、易怒的能量。「妳帶了酒嗎？」

麗莎舉起酒來。「里奧哈。」她努力擠出笑容，「重溫舊日時光。」

漢娜從她手中接過酒，走了進去，到廚房的流理臺前打開酒，倒了兩杯，遞給麗莎一杯。「乾杯。」她陰鬱地說。

「乾杯。」麗莎說著接下酒，仍穿著外套。

「妳會冷嗎？」漢娜說。

「不會——我真的沒辦法留下來，我得早起，我們要技術彩排。」

「麗莎，求求妳，我需要談談。」

她脫下外套，漢娜將外套掛在門後。外頭暮色逐漸籠罩住公園和遠處的城市燈火，桌上擺著一瓶花，點了幾盞小燈。這是間成年人的公寓，然而漢娜坐在她前面的藍色沙發上，雙腿疊放在身下，頭髮塞在耳後，看起來像個迷失的孩子。

「小娜，發生什麼事了？納斯去哪裡了？」

「工作吧，我想。我不知道，我們吵了一架。」

「為了什麼事？」

「他不想再做一次試管嬰兒，他拒絕了。我以為他會改變心意，可是他沒有，現在他說他想要中斷一下。」

「中斷什麼?」

她能感覺到自己的呼吸，進進出出、短促而強烈。

「中斷一切。」

「他說這話是什麼意思?」

「我不知道。我回去曼徹斯特待了幾天，以為情況會有所不同，但是從我回來後，我們幾乎沒有說過話。」

「也許他說得沒錯，你們需要暫時休息一下。他們不是都這麼說嗎?往往在你放棄的時候就會成功了。」

「妳知道這句話大家對我說過他媽的多少次嗎?」漢娜把墊子扔到房間另一端，墊子在那裡彈了一下後靜靜地掉落。「太多次了。」然後非常突然地，漢娜把身子蜷縮起來。「為什麼?」她說，「為什麼這種事會發生在我身上?我被詛咒了嗎?我覺得自己好像遭到詛咒。」

麗莎走向她，坐到她旁邊的沙發上。「嘿，小娜，妳才沒有受到詛咒。」

漢娜從兩手中抬起臉來。「妳願意和他談談嗎?」

「我沒辦法——」

「拜託，」漢娜緊抓住她的手臂。「說服他改變心意吧，他會聽妳的，麗莎。和他談談，求求妳。」

§

她搭公車到布魯姆斯伯里，在南安普頓街下車，往上走向羅素廣場，那裡的樹木閃耀著橙與紅，天空是一片鐵灰。

她聯絡他，說她需要和他談一談，但是只有周四早上有空。他立刻發簡訊回覆：聽起來神祕兮兮的。我星期四在大學，妳過來找我？

出門前她換了五套衣服，最後穿上褪色的舊長袖運動衫、牛仔褲、連帽防寒外套、運動鞋，沒有化妝，頭髮紮在頭頂上。

在接待處，他們指點她到三樓，她爬上樓梯，推開雙扇門進入走廊。他的門關著，但是當她走近時門開了，一個年輕女子走出來。她身材高䠷，頭髮披散，長腿裹在緊身牛仔褲裡，她走過麗莎身邊，沒有多看她一眼。

他的門上如同大學教師辦公室那樣貼著海報：一張宣傳一場演講，另一張是有關學費的聯合會議。她舉起手來敲了敲門。

「進來。」

他背對著她坐在辦公桌前。「嘿，」他轉過來，「小麗。」他看起來很高興見到她。

「嘿。」她走進去，關上身後的門。這房間很舒適，有一扇高窗正好可以看見羅素廣場上的樹木，還有一面排滿書的牆、一張小沙發、他的辦公桌，和他。他穿著淡藍色的寬領T恤。「所以這裡是奇蹟發生的地方。」她說。

他露出笑容，她發現自己不大能直視他，於是走到書架那邊瀏覽書架。他的書架很整齊，按照字母順序排列。

「《薩摩亞人的成年》？」

「經典名作喔，妳應該看看。」

「內容是關於什麼的？」

「性。」

「喔。」她可以感覺到自己臉紅了。

他咧開嘴笑，他是在逗弄她嗎？

「那齣戲怎麼樣？」他說。

「好多了，我們明天開幕。」

「真快，我可以去看嗎？」

「當然，不過你得訂票。」

「那我會去訂的。」

「很好。」

「妳為什麼不坐下來？」

她坐在他的沙發上。沙發仍有餘溫，她想到在她之前來過這裡的那個年輕女子。

「妳看起來像個學生。」他說。

「呃，謝了。」

「妳想喝點什麼嗎？茶？」他指向一個小托盤、一個開水壺、幾個杯子。「我抽屜裡有威士忌。」

「當真？」

「只有突發事件才喝。」

「學生的突發事件？」

「大學老師的突發事件。」

對話暫停下來，房間內一片寂靜，她意識到該輪她說話。「我來這裡是為了漢娜。」她說。

「啊，」他說，「好，為了什麼？」

「我答應她我會來。」

「為什麼？」

「因為她似乎認為我可以影響你。」麗莎轉移目光，低頭看著自己的雙手。「而且我覺得內疚。那天在酒館裡，我實在不該說那種話，說不要做試管嬰兒，我錯了。」

「真的嗎？可是妳似乎很確定，妳叫我不要做。」

「但是我不是那個意思。」

「那妳是什麼意思？」

「我的意思是我不會去做，我只是說出我個人的意見，不是要你跟漢娜——我沒想到——」

「什麼？妳沒想到什麼？妳會影響我？」

他的目光冷靜，毫不退縮。「拜託，」她說，「請不要那麼說，那不公平。我當時沒意識到自己在說什麼，我沒有想到漢娜。」

「妳知道，」納森輕聲說，「我成年後的大多數時間都想著漢娜，想著她想要什麼，想著如何讓她快樂。在我大半的成年生活中，那就是我想做的事。」

他臉頰的曲線、吞嚥時凸起的喉結。

「麗莎，妳究竟為什麼來？」他說。

「為了漢娜，我告訴過你了。」

他點點頭，然後說：「我可以告訴妳一件事嗎？」

「嗯。」

「在我說之前可以先鎖門嗎？」

她點了點頭，看著他站起來，感覺到她的心跳、血液的轟鳴。他的手放在鑰匙上，門鎖的聲響。他走過來跪在她面前。「小麗，」他說，「問題是最近我一直想著妳想要什麼，想著什麼能讓妳高興。」他伸出手來握住她的手。「妳的手好冷。」他說。

「嗯。」她說，雖然現在很難開口。

他牽起她的一根指頭含入口中。他的嘴巴很溫暖，她可以感覺到歡愉從指尖發散到她的胸部、胯部、眼睛後頭。她闔上雙眼，仰頭靠在沙發上。

「我可以這麼做嗎？」他說。

「嗯。」她說，雖然很難開口。

她一直閉著眼，此時他的嘴移到她的腹部，動作非常輕，接著他解開她牛仔褲的扣子，緩緩將牛仔褲褪下，她抬起身體幫助他。現在他的手指伸進她體內，她聽見房間裡有相當低微的聲音，接著她意識到那聲音是她自己發出來的。他的拇指揉搓著她，他的手指在她裡面，那聲音持續不斷。

「我可以這麼做嗎？」他說。

「嗯，」那個她的聲音說，「哦，拜託，哦。」

凱特

「那麼媽媽俱樂部的第二條規則是……」

「是什麼？」

「我們得做點自己害怕的事。」

她們坐在大教堂花園的長椅上，或者更確切地說，是在大教堂庭院裡一座燧石牆圍起的祕密花園中。荻雅叫凱特在寬街的小停車場和她碰面，那裡有座小亭子嵌入厚牆中，在亭子後面有個人守候著，荻雅亮出大學證，警衛揮手讓她們通過。這裡很安靜，圍牆上有雉堞厚如堡壘，彷彿外面城市的車流、公車、商業設施、停車場、遊客都暫時不復存在。天氣很冷，不過太陽出來了，天空晴朗湛藍。

「好吧，」凱特說。「那麼，荻雅，妳怕什麼？」

「和我太太做愛。」

凱特大聲笑了出來，鄰近長椅上一對老夫婦轉頭看向她們。

「不要笑，我所說的害怕包含各種層面，我說的是X級的恐怖，嚇得我快要失禁了。」荻雅咧嘴一笑。「那妳呢？」

「我怎麼樣？」

「有什麼失禁的經驗嗎？」

凱特大笑。「剖腹產，所以沒有啦，不算有。」

「啊哈，嗯，當然。那麼，算是沒受過傷害嘍。」

「大概是那樣。」

「那麼，性呢？」

「沒有，不怎麼樣，我最近不是很想做。」

「那妳先生的反應怎麼樣？」

「呃，我想山姆可能覺得很難接受。」

「跟我說說他的事吧。」荻雅說。

凱特轉向她。「誰？山姆嗎？」

「對，你們在一起多久了？」

「沒有很久，一年半而已。」

「你們是在哪裡認識的？」

凱特猶豫了一下說：「網路上。」

「繼續，」荻雅說，「我喜歡聽有趣的起源神話。妳愛上他哪一點？」

「他很風趣，或者說他可以很風趣。然後他很有才華。他是個廚師，我們第二次約會時他邀請我去他的公寓，他為我下廚。」

「不錯嘛，他煮了什麼？」

「雞，」她說，「加了肉桂粉下去烤。他還自己做麵餅呢。」她微微一笑。「那差不多是決定的關鍵，以前從來沒有人為我做過麵餅。」

荻雅低聲吹了聲口哨。「我也沒有，為了自製麵餅，我說不定會轉性呢。」

「嗯，總之，那些麵餅非常好吃。然後他帶我到馬賽，他在那裡住過很多年，我挺喜歡這一點，喜歡他對那座城市熟門熟路的樣子……還有他說法文的語調。在那之後不久我就懷孕了。」她告訴他這消息時他臉上的表情，純粹的喜悅。她自己的反應是放心地鬆了口氣。「他向我求婚，我答應了。」

「哎呀，真是神速。那那個怎麼樣？」

「哪個？」

「婚禮呀？」

「喔。」凱特皺起鼻子。「妳知道嘛——還滿奇怪的。我那時體型很大了。只有我們幾個人到婚姻登記處，之後在餐廳吃頓飯。我只想喝幾杯，可是很顯然地我不行喝。我爸爸從西班牙飛回來，發表了一篇很糟糕的演說，我繼母喝香檳喝到不省人事。那還是他們第一次跟山姆見面呢。我只是一直想著這一切都有點強迫中獎，完全沒有必要，但願自己能夠喝醉。我搞不清楚我們是為誰做這件事。」

「現在妳不想和他上床。」

「對，不對，對。」

「嗯，」荻雅咧嘴笑了，「妳知道嗎？我認為那是完全正常的，我認為和男人上床是異常，那些插入的動作。」

「也不是都那麼糟糕啦，事實上有時候還滿好的。」

「既然妳這麼說的話。」

凱特猶豫了一下，然後說：「我曾經跟一個女人在一起。」

「真的嗎？哇，我真沒想到。」

「是真的。」

「然後呢？」

「然後……我想我愛上她了，我很想念她。」

「她是什麼人？」

「露西？我想她是個積極分子。她喜歡爬樹。」

「真性感。」

「的確是。」

「她現在在哪裡？」

「我不曉得，八成在美國吧，我就是在那裡離開她的。如果她還活著的話。她那時快要遭到逮捕，所以轉入地下。我最近稍微找了一下，想要再找到她。」

「好——吧。」

「怎麼樣？」

「所以妳不想和妳丈夫上床，卻在網路上找尋舊情人？網路上性感、違法的情人。」

「不是那樣子。」

「真的嗎？那是哪樣子？」

「她對我來說很重要，是因為種種原因，不只是因為性。不管怎麼說，我沒找到她或許是件好事。」

「為什麼？」

「我不確定她會贊同我現在變成的樣子。」

「妳變成什麼樣？」

「比較差。」

荻雅靜靜地凝視她。她的表情好奇、鮮活、興味盎然。凱特心想，這樣子好奇怪，但是她不介意荻雅端詳她，不介意被她溫和地審問。

「那麼，快點說吧，」荻雅說，「只有一個女人？還是有更多？」

「在露西之後還有一個，不過那簡直是一團糟，很快就結束了。於是我發現我並不是同性戀。我只愛過一個女人，一個女人，一次而已。」

「啊哈，從前葛楚．史坦[45]的那一類。」

「我必須把事情定義得這麼清楚嗎？」凱特說，此時擺出了防衛的態度。

「不必，」荻雅說，「對不起，妳當然不用。」

凱特看著她的臉，但她臉上沒有批判，只有和剛才一樣興味盎然的表情。

「他知道嗎？」荻雅說。

「誰？山姆嗎？一點點，不是全部。」

「妳不覺得應該告訴他嗎？」

「我覺得這樣可能會混淆不清。」

「誰會混淆不清？」

凱特沉默下來。「妳問太多了，」她輕聲說，「那妳呢？」

「我？」荻雅翻了個白眼。「天哪，現在我們要探究我的性史嗎？這才真的是X級的恐怖。改天我會告訴妳的，我會給妳導演剪輯版。」

凱特大笑。「我很期待。」

她們是在調情嗎？她辨別不出來。

「不過不是現在，這裡凍死人了。來吧，」荻雅說，「我們去找個地方取暖。」

她們站起來，荻雅勾住凱特的手臂。「嘿，」她們走近花園邊緣時她說，「妳還沒說妳怕什麼。如果我是怕和我老婆上床，那妳呢？」

凱特思索了一下。「要說實話嗎？我怕的是我家。整理房子、拆開搬家時的箱子，我都還沒有做。我怕死了。」

「嗯，首先，我要說我認為女人必須擁有完美家庭的壓力是資本主義非常嚴重的掠奪。所以原則上我每天都在抗拒，我相信妳從我家的狀態應該看得出來。不過，妳要知道，既然妳那麼害怕，我認為妳應該好好面對。把箱子拆開，整理整理。辦個聚會，邀請我去，還有柔伊，請山姆下廚。誰知道呢，」——荻雅眨個眼——「說不定我們都會再懷孕喔。」

§

那天晚上稍後，凱特聽見山姆下班回家時，她下床走到客廳，他已經安坐在沙發上，一手拿著啤酒，胸前擺著電腦。

「嘿。」她邊說邊坐到對面的椅子上。

「嘿。」他摘下耳機。

「你在看什麼？」

---

45 美國女作家與詩人，一九〇三年後定居巴黎，並於一九〇七年結識了愛麗絲・B・托克勒斯，從此相守一生。

「只是些無聊的東西。」

「今天工作怎麼樣?」

「累死了,無聊死了。我真是受夠了,一直幫別人的食物擺盤。」

「我想問你……」她說。

「哦?」

「我認識了一個人。」

「什麼?」他挑起眉毛。「誰?」

「另一位媽媽。在幼兒遊戲班裡認識的,就是愛麗絲叫我去的那個,你叫我去交些朋友的那個。我在想我能不能邀請她過來參加聚會,還有我在想你是否願意下廚。」

「聚會?什麼聚會?」

「拜託,山姆。」

「什麼時候?」

「我不知道,再過幾個禮拜吧。我想我可以邀請漢娜和納森過來,好好享受一個晚上。」

他皺起眉頭。「我不曉得,我得查一下我的班表。」

「山姆,」她說。「你說我應該去認識別人。我做到了,我認識了人,荻雅和柔伊。」

「等等,她們是同性戀?」

「對。」

「坎特伯里有女同志?」

「非常好笑。」

他喝了一大口啤酒。

「所以我可以告訴他們我們要辦聚會嗎?你願意下廚嗎?」

他想了一下。「好吧,」他說,「不過我們也邀請馬克和譚馨吧。」

「真的嗎?」

「為什麼不邀?我們欠他們一頓晚餐。馬克很久沒吃到我做的菜了,這麼做可能會讓事情有些進展,刺激他投資。」

「好極了!」她說。

該死。

麗莎

他沒打電話來,她也沒打給他;他沒傳簡訊來,她也沒發簡訊給他。她直盯著手機。把手機放在口袋裡。等待訊息的信號聲,但是訊息並沒有來。

她已經忘記這種情況會怎麼發展了。上床後將權力交到男人手中,這似乎是基本普遍的法則。妳可以在短短幾步內迅速從理智變成瘋狂,即使對方是妳摯友的丈夫也一樣。

妳、摯、友、的、丈、夫。

思考片刻。仔細審視。完全醒悟這個事實吧。

§

媒體之夜非常順利。演員也許有點被動、有點被迫，但是這齣戲有自己的動力、自己的生命力，當他們謝幕時，麗莎可以感受到那股興奮之情，也能夠從其他演員的眼睛裡看到——成功了，這齣戲活力十足，他們參與了一齣好戲。

演出後酒吧裡謠傳有很多媒體來看，他們應該可以期待會有一些不錯的評論，這消息喚起麗莎心中一種熟悉的既寬慰又恐懼的感覺。

到周六早上網路上有四篇評論。《電訊報》、《獨立報》、《泰晤士報》都是四顆星；《標準晚報》刊登了五星的評論：強尼．史東一直以來都在哪裡？擁有如此罕見的才華，他早應該是家喻戶曉的名字。結果是一家偏僻劇院和一位鮮為人知的導演給了他大放異彩的機會。

海倫則是即將嶄露頭角的年輕女演員。

至於麗莎，評論家寫道，她是我所見過最慵懶、迷惘、危險的伊蓮娜。

她收到凱特發的訊息。

看到評論了！真希望我能夠去看。十二月十日我在坎特伯里要辦個活動，不過我想妳要演出吧？

謝了，麗莎回信說。不過妳說對了，我要演出。祝妳一切順利。

她將手機留在家裡，到公園去散步。今天是市集日，但是天氣很冷，人群稀疏。她覺得自己很顯眼，她很有可能撞見漢娜或納森，或者他們兩人在一起——購買麵包、培根或可頌、鮮魚。他們還上床嗎？漢娜跟納森？他們現在在做什麼？她可以到那裡去，只要敲個門，留下來喝杯咖啡。嘿，小娜！納森勾引我喔。對，星期四在他辦公室裡！你們在那裡做過嗎？在那張沙發上？還有他用拇指做的那個動作，他就是那樣對妳的嗎？

或許他和她們所有人都上床，她和漢娜，以及那些鮮美多汁的長腿女孩，她們從他的沙發上起身，讓沙發留有餘溫。或許她們根本沒有人了解他。

或者也許是她不了解自己。

她想知道是否有個詞彙形容像她這樣的女人，也許是個希臘字——專門用來形容這類特殊的女人，背叛朋友的女人。

噢，漢娜。噢，天啊。

她買了一個可頌麵包帶回家，獨自站在水槽邊吃掉。

由於那些評論的迴響，門票的銷售量增長，平日是八成的滿座率，到周五、周六夜晚則銷售一空。他們集體的熱身活動充滿了歡慶的氣氛。當完成所有的發聲練習、伸展運動、發音練習、踱步離開舞臺後，他們圍成一圈互相扔球以調整反應能力。在上半場開始前十分鐘，他們唱俄國民謠。偶爾年輕小伙子會嘗試哥薩克人的動作，然後互相擊掌歡呼、散開到更衣室裡，等著聽擴音器召喚開場戲演員。

唯獨強尼不熱身。他坐在舞臺上那張凡尼亞偏愛的躺椅上，穿著起皺的亞麻布戲服，帽子低低地壓在頭上，做著填字遊戲，偶爾挑起眉毛抬頭看其他演員的滑稽動作。等他們唱歌時，他便站起來漫步到外面去抽菸。

麗莎慶幸晚上有事可做、有地方可去；感激有表演的例行公事支撐著她，讓她知道該站的位置、該如何說話、該把手放在何處。

她接到漢娜的簡訊。買票了！我和納斯下下星期四會去。

太好了！她回信，同時擔憂得感到反胃。

第一周末尾，她母親和蘿莉一起來了，表演結束後，她們在酒吧裡等她。莎拉捧著麗莎的臉。「棒極了，寶貝，真是棒極了，好得不得了。不過，《衛報》沒有評論？」

如果一齣戲上演了，《衛報》卻沒寫評論，那這齣戲是否真的存在？

「《衛報》上什麼都沒有，媽，沒有。」

蘿莉走上前來緊緊摟住她。「小麗，這是妳表演得最棒的一次，表演得真棒。」

第二周的星期一，她父親帶著妻子來了。「寶貝，幹得好。妳看起來很漂亮，」他說，「讓我想起妳媽年輕的時候。」

繼母在他旁邊不斷地點頭，好像一隻神經兮兮的小鳥，手提包緊夾在胳臂下。

「我很喜歡，」她說，「不過沒有發生很多事，對吧？」

對，麗莎同意，並沒有發生很多事。她提議喝一杯時，父親看起來非常樂意，但是她看見繼母輕觸他的手臂，於是他轉向麗莎無可奈何地微微聳個肩。

大家的經紀人都來了，那些有號召力的帶來了選角指導：環球劇場、國家劇院，還有一家電視公司。演出前更衣室裡不可避免地傳著耳語——某某某今晚會來，某某某來了——知道這些有能力改變你人生軌跡的人正在看著，令人血脈賁張。如今等級排序轉移變化了，不再是單純的才華計算、由精英領導的舞臺。麥可的經紀人似乎將倫敦一半的電視臺和劇院的人都帶來了，海倫的經紀人來了三次，每晚都帶著不同的選角指導。表演結束後麗莎在酒吧裡看見他們，擠在角落裡彷彿在處理國家大事，業界人士傾身向前，神情專注而認真，聆聽著年輕演員要說的話。

麗莎自己的經紀人終於來了——沒有任何選角指導陪同，而且是在第三周中間，演出有點平淡的時候才來。麗莎看見她坐在後排，一個頂著蓬亂紅髮的矮小女人，麗莎在換下戲服的時候收到簡訊。

很棒喔。我得走了，明天再談？

隔天她頻頻查看手機，等著一通始終沒來的電話。

星期四到來，她滿懷期待地度過這一天。她寫了一則訊息給納森。你今晚會跟漢娜一起來嗎？她沒有收到任何回音。不過她一走上舞臺，立刻看到漢娜獨自坐著，旁邊有個空位，她的心中同時湧起失望與如釋重負的感覺。之後在酒吧裡，漢娜擁抱她。「太精彩了，小麗，我很喜歡。所以到頭來她算值得？」

「誰？」她感到出奇得不知所措。她的朋友就在她面前，深知自己的罪過讓她五內如焚。

「那個波蘭導演呀。」

「哦，是呀，」麗莎說，「我想是吧。」她的目光掃視漢娜的臉。「納斯不想來啊？」

「他的工作耽擱了。他向妳問好。」

「問好？真的嗎？」

「嘿，妳收到了凱特的訊息嗎？」漢娜說，「邀請妳去坎特伯里？」

「我沒辦法，我要演出。妳要去嗎？」

「我想會去吧。我和納斯，我們需要離開倫敦，做點隨興的事情改變一下。」

麗莎大笑起來。「隨興可不是妳的強項，漢娜。」她說，「如果妳想做點隨興的事，那就去別的地方。去柏林，去紐約，去貝里斯。」

漢娜用受傷的眼神飛快地看她一眼。「嗯，」她輕聲說，「也許我會從坎特伯里開始，看看我做得如何。」

麗莎微微一笑，口中充斥著一股苦澀的怪味。

§

她的生日到了——如今她三十六歲，扮演二十七歲。她沒有告訴演員中的任何人。她離開家去探望莎拉時，天氣很冷，颳著猛烈、刺骨的寒風，莎拉照常給她一張手工製作的卡片，不過今年沒有禮物。

「我只是太忙了，」莎拉在廚房裡說，「新作品有點耗費我太多時間。我告訴過妳嗎？我夏天要辦個展覽，寇克街的畫廊同意了。」

「我可以看嗎？」麗莎問，「妳正在畫的作品？」

「我不確定　。」莎拉側著頭深思，然後說，「不了……我想還是不要吧。」

她們喝完咖啡後，她母親站起身來，麗莎繼續坐著。外頭風已止息，陽光照耀著冬季的花園。「妳想去散步嗎？」她說，「已經放晴了，我們可以到荒野走走。」

「我要工作，」莎拉說著已經朝門口走去。「歡迎妳留下來，不過我得工作。」

麗莎待在原地，傾聽母親上樓的腳步聲。

客廳牆上有一幅莎拉繪製的肖像畫，那是麗莎八、九歲時的畫像。她清楚地記得一動不動地坐著：當時是夏天，閣樓裡很熱，但是她不介意待在那裡，一個又一個的周六早晨坐在那把印花椅子上。她會帶著書坐在那裡，兩腿跨在椅子扶手上，陽光從天窗斜射進來，而莎拉準備著繪畫顏料、擺設畫架。最後等一切就緒，她會打開收音機開始作畫，麗莎會感受到那種專注，她終於擁有母親全副的注意力，這讓她很有安全感。

後來有天早晨，在校門外的人行道上出現了截然不同類型的畫。簡單的白色線條，用粉筆勾勒出的孩童輪廓。每個人都站著圍觀，深感不安，彷彿身在犯罪現場，納悶這些畫是什麼。

那天晚上回到家裡，麗莎告訴母親這件事，莎拉露出古怪的笑容轉向她。

那是我畫的，卡蘿和我。我們一大清早妳還在睡覺的時候就出去了。那些是廣島唯一剩下的孩子，我們把他們畫出來好讓人們能夠了解。

她記得莎拉說這話時的神情，充滿驕傲、帶著獨特的笑容，彷彿自己做了一件好事。然而實際上，麗莎知道她做的事情很糟糕。她無法用言語告訴母親那些畫帶給她的感受。那些消失的孩子造成的空虛。

這天在她面前展開，但是一直到六點必須去劇院前她都無事可做。於是她前往南岸的英國電影協會影院，目前正在播映柏格曼[46]影展。她買了最長的一部電影的票，然後買了咖啡和一塊蛋糕，坐在窗口等待電影院開門，看著經過路人的面孔。也許他會出現，當然，納森並非完全不可能來欣賞一場下午的電影。或許事情將會如此發展——和他巧遇，任由巧合處理接下來的情節，或者她可以再發簡訊給他，告訴他她在哪裡，邀請他過來。

但是他當然沒有來，他是個大忙人。只有像她這樣的人才能夠在平日午後坐在電影院裡，品味閒暇時間難以解釋的樂趣。她心想她應該在生日這天拿柏格曼開個玩笑，不過沒有說笑話的對象。

電影院開門時，她是第一個進去的，將電影票交給引座員，在薄薄的防火幕升起、廣告開始播映前坐在黑暗中。

漢娜

她搜尋周五、周六晚上在惠斯塔布的旅館，找到了一間最近剛開幕、但在旅遊資訊平臺貓途鷹上頗獲好評的旅館。介紹中提及不可或缺的埃及棉寢具，臥室裡有漂流木鏡子，採用白與灰的中性色調。她打電話給他們，一個聲音親切友善的女人說她運氣很好，有人在最後一刻取消訂房，那個房間是獨立的，不過要共用浴室。若不選這個就得去平價的旅屋飯店，因此漢娜接受了。她交出信用卡的詳細資料時，邊想像遼闊的天空——星期六早晨在海灘散步。她在一家聽說過的餐廳預訂了午餐，那家餐廳在沿海岸更遠的地方，是間不起眼的小酒館，但以令人驚嘆的美食聞名。她看了一下菜單：牡蠣、鹽烤根芹菜、艾爾斯伯里羔羊肉。他們會享用牡蠣、在海灘散步。一切都會順利妥當。她錯了，都是控制、診所方面的事情讓他們走到這步田地。納森沒錯、麗莎說得對：他們應該休息一下，順其自然。或許一切都沒有問題，留言板上滿是別人做試管嬰兒失敗後懷孕的故事。這不是終點，這只是開端的結束。她一直抓得太緊了，現在還有時間、還有機會，她只需要放鬆、隨興。度假對他們會有好處。

46 英格瑪・柏格曼，瑞典國寶級的電影、劇場、歌劇導演，著名的作品包括《第七封印》、《野草莓》、《假面》、《呼喊與細語》、《芬妮與亞歷山大》。

胸罩・二〇〇八

漢娜要結婚了，納森在康瓦爾的小屋裡求了婚，他們交往了十年半。她將在新公寓舉辦一場小型聚會，和她的首席伴娘麗莎、凱特舉杯慶祝這個喜訊。

時值二月，不過陽光明媚天氣和煦，凱特與麗莎從大房子走一小段路，順著百老匯市集走向漢娜的公寓。途中她們在酒類專賣店停了下來。卡瓦氣泡酒？凱特舉起一瓶說。香檳吧，麗莎說，我們來買點凱歌香檳。

到了運河盡頭她們向右轉，在一扇樸素的金屬門前宣告她們抵達，漢娜按蜂鳴器讓她們進去。公寓散發著泥土與清潔的味道，室內樓梯新近鋪上瓊麻。漢娜面帶笑容出現在樓梯頂端，身穿簡潔的長褲和絲質襯衫。凱特與麗莎脫掉鞋子，緩緩地走上樓梯，腳下粗糙的瓊麻踩起來很舒適。樓梯通向寬敞、開放式的廚房和客廳，一張藍色的長沙發靠客廳的牆邊擺放。

凱特以前見過這間公寓——自從漢娜與納森去年搬來這裡後她就經常來訪——不過今晚看起來不大一樣；彷彿公寓的本質遭到了翻轉。她的目光掠過房間的細節：高雅的沙發、質材最輕盈的木桌、放在桌上的棕色水罐、按大小排列吸附在牆上磁條上的刀子。這些物品似乎用冷淡、評斷的眼神回視著她，似乎在詰問她要如何看齊。

她們拿著飲料穿過拉門，走上可以俯瞰哈格斯頓公園的大露臺，在那裡喝著凱歌香檳、向朋友敬酒。

在這個春天般的夜晚，漢娜散發著獨特的光彩，彷彿她才是這個由她親自規劃的背景中的主要展覽品——露臺、公園，以及在玻璃門另一側微微發亮的她家都只是為了反映她的光彩、她的準新娘身分。

過一會兒後，凱特暫時離開，她得去上廁所。漢娜的浴室裡沒有雜物，浴缸上或淋浴間裡沒有瓶瓶罐罐，倒是在櫃子裡有相配的棕色玻璃罐。

在回去露臺途中的走廊上，凱特遲疑了片刻，因為漢娜的寢室門半開著。外頭傳來歡笑聲，麗莎說話時用紅色的菸頭刻畫著空氣。凱特走了進去，她用手指撫摸放在大床上的亞麻布薄毯，然後走到衣櫥前，拿出一件漢娜的簡潔絲質襯衫，感受一下襯衫在手指間柔軟的分量再放回去。接著她走向五斗櫃打開最上層的抽屜，這時她停了下來、屏住呼吸——漢娜的胸罩與內褲成套擺放在那裡。她用手指觸摸其中一件胸罩，那是只有胸部非常小的女人才能穿的胸罩：兩層薄薄的三角形蕾絲，邊緣有閃亮的絲綢。一件紅色，一件灰藍色，另一件是非常淺的粉紅色。凱特感覺得到自己的心跳加速，她不知道漢娜擁有這樣的胸罩；漢娜的外表是那麼的簡樸，稜角總是那麼分明。看到這些胸罩，她覺得有種侮慢、私密、濃烈的感受宛如一拳擊中她的腹部。

她偷偷地飛快脫下針織套衫和自己（大而無趣）的胸罩，設法將漢娜胸罩最寬鬆那格的扣子繫上。她把胸罩轉到正面、拉起肩帶，凝視穿著邊緣鑲著灰藍色絲綢、兩個空無的三角形的自己。這時她明白，自己輸了。與其說是這間屋子、沙發、婚約、磁條上的刀子、井然有序的水罐，和成功的十年關係，不如說是看到了這些胸罩讓她醒悟到，在這場她與漢娜從孩提時代就開始的激烈、心照不宣的競賽中，她輸了。

接下來幾天，她覺得自己一直在下滑，好像幸福是種她已遺忘舞步的舞蹈。她數著呼吸，往好處想，努力為自己辯解——她朋友做什麼和她有什麼關係？為什麼她的幸福要以她們的為指標？然而事實如此。不知怎地，事情就是這樣——她忍不住要盤點自己的人生；已經三十三歲了，卻沒有任何被視為真正成年的里程碑。她開始厭惡自己的工作，每天搭地鐵到金絲雀碼頭，畢恭畢敬地去見那些銀行家，他們相信給你一分鐘的時間，他們就是在改變世界。這份工作永遠無法讓她賺足夠的錢去買房子、買好的衣服。

至於漢娜——漢娜總是說她會做值得從事的工作，也確實做到了——二十九歲時她離開管理培訓的工作，如今是一家大型全球性慈善機構的資深顧問，薪水是凱特的兩倍。她不是向現實妥協，而是順著社會的遊戲規則玩，結果證明她如魚得水，身價飛漲。

以自己簡樸生活為傲的凱特發現她有慾望。她想要一個屬於自己的家、一段正常的關係、一個孩子（或說至少一個）、購置體面衣服的錢、一個不是亂七八糟地擺著不成對的襪子和馬莎百貨舊三角褲的內褲抽屜。她的慾望在內心的黑暗中激增、擴散。

合租房子的另外兩個房間住著她不大熟的人。這一直以來破舊不堪的房子——鮭魚色的廚房、地板上糟糕廉價的地毯——令人感覺簡陋。廚房不再是聚在一起的場所，她煮了食物就趕緊離開，在自己房間的桌子上吃。

凱特想要和麗莎談談這件事，想辦法編成詼諧的故事，可是麗莎的事業正看漲、無暇他顧。對麗莎來說，希望就在眼前。上星期她的經紀人打電話通知她試鏡的消息，是部劇情片，年輕獨立的導演，主角。導演在她去年夏天出於好意免費為朋友出演的短片中看到她，打電話詢問她是否有空。

麗莎讀過劇本覺得非常出色。她知道這劇本大概很適合她。狄克蘭不在，因此麗莎對著凱特練習臺詞，凱特坐在客廳破舊的沙發上，仔細聆聽，在她唸錯的時候為她提詞，不過她很少犯錯。凱特心想，她很棒，她應該獲得這個角色。她的事業終於快要發光，她也將要展翅高飛。

麗莎在試鏡前一周戒了酒，確保自己攝取大量的水分，盡可能睡眠充足，她去上瑜伽課，回來時容光煥發。

§

會面的日子到來。導演見到她似乎和她見到他一樣興奮。他告訴她，他非常喜歡短片中的她。有些臺詞她已經熟記在心，完全不看劇本就在攝影機前唸了出來。

哇，他說，真是太棒了。

她又唸了一段臺詞，表現得同樣出色，她起身離開時，導演擁抱了她。期盼盡快見到妳，他說。

過了一天，又一天，再一天。麗莎不斷地查看電話，檢查手機是否打開，將手機開了又關。凱特看到她的臉上烏雲籠罩、陰沉下來，歡欣變成了懷疑，到了星期三她沉默不語，星期四她變得看誰都不順眼。

那角色被別人拿走了，她說。

凱特看見她接到狄克蘭的電話，他正在蘇格蘭某處拍片。

我要去找他，麗莎說，我需要休息一下。

麗莎在周五下午離開。她從城市機場搭機到愛丁堡，狄克蘭派車到那裡接她。她坐在車子後座，看著城市悄悄滑過。天色灰暗而且下著雨，他們駕車出城，進入鄉間，來到一座占地廣大的城堡，城堡後面有座大湖。這裡行動電話收不到訊號，她感到如釋重負。

凱特五點半下班回到家，鎖上自行車，爬上石階進入屋內。家裡沒有別人，她感受到令人不快、質感粗糙的孤單。

室內電話響起。這是很罕見的事，電話響了又響、響了又響，最後掛斷。但接著又響了，或許是緊急情況，於是凱特走去接聽；是個女人的聲音，用盛氣凌人的口吻找尋麗莎，凱特告知她麗莎不在。她在哪裡？那女人說，她對凱特說話的口氣彷彿凱特是她鞋子上的一坨屎。我不知道，凱特如實地說，我想是在蘇格蘭的某個地方吧。

嗯，她的手機不通，那女人說。告訴她，她說，她必須回來倫敦。他想再見她一次，星期一早上，一大早，叫她盡快回來。

凱特放下電話。她實在不知道麗莎在哪裡，她可以找出來，她可以把這當成緊急情況處理。她可以打電話給麗莎的母親莎拉，她可能會知道。她可以進去麗莎房間，在她雜亂的桌面上找尋一張可能寫有旅館名稱的紙片，或者搜尋她的日記、電腦，凱特知道密碼，有可能在裡面。她可以做任一或這所有的事，但是她什麼都沒做。

星期天晚上麗莎到家時，她正在睡覺。時間已過了午夜，她幾乎沒醒又繼續睡。

星期一早晨，凱特起床、沖澡、穿好衣服後出門上班。

那天下午凱特回家時，麗莎坐在餐桌前，手裡拿著一團濡濕的面紙。妳接到了我經紀人的電話嗎？

誰？

我的經紀人。她說她星期五打電話到這裡，說他想找我去試鏡，今天早上，一大早。她開始哭了起來。我在睡覺，我錯過了，那角色沒了。

妳沒辦法聯繫上他嗎？請他再見妳一次？

妳還不懂嗎？麗莎生氣地低聲說，那角色被別人拿走了，他媽的沒了。

隔天麗莎整日待在床上，窗簾關著。凱特敲她的門，但是她沒回應。

她好幾個星期不跟凱特說話。

凱特內疚得反胃。她做了什麼或者沒做什麼——她不確定是何者，她應該多做點的。

可是倘若麗莎注定得到那個角色，她就會拿到了，不是嗎？決定去偏遠地方的是麗莎自己，所以失敗是麗莎的命，不是嗎？

二〇一〇

凱特

正餐。和朋友共享正餐。晚宴。晚餐。和朋友共享晚餐。聚會。無論凱特用什麼措詞對自己說，這想法都讓她十分苦惱——她不擅長這類的事情。可是山姆似乎非常開心地籌劃。星期天，他休假，他拿出刀子和鍋子。他交給湯姆一只牛奶鍋和一把木湯匙，湯姆坐在地板上，高興地把玩這兩樣東西，山姆飛快地翻閱食譜。

「我想要做點肯特郡的菜，」他說，「妳吃過蛾螺嗎？我可以用紅蔥、番茄、萊姆做一道檸汁醃生魚，然後再用比目魚做一道菜。我可以從海邊那家店買魚，他們供貨給餐廳。」

在冬日午後灰暗的光線中，凱特注視著站在狹窄廚房裡的他，袖子捲了起來，意識到她已經好幾個月沒看到他這麼快樂了。

晚宴那天她一整個早上都在打掃。她帶著湯姆一間一間掃，把他和玩具放在地上，然後刷洗廁所、水槽，用吸塵器清掃地板。她打開收音機當成背景音。

國會投票以些微差距通過將學費調漲到一年九千英鎊。昨日在倫敦市中心舉行了大規模的抗議活動。

打掃完畢後，她打開電視觀看抗議者在保守黨總部屋頂上的鏡頭。著火的標語牌。查爾斯與卡蜜拉的車窗被砸碎時兩人驚恐的臉。有個抗議者的特寫鏡頭，一個年輕人張大了嘴巴，她知道那種表情，戰吼，感覺那吼聲傳入她的內心。

山姆下午下班回家，提了鼓鼓的一袋魚和蔬菜，連同四瓶酒一起放入冰箱。「我買了一瓶不錯的勃根地葡萄酒，」他說，「奧樂齊超市正在促銷。」

她可以聽見他沖澡時在唱歌。他下來的時候穿著T恤和牛仔褲。「來吧，小傢伙。」山姆將湯姆放進高腳椅中繫好安全帶，給他一些胡蘿蔔玩，然後繫上圍裙，拿出刀子開始切洋蔥。她在一旁逗留觀察著他，看他粗大的前臂、嫻熟的刀法、閃動的刀光。切碎洋蔥後他抬起頭來，「妳在看什麼？」

「我——只是想起第一次看你做菜的時候，我們認識的第一個晚上。」

「嗯，」他露出笑容直視她的眼睛。「我也記得那天晚上。」過一會兒他說，「嘿，我前幾天去看了一間店面，是間舊倉庫，維多利亞式的建築。後面對著斯托河，以前是個糧倉，我想應該負擔得起。」她可以看出他的興奮。「不過我們先把這頓餐煮好，然後看看馬克怎麼說。」

她走到隔壁時可以聽見他在閒聊，告訴湯姆他在做什麼——所以你拿起洋蔥放到油裡炒軟——湯姆嘟嘟囔囔地回應。

她再度打開電視，不過只輪流播放和先前同樣的畫面：查爾斯與卡蜜拉、同一位張大嘴巴的抗議者。她關掉電視發簡訊給漢娜：妳今晚還是可以來吧？她知道自己心裡有很大一部分希望漢娜取消——希望所有人都取消——但是她立即收到回覆的簡訊：迫不及待！

漢娜

她決定在家工作，以便及時收拾行李、準備好一切。「我們得去取租用的車。」納森出門上班時她對他說，「不過如果我們在三點左右出發，可以先去惠斯塔布待一會兒，再去凱特家。」

天氣已經緩和了一些，不像之前那麼冷。她整個早上都在工作，然後出門沿著運河跑步，接著沖澡、穿上她最好的內衣和一件她知道他很喜歡的衣服，那是件及膝、柔軟的黑色絲質洋裝，去年他們結婚紀念日時買的。她從容不迫地化好妝。她買了一瓶上好的香檳，裝進包包裡，然後上網再看一次旅館、餐廳，以及惠斯塔布海灘的照片。也許這是新生活的開端，或許他們可以搬到肯特，在廣闊的天空下散步，養隻狗。

五點時她接到一封簡訊：正要離開。這代表他們將會遲到。為了讓自己冷靜下來，她走進臥室開始幫他打包行李，但是這麼做的時候她感到一陣恐懼，彷彿他們的親密關係突然變得難以預料、充滿了隱約的危險。她有一整個下午的時間，她應該自己去取車的，可是租車的地點靠近通往A12公路的道路，A12通向A2，A2再接通往肯特的M2高速公路，所以至少從這個角度來說，這樣安排很合理。她收拾好行李後坐在沙發上，以便他一到家就可以馬上準備出發。

六點十五分，他的鑰匙在門鎖中轉動時，她仍坐在原地。

「我們遲到了。」她說。

「抱歉。有個緊急會議，討論罷工和學費。」他看起來疲憊不堪、心情煩躁。

「你需要什麼嗎？」她說，「洗澡？喝個水？」

「我們要是遲到了，那就走吧。」

在租車辦公室有很多表格要填，還要影印駕駛執照、決定保險的自負額，到了七點他們才開著一輛難看的福特嘉年華出發，納森開上A2公路駛離倫敦。

「我想我們來不及先去惠斯塔布了。」她說。

他點點頭。她在黑暗中審視他的臉，一些她自以為熟記在心的東西變得難以捉摸、令人費解。

「那麼我們直接去吃飯吧？」

「妳想怎麼做都可以。」

「或者也許我們應該取消晚餐？直接去旅館？」

「凱特不會失望嗎？那不是這趟的重點嗎？」

「對，我想是那樣沒錯。」她轉身望出窗外，看著一九三〇年代的倫敦外圍悄悄滑過。「我從來沒去過坎特伯里，」她說，「我只在喬叟[47]的作品中讀過，〈巴斯夫人〉，高級程度課程。」

他變換車道。「我去過那裡一次，」他說，「去開會。」

「你喜歡嗎？」她蹙起眉頭，這感覺彷彿他們彼此並不認識，或者好像他們正在跟讀一本寫得很糟的劇本。

「嗯，」他說，「就我所看到的，那裡很不錯。」

他們陷入沉默，劇本演完了，她感到內心升起一陣恐慌。「那間旅館看起來很愜意，」她說，「有自行車可以借，我們明大可以騎自行車去馬蓋特，如果天氣好的話。」她拿起電話查天氣預報，可是只有一格訊號。「顯然馬蓋特的前景看好，有間透納[48]美術館明年開幕，透納當代美術館。我有個同事去年夏天去了那裡，非常喜歡，後來賣掉房子搬過去。」他的臉，面無表情。「或者，你知道的，我們可以待在床上就好。睡覺。他們會送早餐到房間。」

她是什麼？他媽的導遊嗎？閉嘴、閉嘴、閉嘴。

她打開收音機，新聞全是有關學費的報導。她俯身向前把音量調高。「我們一定

47 傑弗里·喬叟，英國中世紀作家，被譽為英國中世紀最傑出的詩人，其代表作為《坎特伯里故事集》。

48 威廉·透納，英國浪漫主義時期的繪畫大師。

得聽嗎?」他說著傾身關掉收音機,「這讓人很鬱悶,我今天已經聽夠了。」

§

他們依照凱特寄來的指示前進,卻只走到一處大圓環,他們在圓環繞了兩圈,漢娜試圖打電話詢問,但是電話響了又響卻無人接聽。「她大概正在忙,」漢娜說,「忙著招呼客人。」

「對,」納森說,「那麼,既然沒有明確的指示,我們停車好嗎?」他轉出圓環,在一組紅綠燈處向左轉,這裡無處可停車,她看見他下巴的肌肉繃緊。「那裡。」他說著指向停車場的標誌。

他們往下開到多層停車場的深處。萬一他們在凱特家時停車場關閉了怎麼辦?他們要怎麼去惠斯塔布?他們搭乘電梯上樓時沒有交談,在頂燈照射下他看起來一臉蒼白。漢娜的手機在口袋裡嗡嗡作響,她掏出手機,終於:凱特告訴她方向了。

「她聽起來很開心。」她邊將手機放回口袋邊說。

坎特伯里的街道很冷,比倫敦還冷,她穿得太單薄了,她想叫納森摟著她,但是他縮在自己的外套裡。她以前需要叫他摟住她嗎?

他捲了一根菸點燃,她忍住不說。他們走過一間小超市,進入一個小住宅區,找到十一號。

她想要回到車上,開車回到安全的地方、回家,那感覺像在千里之外。她想要停下來抓住她的丈夫搖晃，直到他的水再度變清澈、祕密抖落為止。

納森伸手按門鈴。

「漢娜！」凱特打開門時腳步往前絆了一下，納森走上前去抓住她的手肘。「漢娜！納森！進來吧，請進。」

凱特滿臉通紅，大聲說著話拉他們穿過狹窄的走廊、擁擠的起居室，走到一張小圓桌旁，好幾張期待的面孔圍聚在那裡。「各位，」凱特說，「這位是漢娜！還有納森！世界上最棒的夫妻！」

凱特

一切都很順利，出乎意料地順利，只除了她找不到自己的酒杯。片刻前她還拿著——她是不是拿著去上廁所了？啊找到了，在桌子的另一端。她伸手去拿，不過納森搶先一步，安全地遞還給她。馬克正在說有關航行的話題。

「海岸非常近。我有個朋友有船，帶我出海釣魚——山姆，你應該來的，明年夏天。我們帶些好酒，在甲板上烹煮。他很有錢，如果你煮得像這樣，我認為他可能也會對你的食物感興趣。」

山姆點了點頭，看起來十分高興。至於食物——他們全都吃著食物，食物非常美味，大家都說非常可口。還有荻雅也在這裡，她神情專注，正在聽漢娜說話。凱特滿懷對荻雅的深厚情誼——這聚會是她提出的點子——她帶來甜果汁飲料，用她農地上的接骨木製成的暗酒色接骨木果汁飲料，凱特收在廚房裡，準備給漢娜喝。不過今晚漢娜喝酒——凱特暗自發笑，因為看見漢娜在她家裡喝酒實在太好了。

她穿那件衣服看起來好美，顯然花了一番工夫，她的頭髮襯托著她的臉，她的臉蛋因為外面的空氣和酒精的關係而發紅。漢娜足夠關心她、願意不遠千里而來，她深受感動，突然感到眼淚盈眶。她站起來繞過桌子走到漢娜身旁，將臉頰貼靠在漢娜的臉上。「謝謝妳。」她說。

「謝什麼？」

「謝謝妳來這裡，妳看起來美極了，小娜。」

漢娜大笑起來。「謝了，妳也是。」

她繞回自己的座位時，注意到納森和荻雅正在交談：「他們占領了評議會大樓，有五十個人在作戰室，我們校長簽署了一封支持學費上漲的信。」

納森點頭。「那真是一團糟。」

凱特把手搭在荻雅的肩膀上。「我看到他們了，」她說，「今天早上，他們又在大教堂旁邊發傳單。我在找那個女孩子，粉紅頭髮的那個，妳記得嗎？」

荻雅微微一笑。「我記得，她在評議會裡面。」

柔伊傾身向前。「感覺好像六八運動[49]的精神喔，似乎這些年輕人在一夜之間變得激進了。」

「我同意，」納森說，「不過大家不是經常那麼說嗎？重施六八運動的故技？」

「嗯，」柔伊說，「如果我女兒年紀夠大，我會希望她在那裡面。」

「對，」納森說，「我想我也會希望如此。」

凱特環顧餐桌四周，看著她的客人，感到幸福，突然覺得心滿意足。沒有恐懼的未來，沒有遺憾的過去，唯有這一連串的時刻，串在一起，宛如串繩上點亮的燈球——有友情、有食物，還有舒適的環境。湯姆在樓上睡覺。她很感激。她看見桌上的瓶子空了，於是回到廚房從冰箱再拿一瓶出來，這瓶很難打開，此時山姆來到她身後。

「喏，」他說，「我來開吧。」

她轉過身看到了他，她的丈夫，她傾身吻了他，並非純潔的一吻，他笑了，將她拉得更近一些，她用舌頭描摹他粗糙的鬍子線條。

「哇，」他說，「妳一定是醉了。」

她哈哈大笑。她忘了這點，和這個男人、這個熊似的男人親暱時會出現的興奮感。荻雅說得對，這正是她需要做的事。

她幫忙山姆端食物和酒回去。現在他們的配置和之前稍微不同——荻雅同譚馨交談；漢娜沒有和任何人說話，只望著納森與柔伊，他們兩人低著頭正在看柔伊手機中的照片。

---

49 一九六〇年代中期由左翼學生與民權運動分子發起的一連串反戰、反官僚的抗議活動，到一九六八年法國學生占領巴黎兩間大學校區，引爆了癱瘓社會將近一個月的「五月風暴」達到巔峰。

「她和保姆在一起，」柔伊說，「我很緊張，不過他們似乎處得還可以。」

「她長得真漂亮。」凱特聽見納森說。

凱特看到漢娜注視著他們，突然感到一陣想要保護朋友的衝動。「嘿，」她輕推一下柔伊說，「嘿，你們兩個。」納森與柔伊吃驚地抬起頭來。如今她說出口了，卻不知道還能說些什麼，這時山姆把魚放到桌上，她拍了拍手。

漢娜

凱特喝醉了。她拿著盤子搖來晃去；漢娜伸手從她手中接過盤子。

「喏，喝點水。」漢娜遞出自己的玻璃杯。

「我很好，」凱特說，「真的沒事。」

漢娜自己喝了水。她喝了兩杯酒，感到頭昏腦脹，太陽穴已經開始痛了起來。她發覺很難專注地聆聽在她周圍打轉的對話；她不斷地想著他們的車，想著車子可能會困在停車場，他們將會無法把車開出來。她需要打電話給旅館，必須通知對方他們將會晚到，詢問這樣是否可以，他們是否需要另外有一把鑰匙。她不記得到惠斯塔布有多遠，二十分鐘？也許更久？現在已經十點，他們才正在吃主菜，按照這種速度，他們可能會在這裡待到一點。

現在談話越來越激烈了：凱特的新朋友荻雅和戴著大潛水錶的馬克，就是喜歡自己聲音的那位。她認出他參加了婚禮——他是山姆的伴郎，對吧？

「那是必要的，」馬克正在說，「如果市場不背棄我們的話。妳想要像希臘那樣嗎？妳沒看到他們留在財政部的紀錄嗎？沒有錢了。白痴。智障。」

「當然，」荻雅說，「緊縮政策對窮人的打擊將會最大。那麼對銀行徵稅怎麼樣？」

「他們只會移到別處去做生意。」

「所以是他們在負責掌管嗎？」柔伊傾身向前說，「現在是他們在決定政策嗎？」

馬克轉向柔伊。「親愛的，我不確定妳是否清楚自己在說什麼？」

「為什麼？」

「我的意思是，首先妳是個美國人。」

「首先？」柔伊說，「那接下來呢？」

房間內的溫度下降了幾度。漢娜站起來，迅速走到山姆坐的位置。她傾身向前感謝他提供的食物，並且問他是否有室內電話。「當然有，」他說，「在臥室裡面，左邊第一間。」

她踢掉鞋子上樓。到了臥室，她在黑暗中坐到床上，呼吸急促，腦袋一陣緊繃。有件事情令她不安，納森和那個女人柔伊在一起的模樣——他們一起低頭看她的手機，他看到她的孩子時發出低聲的驚嘆。

她身旁出現聲響，她嚇了一跳。起初她不知道那是什麼，一會兒後她明白了——

是湯姆，他在這裡，睡在大床上。利用樓梯平臺照射進來的微弱光線，她現在可以清楚地看見他，他一邊的胳臂伸展開來。她在他身邊躺下，他動了一下不過沒有醒。他的氣息聞起來香甜，呼吸非常平穩，睡得很沉。

她蜷縮在他身旁，將一根手指放進他緊握的手中，撫摸她拇指底下他小小、隆起的指關節，她的細胞渴望得發出嘶嘶聲，那種渴望可以將她一分為二。

躺在這裡，她領悟到了一件事——這份完全成形的醒悟出現在她的細胞裡。她失去了她的丈夫，或者說她的丈夫已不再屬於她。某種基本的東西，某條提供他們水分的深河，已然乾涸。

暫時——在手中握著這隻小手的短暫時刻——這份領悟並不痛，但是她知道痛苦正在另一端等著她，她知道痛楚終將來臨。

目前，在這上面很安靜，然而樓下的音樂聲現在更響了，凱特提高聲量蓋過音樂，力勸大家跳舞。

凱特

「我以前好愛跳舞呢！」她大喊，「荻雅、柔伊，來嘛！」她拉她們站起來。需要有人改變一下這裡的活力，拯救這個夜晚，不然這夜晚可能就要逃跑、溜走了。「剩下的酒在哪裡？」

馬克旁邊有一瓶半滿的。她朝他走過去，拿起酒瓶倒入附近的杯子裡。

「妳確定妳還要再喝嗎？」他說。

「抱歉？」凱特轉身面向他，「你剛才說什麼？」

他的態度中有種東西——一種古老的暴力在表面下蘊釀著。彷彿收到不言而喻的暗示，譚馨走向她的丈夫。凱特可以察覺到荻雅和柔伊在她背後，納森則坐在她旁邊觀看，山姆在她的左邊。那漢娜呢？漢娜在哪裡？凱特將杯子舉到唇邊，這酒已經不冰了，味道低劣、過甜。

「我想你老婆應該喝夠了吧，你不覺得嗎？」馬克轉向山姆。

凱特氣急敗壞地說，「噢，我的天啊，你不是真的那麼說吧？我想妳已經喝夠了，親愛的。」此時她狂笑不止。「噢，等一下，你真的那麼說?!」她搖搖頭。「你真是可笑。」

「妳說什麼？」

「你他媽的可笑極了。看看你，戴著那只愚蠢的手錶，你根本不是潛水員吧？等一下，我們應該看看它是否真的有效？」

她走向他，一把抓住他的手翻過來，解開他的手錶扔進她滿滿一杯的酒中。「哎呦。」酒潑濺到她的手腕上，她叫了一聲。

他一臉憤怒，譚馨嚇得臉色發白。

「你們這些人，你們知道自己有多可笑嗎？你們這些人，」她再說一遍，朝譚馨與馬克揮舞著酒杯。「你們才是問題所在，你們知道嗎？」

「凱特，」山姆走上前去，「馬克說得沒錯，妳喝夠了。看在老天的分上，妳是個哺乳的媽媽啊。」

「喔，我是個哺乳的媽媽，是嗎？」

「妳累了。」

「噢！」她將杯子重重地放到桌上。「哦，那真是太好笑了。我當然累啊，我已經將近一年沒有安穩地睡過一整晚的覺了。你知道吧，山姆，我很抱歉我掌握不到要領，對不起我沒有掌握到他媽的有效的方法。你要知道，睡眠剝奪，那是一種折磨。你知道嗎？他們用這招來擊潰士兵，我的意思是，你或許不是那麼聰明，但是你起碼可以明白這點吧。」

「我真的認為我們沒必要在這裡談論這件事。」

「對，繼續，阻止我，叫我閉嘴，我甚至不應該在這裡。我根本不該結這他媽的婚，不該在這他媽的城鎮。」

她環視他們所有人，他們目瞪口呆地盯著她看。

她看著馬克走向譚馨，彷彿要保護她，他的手臂摟著她，她躲在丈夫肥大的身軀中。在這克服了酒精的純淨、清醒的時刻，她明白了，她討厭這個男人，討厭他的一切以及他所代表的一切。她撩起袖子。「要我給你看我手腕上刺著什麼嗎？」她對馬克說，「是隻蜘蛛，提醒我要繼續奮鬥，不要屈服，不要忘了對抗像你這樣的人。」

漢娜

她躺在床上聽見凱特在大吼大叫。門砰的一聲響，擔心的聲音，她曉得自己應該去查看，因為不管發生什麼事聽起來都很嚴重，不過她渾身筋疲力盡，所有的細胞都很沉重，彷彿自己一直在走路，背著非常沉重的負荷走了很久，身體疲憊不堪。她只想要躺在這裡，蜷縮在這孩子旁邊，感受他的溫暖，也許在他身旁睡一會兒。樓梯上有腳步聲，門開了一條縫。

「漢娜？」納森的聲音。

「嗯？」

她不想要這道縫隙透出的光，這道光越來越尖銳，充滿整個房間，帶著冰冷、嚴酷、無情的未來。她想要把納森拉進來、關上門，與床上的寶寶一起躺在黑暗中。

「凱特跑出去了，她醉得很厲害，我想可能需要有人去找她。」

漢娜振作起來，站起身，跟著他緩緩下樓，眨著眼睛走進客廳，大家三三兩兩地站在那裡。

「我去找她。」她說。

「讓她冷靜一下，」那個叫馬克的男人說，「她很火大，需要透透氣。」

漢娜拿外套。

「妳要我跟妳一起去嗎？」納森說。

「不用，你留下來吧。」

外面寒冷徹骨，她不知道該往哪裡去。她大喊凱特的名字，聲音單薄而尖銳。她循著他們先前的腳步回到馬路上，高跟鞋敲擊著堅硬的地面，來到空無一人的超市停車場。踩著高跟鞋、穿著這身衣服在這裡讓她感到非常脆弱。「凱特？」她喊道。即使到夜晚這時刻，這條路依舊繁忙，她突然有個可怕的想法，拔腿奔跑起來。「凱特？」她呼喊，「凱特？」

然後她看見她了。她站在拱形的小橋上，身子探出河面。「凱特？」她大喊。

漢娜到達她身邊時上氣不接下氣。

凱特抬起視線，眼神明亮而嚴厲。「我要離開了。」她說。

橋下冰冷漆黑的河水在流動。

「凱特，」漢娜抓住她的手臂說，「妳喝醉了。到早上一切看起來就會不一樣了，我保證。」

「他媽的別叫我閉嘴。漢娜，妳知道妳是什麼樣的人嗎？妳就跟他們其他所有人一樣。妳感覺糟透了沒關係，他們把妳剖開沒告訴妳原因也無所謂，反正妳有個健康的寶寶，吃點該死的藥丸然後閉嘴。妳根本不想聽到真相。」

漢娜感覺自己內心升起一股強烈到無法壓抑的怒氣。「什麼真相？凱特，到底是什麼真相？來啊，告訴我啊。」

凱特帶著反叛的情緒搖了搖頭。

「好吧，那我來告訴妳我的真相，好嗎？」漢娜現在飛快、清晰地說，「我丈夫要離開我了，因為我們生不出孩子。我失去了一個孩子，我流產了，妳曾經歷過這些事情嗎？」

此時凱特的眼睛在黑暗中瞳孔整個擴大。

「要我告訴妳實情嗎？凱特？那東西像這樣子。」她握著凱特的手，撩起袖子。「大概這麼大，七周左右。有層囊膜包住寶寶，其實相當恐怖，本來是不應該被看到的，應該留在妳的體內，不斷地生長、生長、生長，直到無法再長大為止。妳知道那是什麼感覺，對吧？寶寶在妳體內生長？」

她們的呼吸在凜冽的空氣中一起化為白煙。

「妳沒有跟我說。」

「我沒有告訴任何人。」

「為什麼？」

「因為妳那時懷著孕，因為我不想讓妳難過，因為我覺得羞愧。」

氣氛鬆弛下來，凱特手垂到身側，肩膀頹然垮下。

「我很遺憾，」凱特說，「妳應該告訴我的。」她的聲音沙啞。

「不，」漢娜說，「妳應該問的。」

§

他們抵達旅館時已經很晚了，房間比她想像的要來得小。「浴室在哪裡？」納森問。

「我太晚訂了，沒訂到帶浴室的房間，」她疲憊地說，「我想是在走廊盡頭吧。」她身體發冷，她在橋上感冒了。

他點點頭，走向他的行李。「那妳能告訴我妳把我的牙刷收到哪裡去了嗎？」

「在這裡。」她拿出盥洗包，將牙刷遞給他。

他走了之後她坐在扶手椅上。她看見自己在漂流木鏡子中的身影，這身愚蠢的黑色洋裝，臉上的妝現在都糊了。一切都破滅了、結束了，全都荒謬透頂。

§

翌日早晨，兩個餐盤留置在他們門外。她將餐盤端進來放到桌上。納森在床上坐起身來，穿上牛仔褲，「我出去一下。」他回來時身上有股菸味。

她打電話給餐廳取消了預訂的午餐。

不會有午餐了，也不會有牡蠣或傳統匠人手工製作的麵包，或是艾爾斯伯里羔羊肉。不會有孩子，她在他們誕生前就扼殺了他們。他沒有碰她，就某種意義來說她對這點心懷感激，感覺彷彿她的內在已經破裂成小碎片，只靠單薄的皮膚將它們凝聚在一起，若是有人觸碰她，她很可能會粉碎——可能再也找不到碎片將自己拼湊回去。

他們一語不發地沿海灘走著，眺望洶湧的大海，然後爬回車內。他們順著M2高速公路開回倫敦，她假裝睡覺。他們歸還了租用的車，然後搭公車回到哈克尼。

他們走上三層的樓梯進入公寓，納森打包行李。

麗莎

這是最後的周四晚上，演出迅速飛逝。這是她在舞臺上感到最自由的一次，臺詞在她心中浮現，彷彿那是她自己的話。

妳的血管裡流淌著美人魚的血，凡尼亞告訴她，那就成為一條美人魚吧。一生就狂野那麼一次。

最後一次退場走下舞臺時，她發現自己根本沒意識到觀眾；注意力完全集中在其他演員身上，使出了渾身解數。整整一個半小時她都沒有想到納森。謝幕的時候，強尼把臉轉向她，微微頷首向她致意，之後在側翼時，他以老派的禮節握住她的手。「真是太精彩了。」他說。

「你也是。」

他點了點頭。「我們應該為此喝一杯，」他說，「妳跟我。」他仍然握著她的手。

她匆忙跑進更衣室，察覺到自己很開心，今晚有件事情圓滿了，她年輕時自問的問題獲得了答案。這工作值得去做，而且她做得到，她並沒有自欺欺人，也沒有考慮不周或是判斷錯誤。

她在解開戲服鈕扣時，手機震動了一下，她看見納森傳來的訊息。

我在這裡。

她直盯著訊息，然後抬頭端詳鏡中的自己。在那裡她看見自己的外型，身穿伊蓮娜最後一幕戲的服裝：深色的長大衣，鈕扣一路扣到頸部，頭髮用髮夾別了起來。她看到自己的嘴唇腫脹，眼睛斜睨著，胸部隨著呼吸上下起伏。她沒有回覆訊息；她知道他會等待。

她解完戲服的鈕扣後脫下，掛在吊衣桿上，然後走到水槽邊往脖子上潑些水。她穿上牛仔褲和上衣，讓妝保留原樣——在眼睛四周略微糊掉。她拿掉髮夾，頭髮如波浪般垂落到背上。

妳的血管裡流淌著美人魚的血。

她拿起手提包向酒吧走去。納森獨自坐在角落的桌子旁，她緩緩地走近他，還沒開口說話他就站了起來，表情混雜著緊張和敬畏。

他穿著藍襯衫，袖子捲起來，她留意到了這點。她注意到他的前臂，他說話時把手擺到胸前，指著他的心。他的襯衫領口敞開著。

她頷首，今晚她是女王，她接受他的稱頌。坐在他面前時她感覺得到自己的身體：皮膚接觸衣服的部位、堅挺的乳頭、陣陣刺痛的腦袋。桌上有一瓶開著的葡萄酒，他拿起來為她倒一大杯，她點頭表示感謝。在他肩膀的曲線後面，她看見強尼獨自站在吧檯那裡，面前擺著兩杯酒。他望向她；她看到他的目光滑過她和納森，再回到她身上，用問題煩擾她。她沒有回答，反而轉過身來喝她的酒，這酒又濃又紅，看起來很像血。

她看見納森頸部的脈搏、沾了一點酒的嘴巴，以及兩手擺在她面前桌上的寬度。

她喝著她的酒，他也喝著他的，他們互相交談，但她不確定究竟在聊什麼。她的杯子空了的時候，他問她是否還想再喝，到某一時刻，那整瓶喝完了。她抬起頭來看見強尼已經離開酒吧，沒有向她道別。她注意到了這點，但是態度冷淡。「我們可以回去，」她轉向納森說，「我們可以去我家。」

如同今晚的其他事情一樣，這句話意外輕鬆地說出口。

途中他找話閒聊，但是隨著火車駛近她家那一站，他的話逐漸減少，最後陷入沉默。她發現他凝視著他在窗戶上的臉。他們沒有交談、快速地走過公園，在她家客廳裡，她走來走去打開燈光，而納森站在地板中間。「你想再喝一杯嗎？」她問。

「好啊。」他的聲音低沉、有點嘶啞。

她走進廚房，沒有開燈。櫥櫃後面有一瓶威士忌，她拿出來後倒了一定的量到兩個杯子裡。

她的背後有聲響，她看見納森跟了進來站在她後面。他撩起她脖子上的頭髮握在手中。他傾身湊近，她感覺到他的嘴巴碰觸她肩頸交會的地方，接著他輕輕地將她按在牆上。「拜託，」他說，「別說話。」

她沒有說話，反而轉身面對他，張口迎向他的嘴。

§

隔天早晨，他去上班後，她躺在床上想著他。她仍然能感覺到他：他壓在她身上的重量、她在他上面時他臉上的表情、他在她體內的感覺。一想到這她又因慾望而坐立難安，當她把手放在自己身上，立刻性慾高漲、興奮得氾濫濕滑。

她出門喝咖啡，捧著杯子坐在微弱的陽光下。她知道帶著這種感覺來這裡並不明智，這裡距離漢娜的公寓僅有幾條街。她曉得他的氣味仍在她身上，知道她渾身都是那股味道。男人都盯著她看。她就像顆再度充飽電的電池，這是單純的電流，不在道德的範圍內，她的感覺中有些洋洋得意危險地閃著微光。

漢娜

她開始在那間小房間裡睡覺。這裡的聲音與她習慣了的有所不同——她可以聽見樹林的風聲、運河的聲響：自行車在鬆動的鋪路石上發出的哐啷聲、狐狸受傷的慘叫聲、喝醉小鬼的叫囂及笑聲。她清醒地躺著，凝視天花板上搖曳的燈光，就算睡著了她也睡得很淺，夢裡充斥著奇怪、不可知的東西。

到了早晨，她獨自躺在這張床上，一時搞不清楚方向，過一會兒才想起來——納森走了，她丈夫離開了，十三年來頭一次她不知道他人在何處。

外頭，冬季的城市壓在身上，她覺得自己在城市的重量下脆弱不堪。她忘記購物，吃得很少，只吃幾小口櫥櫃裡既有的食物：薄脆餅乾和奶油、一片蘋果。為自己做飯毫無樂趣，她越來越瘦，她知道這點但並不在乎；她沒有照顧自己的必要，既沒有需要守護的未來，也沒有需要遵守的限制。

她收到弟弟的簡訊。她誕生了！蘿西・愛蓮娜・葛雷。照片中她弟弟懷裡抱著一個皺巴巴的小人兒，她的姪女。

她回訊息。恭喜！迫不及待想見到她。

耶誕節妳還是會來嗎？她弟弟回覆。

當然，我等不及了！她說謊。

隔天早晨她寫信給公司，說她生病了，感染了病毒，需要休息。天氣又變了，變得嚴寒刺骨。漢娜打開收音機，但是並沒有真正在聽，她緩緩地在這地方走動，這裡有過去生活的所有印記——同樣的房間、同樣的家具、同樣的書擺在同樣的架子上——卻變得全然陌生。她已經抵達了目的地，但那裡卻是個未知的地方，她察覺自己受了傷，可是傷得太重她難以修復。外面的天空、草地、動物、樹木都提供不了慰藉。她與它們不同，她無法繁衍後代，異於常態、脫離自然，她知道自己最好單獨待在這上面。

有時候，下面的公園裡有小孩子。從這個距離來看，他們就像一小包一小包的能量，活蹦亂跳、興高采烈、未經訓練。他們在小徑上騎踏板車，他們跟在父母後面，停下來撿起石頭觀察。她看到那些孩子看看石頭又看向父母，他們的父母往往急忙回到他們身邊，抓住他們的手腕用力拉他們起來。她心想，假如她有小孩，絕不會趕忙過去拉他們起來，她會跪到地上，陪在他們身旁一起觀察石頭。

§

外頭的世界快步前進，過於絢麗的耶誕節不可避免地日益逼近。她說過她會北上到吉姆與海莉家，現在她很想拒絕去她弟弟家的邀請，可是她已經答應了，而且還要買些禮物：給爸媽、吉姆、海莉、蘿西。下班後她走向柯芬園，在遊客、頌歌演唱者之間穿梭，所有人都將扣子扣得嚴嚴實實以抵擋寒冷，不過她沒有買禮物。反而逛進服裝店，試穿一些她平常絕對不會穿的衣服：一件印著爬藤圖案的及踝洋裝、及肩的耳環、血色的高跟靴。她的鏡中倒影令自己大吃一驚，瀏海居然垂到眼睛。已經好幾個月沒修剪了。她想，或許她會把頭髮留長，抑或她會把頭髮全剃光。

一個冷冽的下午，在長畝街上，她的目光被一輛摺疊式嬰兒車中的孩子吸引——是個小女孩，那孩子咧嘴咯咯笑著拍手。嬰兒推車停了下來，漢娜抬起頭，那個推著孩子的女人歪頭盯著她看。

「對不起。」漢娜說。

「為什麼？」那女人說。她給人感覺有點像烏鴉，眼神令人不安。

漢娜把兩手插進口袋。「我只是——」那孩子不停地自言自語，完全被旁邊商店櫥窗裡自己的倒影給吸引住。她的臉頰有如圖畫書中的孩子，兩手大而強健、帶有小圓窩。

「妳需要治癒嗎?」那女人說。

「妳說什麼?」漢娜的目光轉回來。

「妳需要治癒嗎?」女人再說一遍。「也許我可以幫忙。」

女人伸手到嬰兒推車後面,從一小疊紙張中拿出一張印刷品。「給妳,」她遞出傳單說,「拿去吧。」語調出奇地粗魯。

漢娜順從地伸手接過傳單,對半摺疊起來。

女人點了點頭,然後彷彿對視與否完全由她掌握,她看向前方繼續走下去。

到了地鐵站入口,漢娜發現自己氣喘吁吁,好像剛才一直在奔跑似的。她從口袋拿出那張紙,看到了一張看起來很普通的傳單,是用家中個人電腦仿製出來的東西。傳單宣傳的是琳賽·麥科馬克的治癒能力,上面有張琳賽面色蠟黃、令人不安的臉部特寫照片,還有個地址,在西倫敦外圍某處。她將傳單塞進手提包底部。不過稍後回到家,她又拿出來,在小房間的燈光下細看傳單——幾張女性身影及樹木的模糊照片,用彩色字樣打成、難以辨認的正文。一個患有慢性疼痛的男人說他現在感覺好多了的證言。全部都做得非常拙劣,沒有半點令人信服的地方。

可是——她拿起手機,撥打那支室內電話的號碼,很快就有人接聽。「哈囉?」

「喔——哈囉。我今天遇見妳了,在柯芬園,妳給了我一張傳單。」

「是嗎?」女人的聲音聽起來疲憊焦慮,背景有孩子的哭鬧聲。「嗯,我記得。」

「我想知道妳是否有空檔。」

「空檔？」

「我的意思是，和我見面。」

「啊，」女人說，「好啊。明天早上怎麼樣？」

§

她告訴公司她預約了牙醫要緊急補牙，然後在尖峰時刻剛過不久，搭乘地鐵往西到那條路線的盡頭。

地址是在一區狹窄擁擠的住宅深處，一間難看的半獨立式房屋，前面有一小塊泥濘的花園。臺階上有一輛生鏽的三輪腳踏車，拖在車尾的紫色裝飾物被雨水淋得濕透。漢娜按了門鈴，費力地透過毛玻璃往內瞧。起初毫無聲響、動靜，她心想可能是走錯屋子了，但片刻後那女人來到門口。她裹著一件顏色像燕麥粥的開襟羊毛衫，頭髮往後梳，綁了一個邋遢的髮髻。

「進來吧。」她帶領漢娜穿過昏暗的走廊，走到後面一間小房間，裡頭有一張桌子和兩條毯子。「跳上去吧。」女人輕拍一下桌子。

房間裡冷颼颼，一點也不吸引人。「妳介意，」漢娜站在門口說，「我去一下洗手間嗎？」

女人的臉上閃過一絲惱怒。「出了門就在右邊。」

漢娜將自己鎖在廁所裡，凝視鏡中的自己。她的雙頰泛紅，但是嘴唇蒼白、緊抿成一條線。她在這裡做什麼？她有種奇怪、不安的感覺，覺得她是被召喚到這裡，或者是她自己從潛意識深處把這女人召喚出來——這女人擁有某種超自然的力量，倘若她回去那個冰冷的房間，可能會再也出不來，或許永遠無法離開這個陰鬱的地方。她上了廁所、沖水，用一小片硬肥皂洗了手。她在走廊上猶豫了一下——還有時間可以逃跑。

可是那女人等著她。她伸出手來拿漢娜的外套，掛在門後。「那麼跳上去吧。」她指著桌子再說一次。

漢娜脫掉鞋子聽從她的話。好冷，該告訴她這裡很冷嗎？女人裹著羊毛衫，但是漢娜只穿著上班的連身裙。她拉毯子裹住膝蓋，毯子劈啪作響黏在她的緊身褲襪上。

「那麼，」女人的頭歪向一邊說，「妳為什麼來這裡？」

漢娜的嘴唇很乾，她舔了一下。「這事情很奇怪，妳來接近我，而——而——這不像我，非常不像我，但是我就是覺得非來一趟不可。」

女人點點頭。「我感覺到了。」她說。

「感覺到什麼？」漢娜說。

「妳的需要。」

「需要什麼？」

女人停頓了一下，在座位上動了動。「孩子。」

「啊。」漢娜說，然後沉默下來，她的皮膚因為期待和恐懼而陣陣刺痛。

「跟我說說吧。」女人說。

「我——我們一直在努力，花了很長一段時間。三年，卻什麼都沒有。之後我們開始做試管嬰兒，我懷了孕，然後失去了孩子。後來我們又再試一次體外受精。現在我丈夫離開了。」

女人點頭，似乎對這一切都不意外。

「有時候，」漢娜說，「我覺得自己被詛咒了。我不知道為什麼我應該遭到詛咒。」現在她含糊不清地胡言亂語。「我很努力而且聽話。」女人盯著她看。漢娜靜默了半晌，然後說：「好冷。」

女人起身將暖氣的刻度盤轉動一格。「我白天把暖氣關掉。」

「妳不會把房間弄暖嗎？在妳有客戶、還是病人的時候？」

「他們通常喜歡毯子。」女人說。

「喔。」

「妳想要再多一條嗎？」

她低頭看著膝蓋上那條磨得發亮、令人不舒服的毯子。「不用了，謝謝。」

女人捲起袖子，將漢娜的小腿肚握在手裡。她的手掌並不溫暖。「好吧，」她說，「我現在要開始治療妳了。」

「治療我？」

「妳只要往後靠、放輕鬆。」

女人的眼睛開始往後翻。她自顧自地點頭，好像觸摸漢娜的腳和小腿肚證實了她的懷疑。此時女人閉上眼睛；似乎在凝神細聽。

「嗯——嗯——」女人發出低沉連續的嗡嗡聲，「嗯——嗯——嗯——」

漢娜看著窗外單調乏味的小花園。

「我被詛咒了嗎？」她對女人說，「妳能不能告訴我，我是不是被詛咒了？」

然而她不確定自己是否說了，她是真的說出了口抑或只是心裡想著這些話。

麗莎

最後一天晚上，全體演員湊錢買了鮭魚、蒔蘿、奶油乳酪、餅乾、伏特加，在他們的最後一幕結束後，一個接一個走進男子更衣室，一口喝下——Nostrovia（乾啦）！到了謝幕的時候，他們全都喝得醉醺醺，等布幕最後一次落下後，他們再次湧入更衣室，所有的人依然穿著戲服，逼迫最後留在舞臺上的強尼與海倫各喝下三杯趕上其他人。

克拉拉過來找他們，依次擁抱所有人。技術人員喝啤酒跟蘋果酒，演員則喝下更多的伏特加，一遍又一遍地唱著俄國歌，直到連技術人員也加入他們。有人播放舞曲，噪音提升到喧譁的等級，更衣室變成了地下酒吧。

麗莎查看手機，從星期四以來她只收到納森一則訊息。

不後悔。

起先她把這訊息理解成疑問句，但是後來發現這是句陳述，於是回覆：一點也不。

音樂變了——葛瑞格掌握了音響裝置，正在播放一九三〇年代的老舞曲——演員成雙作對地旋轉起舞。

「麗莎，」強尼在她面前，伸出一手。「妳想要跳舞嗎？」

她牽上他的手，他拉她站起來。麗莎意識到自己喝醉了，靠在他身上保持平衡，讓他帶著在房間裡翩翩起舞。她短暫地閉上雙眼，享受他的親近、溫暖，以及菸草與肥皂的味道。

「對不起。」她對著他的胸膛說。

「為什麼？」

「前幾天晚上，在酒吧裡放你鴿子。」

「沒關係。」強尼的聲音在她耳邊隆隆迴響。「那麼他是妳的男朋友嗎？」

她做了個半聳肩半搖頭的姿勢。「一言難盡。」

「事實不總是如此嘛。」

他們停了下來，他往後退了一步，與她拉開一定的距離，凝視她半晌。然後他伸出手來將她的一綹頭髮塞到耳後。「親愛的，我真的很高興。喏。」他拿出一張紙，在上面潦草寫下一組號碼。「妳就拿著吧。」他將紙片遞給她說，「好好照顧自己，好嗎？」

「我盡量。」

「不關我的事，」他輕聲說，「我知道。」

說完他以同樣溫文儒雅的姿勢舉起她的手，嘴唇碰觸她的指節，然後轉身走開。她看著他將黑色皮包甩上肩，沒有周到地向大家道別，悄悄地走出門。

在房間另一端，麥可與海倫正在接吻，雙手插入對方的髮內。麗莎再查看一次手機。沙子逐漸流盡，很快地魔法就會消失，這齣戲將會真正落幕，不久夜晚將會結束，她將只剩下公寓和電話服務中心，不再是女王。

美人魚的血。

她離開更衣室，沿著黑暗的走廊往下走。走了幾步後，停下來打電話給納森，第二聲鈴響他就接起電話。「小麗？」無論他在哪裡，聽起來都很安靜。

「我想要你，」她說，「你能來這裡嗎？現在？」

一陣停頓，然後：「妳在哪裡？」

「劇院。」

「妳要在那裡待多久？」

「一小時，也許更久。」

「我會過去。」

她掛斷電話，將手機輕輕握在手掌中。在走廊上聽著自己的呼吸聲，彷彿她跨出自己的軀殼半步，來到一個無重量、只有慾望邏輯的地方。她沒有罪惡感，只有興趣，她好奇謀殺是否也如此容易。

十一點半時，口袋裡的手機嗡嗡作響，她神不知鬼不覺地溜出房間，穿過酒吧，酒吧的工作人員正在清理。納森站在外面的街上等待，弓著穿著冬季大衣的身子正在抽菸，縷縷煙霧飄在凜冽的空氣中。外頭下起雪來，雪花從天空紛紛落下，人行道上已經積了一、兩英吋。

她走向他，伸手拿走他的菸，放入自己嘴裡。煙霧進入她的血液，與酒精混合，和寒冷交會，讓她一陣暈眩。

「妳仍然是她。」他說。

她低頭看自己——她的天鵝絨外套、靴子。她忘了自己仍穿著戲服。「對。」她說，可以看出這取悅了他，讓他格外興奮。「對，我仍然是她。」

他抓住她的手腕，將她拉向自己。他的嘴裡有菸味，她能感覺到他貼靠著她，已經硬了。「我們可以去哪裡？」他說。

「這裡，」她說，「你可以進來這裡。」她帶領他穿過酒吧，經過黑暗的走廊，進入女子更衣室，那裡空無一人，燈也關著。不久那些女演員會回來，換下戲服，走進外面的夜色中，不過現在她們正忙著——她可以聽見派對繼續進行，男士正在跳哥薩克舞；她可以聽見他們的鞋跟蹬著地板的砰砰聲。

她坐在桌子上，撩起厚重的長裙，感覺冷空氣拂過大腿。納森朝她彎下腰，把嘴巴貼在她的肉體上。他的臉頰帶來冰冷的衝擊，嘴巴和舌頭帶來溫暖。當他站在她的面前，她向他敞開自己，他將她大大張開。

告別單身派對・二〇〇八

漢娜要結婚了，她不想要辦告別單身派對，她想要和麗莎、凱特一起去度假。由於將在五月成婚，她判斷四月末的希臘最合適。她和其他兩人空下日期，花費好幾個小時尋找住宿地點——最後為她們預訂了一座小島上的別墅，住一星期，別墅靠近海灘並且有自己的游泳池。雖然不便宜，但是不到極其昂貴的程度。她最近升了職，而且她清楚這兩個朋友賺得都不多，因此她沒有要求她們支付任何費用。能夠招待她最好的朋友、她的首席伴娘麗莎與凱特令她激動。

她們在機場玩得很開心，試了不同的香水和墨鏡，在香檳酒吧喝香檳。她們拿展現華麗俗氣、令人厭惡的晚期資本主義開玩笑，但是實際上她們很喜歡。她們忙著享受之中的樂趣，差點錯過了班機。

別墅非常漂亮，她們擁有各自的房間和浴室，毛巾很厚，紗支數很高。漢娜愉悅地看著朋友在磁磚地板上跑來跑去，打開櫥櫃，發現巧克力、葡萄酒、水果時，宛如小女孩般發出尖叫。主人留給她們一瓶廉價的葡萄酒，令她們難以置信地感動。她們就著瓶子喝下廉價葡萄酒，然後穿上游泳裝備，跳進泳池。

她們睡得很晚，花很長的時間吃早餐，早餐有優格、蜂蜜、堅果，以及烤白麵包和濃咖啡。她們調整椅子的角度面向太陽，十點的溫度是二十二度，到了中午是二十五度。野花四處綻放，她們一致同意這是一年當中最適合造訪希臘的時節。

午後她們去海灘，沿著滿是百里香芬芳的岩石小徑散步一小段路。她們帶著書本、租借躺椅、在蔚藍的大海裡游泳。

她們互相在對方背上塗抹防晒霜，輕聲驚嘆彼此皮膚的柔嫩。她們在海灘小館吃午餐，這些小館子是以漂流木草草搭成，供應美味可口、布滿奧勒岡葉的希臘沙拉。她們喝的松香味希臘葡萄酒是用小玻璃壺盛裝，玻璃壺在熱氣中凝結了一層水霧。

晚上她們出去餐廳吃飯，試了幾家，最後選定了一家喜歡的，每晚都去那裡，那是一家可以俯瞰港灣的漂亮小餐館。她們外出時精心打扮，儘管那些餐廳只是鄉村小餐館，她們還是穿上禮服、化妝、戴上耳環。

這次度假讓她們的心情變得平靜。她們早早上床、盡情享受陽光，她們記得住在一起時過得非常愜意，外出度假對她們都有好處。

然而在那周接近尾聲時，快樂變得好像摻了砂礫，開始令人不耐。麗莎想起了電話服務中心，發現她忘記預訂回去那周的輪班時間，那表示她將沒有足夠的錢支付房租，意味著她得再向狄克蘭求助。狄克蘭越來越厭煩這些請求，一如他對她越來越不耐煩。

最後一天早晨，麗莎在晨光中端詳鏡中的自己。她知道自己很漂亮，向來很清楚這點，可是如今到了三十多歲，這份曾經豐盈的美麗，由於她抽菸、喝酒、熬夜、酗咖啡、沒有做什麼真正的運動而浪費掉的美貌，最近似乎變成了有限的資源，她必須呵護、好好地照顧。這種照顧看起來需要錢，而她沒有錢。最近，她不止一次發現自己站在博姿藥妝店或賽佛里吉百貨或者利柏提百貨的櫃檯前，手裡拿著一罐昂貴的面霜，她不止一次考慮將這昂貴的面霜偷塞進手提包。

上星期，她的經紀人拋棄了她。

經紀人在電話中告訴她，麗莎，對妳這種年紀的人來說那樣的機會千載難逢。很抱歉，我覺得我無法再當妳的代理人了。

鏡子裡，麗莎的嘴巴緊緊抿成一直線。她很憤怒，生凱特的氣，忍不住將發生的事怪責於她。另外儘管她心知這樣想並不公平，但是她也生漢娜的氣，氣她如此慷慨，氣這棟別墅、這次假期，她但願能夠慷慨大方、款待朋友的人是她自己。可是漢娜很優秀、很盡責，她勤奮工作，所以獲得了應得的報酬。而她卻破產了。或許該責怪的是她的美貌，這天賦的美麗並非她自己請求得來的。或許正是這天生麗質扭曲了她，讓她變得懶散，害她期待過高。

上星期在來這裡之前，她在利柏提百貨用信用卡買了一件衣服，一件真絲雙縐的V領裹身洋裝，上面印著日本花卉的圖案。她把衣服帶來這裡，可是她知道自己不會穿上。那件V領裹身洋裝一直擱在她的手提箱底部，適合穿那衣服的是達成她所沒有的成就、過著她開始認為並非她命中注定生活的人。

假期的最後一天晚上，麗莎堅持她們要去喝雞尾酒，她看見有家小酒吧藏在巷子底。她們全都去了酒吧，在昏暗的店內喝著皇家基爾香檳雞尾酒。她們各喝了三杯雞尾酒，不過她們不覺得自己喝醉了，只是心情愉快，沿著鵝卵石街道走到港灣和那家餐廳，現在這是屬於她們的餐廳了。她們點了酒很快就喝完，然後再點更多的酒。她們吃蘸了橄欖油和鹽的麵包，喝更多的酒，開始覺得醉了。

所以呢，麗莎點了根香菸說，接下來是什麼？她對漢娜說。

妳是指什麼？

嗯，在妳結婚以後，妳要生小孩嗎？

我想應該會吧，漢娜說，嗯。

納森想要孩子嗎？

嗯，我想是吧。

妳這麼認為嗎？

對，漢娜說，他想要。

最好是。麗莎點點頭。

妳說什麼？漢娜說。

沒事。麗莎說。

到底是什麼？妳為什麼做出那種表情？

我只是——生孩子是件大事，不是嗎？妳不覺得應該再多考慮一下嗎？

事實上我考慮過了，我考慮了很多，而我想要孩子。那妳呢？妳想要孩子嗎？

不想。

不想？就這樣而已？

對。

妳不覺得應該再深思一下嗎？萬一妳後悔了怎麼辦？

當然，麗莎說，她將香菸的煙霧吹到夜晚的空氣中。我會再斟酌。我不想要孩子，因為我認為應該要非常、非常想要孩子才可以擁有孩子。如果人生中有其他想做的事，那麼也許應該去做那件事。我在我媽身上看到夠多這種事了。

妳是什麼意思？漢娜說。

我妨礙了她的一切：她的藝術、她的生活、她該死的積極行動主義。她從來不該生下我的，大家都會過得更好。

噢，看在老天的分上，漢娜說，別傻了，妳媽媽很了不起呢。

是嗎？麗莎說。當然，她當然是，漢娜，那妳應該知道嘍，既然妳那麼了解我媽。

漢娜凝視著她朋友，她以前很少看到麗莎的這一面。這酒醉後的變質、怨恨。

夠了，麗莎。凱特靠過來。饒了漢娜吧。

哦？饒了漢娜？麗莎轉向凱特，她的牙齒沾了酒而變成血紅色。那我呢？怎麼不饒了我？凱特？道德羅盤凱特，一路指引著我們。妳以為自己他媽的那麼高尚純潔嗎？我沒拿到那個角色是誰的錯？

不是我的錯，凱特說。

去妳的，麗莎吐了口唾沫。

漢娜看見凱特彷彿被擊中似的往後退縮。

那麼麗莎，我來告訴妳為什麼妳不想要孩子，凱特說，重新湊上前來爭吵。因為妳根本是個自私的人，因為妳從來不想把別人放在自己前面。

凱特和麗莎以前從來沒有吵架過，沒有像這樣子爭吵過。這令人爽快。在暖和宜人的春夜，喝了酒抽了菸之後，這爭吵感覺宛如毒品。她們想要更多。她們可以想像在街上大打出手，拉扯彼此的頭髮，互相撕咬對方的皮膚。

漢娜看著她們。她心想，在她們的爭吵中有種情色的感覺。她莫名地感到失落。群眾朝她們這桌看來。這三個英國女人身穿古怪的衣裳，聲音響亮，酒瓶全都空了。她們真是無禮極了，看起來多麼地失控。

二〇一〇

凱特

自從那天晚餐後山姆就拒絕和她眼神相接。他早上都在睡覺，很晚才醒來，然後匆匆忙忙出門去工作，下班後在外面待得越來越晚。儘管如此，他一點、兩點、三點回來時，她還是經常自己醒來，不過她沒有去找他。

她打電話給漢娜，但是漢娜沒接。她發訊息給她——我們可以談談嗎？等妳準備好了給我一個電話。小娜，我們需要談談，打電話給我。拜託。漢娜沒有回應。

她想起漢娜在橋上的表情。冷淡、生硬乾脆的說話方式。她邊緣鋒利的痛楚。她想說對不起，但是她也想說這並不公平。漢娜沒有告訴她，沒有給她機會做對的事。

唯一與她聯繫的人是荻雅。

緊急的媽媽俱樂部？妳什麼時候準備好了，只要開個口就行。

她沒有回覆。

白晝短暫而痛苦，她都待在室內，暖氣調得過高。湯姆性情乖張，注意到她焦慮不安，對他越來越缺乏耐心。她時常對他大吼大叫，他經常哭泣，於是她又再繼續大吼。等到她真的出了門的時候，人行道上都結了冰、危機四伏。城鎮中心有頌歌演唱者用拔尖刺耳的聲音唱著歌，他們在溫奇普的車庫販售以塑膠綑紮而成的耶誕樹。學生仍在評議會大樓裡。樹枝又濕又黑。

§

周末山姆一早就起床，自己為湯姆穿好衣服。他們來到她躺在床上的地方，湯姆胡亂穿了件不合身的針織套衫，幾乎蓋不住他的肚子。「我們要出去。」他說。

「去哪？」

「馬克和譚馨家，媽會去那裡。」

「好吧，」她說，「我想我應該不受歡迎吧。」

「嗯，我想妳應該不受歡迎。」

他們走了以後，她拿出電腦，查看電子郵件。再度搜尋露西・史肯恩，一無所獲。

她任由窗簾拉下，鑽回床上。

下午五、六點，前門的聲響將她吵醒。她穿上運動長褲和毛衣，走下樓去，看見湯姆在走廊上的嬰兒推車裡睡覺，山姆在廚房裡，坐在餐桌旁，面前放了一個拉鍊扣上的小包包。

「你要離開嗎？」

「妳運氣沒那麼好。這些是譚馨給湯姆的，傑克長大穿不下了。」凱特拉開包包的拉鍊，一疊摺得整整齊齊的衣服，聞起來極為乾淨。「她真好心。」

「嗯，對啊，她是很好心。不過妳隨時可以送還回去。我的意思是，我們不會想要太多我家的東西，會汙染空氣。」

「山姆——」

他舉起一手，「等等。」他離開她，走上樓去。她聽見他的腳步聲在她的頭頂上，下來的時候手裡拿著處方藥袋。「這是什麼？」

「是藥，」她冷漠地說，「抗憂鬱藥。」

「妳在吃藥嗎？」

「沒有。」

「妳不認為妳可能需要？」

「對，不對，我不知道。」她搖頭，「對不起。」

「為了什麼？因為嫁給我？因為我沒那麼聰明？」他的臉部扭曲。

「我只是——我想我一直很困惑。」

「困惑什麼？」

「我、你、所有的事情。」她看著地板，「有一個人——」

「妳有別人？」

「不是那樣子。」

「那是哪樣？哪樣子？」他大聲猛拍面前的桌子。「說啊，凱特，妳最好現在告訴我。」

在她背後的走廊上，湯姆動了動，哼哼唧唧了一下，然後又安靜下來。

「一個我以前認識的人，」她說，「很久以前的事了。最近我一直想到她，經常想起，就這樣而已。」

山姆點點頭。「好，是個女人？」

「對。」

「所以，怎麼樣，妳現在是個同性戀嗎？」

「不是的，我的意思是……我以前是。不算是，只有她而已，只有露西，我只愛過她。」

他注視她良久。「好，」他說，「這是什麼時候的事？」

「十一年前。」

「那她現在在哪裡？」

「我不曉得。」

「可是妳想知道？」

「我不知道。」

他注視她很長一段時間，然後點了點頭，彷彿決定了什麼事。最後他站起來，從冰箱拿出一罐紅牛能量飲料。「我上班要遲到了，」他說，「今天晚上晚點再見。」

§

隔天下午山姆回家時，她正對著兒子尖聲大叫，湯姆嚎啕大哭，他的高腳椅上有些吃到一半的食物，其餘的掉在地板上。「我來打電話給媽，」他抱起湯姆說，「她明天白天可以帶他。」

翌日早晨愛麗絲和泰瑞一起來，凱特將湯姆交給他們。這是個寒冷晴朗的日子，太陽低懸在空中。他們交談了寥寥幾句。她覺得在兒子臉上可以看到寬心的表情，他們走後，她關上門哭了。哭泣止住後，她上樓到浴室裡，拿出那袋藥丸，坐在浴室地板上，把藥放在兩腿之間。這時她口袋裡的手機響了，是荻雅，電話響了又響，最後停了。在寂靜的屋子裡訊息的嗡嗡聲顯得非常響亮，她拿起電話來聽。

我需要顧著篝火。妳現在在做什麼？

凱特抬頭望向窗戶，看見微弱的陽光，回撥電話過去。

市民農地出乎意外地近，就在河對岸。有幾個人影零星散布在那裡，朝冰冷的土地俯下身子，不過她立刻瞧見荻雅，獨自站在中間的一小塊地上。有一小堆火在燃燒，旁邊放了一堆羊齒植物和葉子。

「哇，」凱特走近時荻雅說，「妳的氣色好差。」

荻雅身穿褪色的帆布吊帶褲和連帽防寒外套，頭戴毛線帽，手裡捧著一個大馬克杯。

「謝了。」

「還是因為那天晚上的餘波嗎？」

凱特聳了下肩。火堆四周擺了幾張舊的露營椅，在這一小塊地後面有間看起來搖搖欲墜的棚屋，門前種著一盆盆金盞花。

「這裡很不錯。」

「嗯，對啊，我喜歡樂觀地堅持到底。」荻雅低頭看著自己。「女同性戀、市民農地持有者、吊帶褲。我現在就打了很多勾呢。」

凱特揚起一絲微笑。「諾拉在哪裡？」

「和柔伊在一起。她家人已經過來準備過耶誕節了，他們人很棒，但是很吵，那間房子又小。湯姆在哪裡？」

「和愛麗絲在一起。」

「對了，」荻雅舉起馬克杯說，「那天晚上的聚會很棒。謝謝。」

「拜託。」

「不，我是說真的，我好久沒遇到這麼刺激的事了。我尤其喜歡擊潰士兵的那句。」荻雅舉起馬克杯。「還有那個傢伙馬克，我喜歡看妳毫不客氣地指責他。」

「我很高興妳玩得開心。」

「妳想喝茶嗎?」

「好啊。」

「扔點荊棘到火裡,」荻雅邊喊邊走向棚屋。「那個燒起來非常有成就感。」

凱特興味盎然地注視著那堆植物,然後走過去撿了滿手多刺的荊棘,扔到火焰上,看著荊棘在高溫中扭曲變形。荻雅拿著一杯茶回來。「檸檬香蜂草茶。」她遞給凱特說。

「謝了。」

「不過,那天的食物真棒。妳先生非常有才華,妳說得沒錯。」

「我們現在能不能別再說這個話題了?」

「好。」

凱特啜飲著綠色、帶有淡淡清香的茶,凝視著火焰。燒木柴的煙有種芬芳的氣味,海鷗在稀薄的高空中鳴叫。

「我今天去了評議會大樓,」荻雅說,「去看望學生。學校關掉了那裡面的暖氣。」她搖搖頭,「真是殘忍。我帶了幾條毛毯給他們,他們請我多給幾條。」

「他們應該要出來。」凱特繃著臉說。

「哦?」荻雅說,「為什麼?」

「他們能改變什麼?曾經有人改變了什麼嗎?」

荻雅注視著她。

「妳知道情況就是如此，」凱特聳了聳肩。「年輕人會變老，他們會妥協。我們就是這樣子，我們不再抗爭，我們屈服了，我們成為問題的一部分。」

「對。」

「投票結束了，保守黨贏了。如果學生們覺得冷，他們應該回家去。去看看父母，過個耶誕節，暖暖身子，妳不認為嗎？」

「不，」荻雅說，「我確定我不那麼想，我確定妳也不是。」

她走到那堆羊齒植物旁，抱起一把荊棘投入火中，一邊隔著火焰打量凱特。

「那麼妳曾經妥協過嗎？」她說，「是這麼一回事嗎？」

凱特沒有回答，荻雅蹲下去用根枝條戳一戳火堆，重新整理，耙平燃燒的餘燼。

「我本來想告訴妳，」過一會兒後她說，「大學裡有個工作在徵人，只是產假代理，不過我想到了妳。」

「什麼樣的工作？」

「在肯特郡各地做外展服務，到各個學校幫助孩子接受高等教育。我們附近有全不列顛最貧困的區域，像薛匹、麥德威。我相信會很適合妳，如果妳花點心思，這工作可以非常有創意。」

「對，這樣一來窮人家的孩子可以上大學，等畢業後背上幾千英鎊的債務？」

「那妳寧可怎樣？他們根本不去上學？」

凱特沉默不語。

「不管怎樣，他們會在新年年初開始面試，他們希望找到人從春天開始工作。」

凱特轉身面向火堆。「妳是什麼人？我的職涯顧問嗎？」

「不是，」荻雅說著將枝條丟進火焰裡。「只是朋友而已。」

漢娜

在前往吉姆與海莉家的車上，她坐在後座她母親的後面，頭靠在窗戶上，看著城市的邊緣逐漸被村莊取代，然後村莊又變成高沼地和乾砌石牆——所有的景物都覆蓋著一層厚厚的雪。偶爾，父親會為了路上的松雞或綿羊而踩剎車。

她爸隨著收音機開心、不成曲調地唱著歌，一面跟著節奏敲打方向盤，她媽邊輕聲笑著邊嘖嘖地搖頭。在前去探望兒子和孫女的路上，他們非常興奮：終於當上祖父母了。

過去在闔家度假時，她總是習慣坐在這一側，吉姆在她右邊，正好看著父親的後腦勺。他們時常鬥嘴，記得有一次在去威爾斯的營地途中，她爸終於發了脾氣，把車子停下來，命令他們兩人下車到路旁的草坪上。然後他將車開走留下他們，他們兩人嚇壞了、一言不發，整整五分鐘後她爸才把車開回來。如今她弟弟成為人父，很快地他就會開車載他自己的家庭去度假了。

他們把車停在村莊邊緣一間石砌小屋外；小屋的牆壁很厚，窗戶很小。他們下車時，吉姆出現在車道上迎接他們。他的塊頭比漢娜記憶中要來得大，體重增加了，不過看起來很不錯。不知怎地他竟然有辦法同時出現在各處——為媽媽開門，跟父親聊耶誕節的交通和天氣，並且緊緊擁抱住漢娜。「姊，妳好嗎？」

他的母音，她老是忘記他多麼像北方人。她很想躲在這裡，在他的臂彎和母音中待一會兒。「還好，」她對著他的肩膀說，「我沒事。」

他帶路進屋，將他們的行李搬進狹窄的門廳，角落裡有一棵耶誕樹。「臥室全在樓上，你和媽是右邊第一間。」他對父親說，「小娜，妳是在盡頭那間。不過海莉正在上面陪寶寶睡覺。」他拍了一下雙手。「好吧，那麼在她們醒來前誰想喝一杯？」

他為他們端上飲料——給媽媽琴通寧、給漢娜一杯葡萄酒、給爸爸艾爾啤酒，她看出她的弟弟多麼自豪，對他們親眼看見他成為父親、主人、一家之主感到驕傲。

稍後，他們參觀完屋子後坐在客廳裡，桌上的小碗裡擺著花生和餅乾，壁爐上方掛著吉姆與海莉的結婚照。漢娜和她爸媽坐著，有點生硬、安靜地坐在沙發邊沿，有如一群正在等候主角上臺的觀眾。樓梯一陣嘎吱作響，她出現了，海莉站在門口，睡眠充足、臉頰如奶油般柔滑，懷裡抱著裹成一小包的人兒。一時間沒有人移動；這畫面太完美了：表情溫柔的聖母與嬰孩。過一會兒後，「噢。」漢娜的母親站起來。漢娜看著她迅速從海莉懷中抱走嬰兒，表情變得恬淡聖潔。「蘿西，」她低聲說，「我可愛的小蘿西！」

漢娜站起來，朝簇擁的人群走去，看見吉姆的五官出現在一個小老太太的臉上，從層層毯子下面往外張望。「噢。」她伸出指尖碰了碰寶寶的臉頰。「她好可愛喔，吉姆，長得跟你好像。」

不一會兒後寶寶開始哭泣，吉姆站了起來。「親愛的，妳坐下吧，」他對海莉說，「我來餵奶。」

他從廚房回來，拿著一個給小女兒的小奶瓶。漢娜看見他接過寶寶，小心翼翼地抱起她，當蘿西抱著奶瓶吃奶的時候，他臉上露出慈愛與著迷的表情。他們全都安靜地看著，傾聽吸奶的聲音。

「我那時候從沒餵過奶。」漢娜的父親說。

「你不知道自己錯過了什麼。」吉姆抬起頭來咧嘴笑，「催產素可是非常不可思議的。」

「催什麼跟什麼？」父親眉開眼笑地說。

§

她爸媽十點去睡覺時，她也上了床。耶誕節的早晨，她一早醒來，站在窗邊望著外頭白雪覆蓋的田野，以及遠處隆起的高沼。寶寶很可愛，屋子很漂亮，吉姆與海莉很和善，但是無論他們多麼迷人，這一切都讓人疲憊不堪。她可以感覺到他們的同情，他們關切她是否能夠應付這些事：海莉和女兒在一起時動作輕柔，幾乎是帶著歉意。每當她抱著寶寶時，他們的眼睛都緊盯著她。他們集體屏住呼吸，但願蘿西不會在姑姑的懷裡啼哭。沒有人問她納森的事。他們是否私下決定好不要過問？

這間有著厚實石牆、低矮門楣的房子，望出去能看到田野、高沼和鐵灰色的天空，而他們一家人就睡在隔壁房間，這一切都令她感到壓抑。她不想待在這裡，她想像自己走出去，穿過花園，走上白雪斑斑的高沼地。那裡的空氣將會非常純淨，具有洗滌作用。她想要洗滌一下。

可是她會需要靴子和防水衣，她並沒有帶合適的衣服。

她想知道自己多快能夠離開，是否能在節禮日[50]搭火車回倫敦。她查了交通線路，但是班次稀少又昂貴，況且她已經買了二十七日的車票。那就再待兩天，再忍受兩天。

她想起兒時讀過的書中那些未婚的姑姑阿姨，她們戴著眼鏡、手拿打蛋器，顯得和善歡樂的插圖。總是坐在椅子上，總是待在角落裡。她以前是一切事物的中心，如今是邊緣居民了。

她察覺到自己心中有截然不同、相互矛盾的漢娜存在：客氣、好心的漢娜，漢娜姑姑！她很高興受邀住在這裡，面帶微笑靜靜地坐著，將痛苦掩藏起來。而另一個邪惡的漢娜，她會下毒、會發瘋，她想要站起來、掀翻桌子，想帶著孩子逃跑，聲張原本應該屬於她的主權。尖聲喊叫，那原本應該是我。

50 為十二月二十六日，是英國與多數大英國協國家會慶祝的國定假日。

那原本應該是我！

他媽的那原本應該是我！

麗莎

前門懸掛著自製的花環；用柳條編織而成，上頭點綴著槲寄生和冬青，都是從花園的灌木叢採摘下來的。麗莎舉起門環任由它落下。莎拉穿著圍裙來應門，用散發松節油與香料氣味的雙手捧住麗莎的臉。「寶貝，耶誕快樂。」

「妳也是。」

麗莎帶了禮物來：一個有宛如雀斑的褐色釉彩斑點的馬克杯，兩枝漂亮的新鉛筆，一只用來裝鉛筆的花瓶。莎拉滿意地輕哼微笑、非常高興。麗莎打開母親送給她的禮物：一條綠色細羊毛的手織圍巾。「這好美喔，媽。」她說。確實如此。

莎拉做了符合節令但並非傳統的菜色，是她擅長的料理並且可說是虔心烹調。小時候麗莎經常覺得難過，因為她家缺了耶誕樹——這是維多利亞時代編造出來的——少了巧克力，也沒有她朋友家擺滿的那些金蔥彩帶、耶誕樹裝飾球等無聊玩意。然而現在時代追上了莎拉，而且房子的每個角落都擺了一些美麗的物品：在荒野散步撿來的樹葉、利用酒椰葉和麻繩編成的桌上裝飾物，桌子上方懸吊著小玻璃燈泡，蠟燭也擺好準備點亮。

麗莎坐到低矮的扶手椅上；露比輕快地朝她走來，她將露比抱上大腿。她們喝著加了丁香、肉桂、八角製成的熱紅酒。「跟我說說，妳還有參加什麼試鏡嗎？」莎拉從爐子旁邊說。

「一個，索爾茲伯里劇院的。」

「噢，寶貝，那真是太好了。有成功嗎？」

「沒有。」她的經紀人打電話給她，表達歉意。妳只是不是他們想要找的人。事實上，她一讀劇本就知道那角色不適合她：在艾克波恩[51]喜劇中肥碩邋遢的金髮女郎。

「我並不在意，」她撫摸著貓說。「在演過《凡尼亞舅舅》之後，很難想像去演那樣的角色。」

莎拉把湯端過來，湯呈鮮豔的橙黃色，上面還撒了些烤過的小茴香籽和優格。

「這是花園裡的南瓜。」莎拉說。

她們在友好的氣氛中安靜地進食，直到莎拉放下湯匙。「寶貝，我想跟妳說，妳在《凡尼亞舅舅》裡的表現真是出色極了。這是我見過妳最棒的表演，妳有一種特質，光彩照人。非常難得。」母親的口氣聽起來好像很意外，彷彿她頭一次有這種想法。

「真的嗎？」麗莎抬起頭來。「妳為什麼這麼說？」

「妳是什麼意思？」

---

51 艾倫・艾克波恩，英國多產的劇作家及導演，其作品大多是探討婚姻或階級衝突的喜劇。

「為什麼現在說？」

莎拉的眉頭皺起來。「因為我突然想到，因為這是真的。」

「喔。」

「寶貝，我是在努力示好。」

「努力？」

「噢，天啊，麗莎。」莎拉放下湯匙。「不要這樣。」

「不要怎樣？」

「不要把讚美往相反的方向去想。」

「我只是覺得妳挑現在稱讚我的職業選擇很奇怪。」

「妳是什麼意思？現在說有什麼不同？」

麗莎看一眼時鐘，她在這裡待一小時了。這裡沒有別人：既沒有兄弟姊妹，也沒有父親和孩子。只有她跟母親兩人，有如未上油的輪軸般互相摩擦。

「我正在和一個人交往。」她輕聲說，用湯匙攪動最後一點湯。

「哦？」

「嗯，」她說，「一個很不錯的人。」

「噢，寶貝，那很棒呀。」莎拉傾身向前。「他是什麼人？」

「他是個……朋友。」

「是我認識的人嗎？」

「我想應該不認識。」她已經後悔說出口，她已經踏入危險的境地，她原本不打算說的——她是個笨蛋。「他是我在……網上認識的。」

「喔，現在所有人都是在那裡認識的，對吧？網際網路。」莎拉揮一下手。她把它說得像是村莊綠地。「從某種程度來說，妳要是不在那裡認識人反而奇怪些，所以嘍——」莎拉的表情如鷹一般飢渴。「妳不能告訴我一些事情？他有工作嗎？名字？」

「他叫——丹尼爾。」

「他是做什麼的？」

「他是個大學教師。」

莎拉的雙手不由自主地拍了一下。「很好，很好，妳一定要帶他過來。」她說著伸手過來緊緊握住麗莎的手。「快點帶他來吃晚餐。」

「好啦。」麗莎說，她母親站起來清理餐盤。外頭天色暗下來，莎拉端著耶誕布丁回來時，點燃了桌上的蠟燭。燭光透過暗色、明淨的窗戶表面反射出房間，麗莎穿著借來的罩袍坐在那裡，光彩耀眼。

§

他在節禮日來到她的公寓。那天陽光普照，雪開始融化。他們沒有說話迅速脫掉衣服。她爬到他身上，叫他靜止不動，一面注視著他一面非常緩慢地移動，達到高潮時她放聲大叫。而他達到高潮時，她俯身含住他的嘴唇吸吮，感覺他顫動了一下然後平靜下來。

「希臘神話中的，」事後，他用手描繪她臀部的曲線對她說。「梅麗莎。蜂蜜的守護仙女。」

她傾身過去親吻他，這是真的——和他在一起，她的心就融化、甜美。

傍晚來臨時，她發現自己餓極了，於是他留在公寓裡，她出門去那家土耳其商店購買食物，買了些麵條、蔬菜、啤酒。

她為他下廚，她非常地飢餓：渴望食物、渴望性愛、渴望生活，這種飢渴迷人而性感。他們吃麵條、喝冰啤酒，她看著他吃，喜歡看這男人享用她為他準備的食物，聽他低沉、渾厚的哼聲。她伸手過去抓住他的手腕，吻了他。

「妳快樂嗎？」他問她。

「你是指現在嗎？還是一般說來？」

「兩個都是，現在。」

「現在，是的。」

「那一般說來呢？」

她聳個肩。「有人快樂嗎？你呢？」

他注視著她。「妳怎麼會沒有情人？」他說。

「我有啊。」她說，看著他臉上複雜的情緒。

「我是指——妳懂我的意思。」

「我不懂。」她推開盤子。外面天已經黑了。「找個好男人比看起來困難，很多人都非常令人失望。」

「那真是遺憾。」

「就是說啊。」

「我一向討厭狄克蘭。」他說。

「對，」她嘆口氣說，「他是個王八蛋，你說得沒錯。」

「我基於原則抵制了他的電影。」

她哈哈大笑。

「我很忠實。」他說，這話的語調讓她的胃緊縮了一下。

「謝謝。」雖然她明知他並不忠實，因為他若忠實就根本不會在這裡了。

「妳從來沒有想要過孩子？」他柔聲說。

她仰頭看著天花板。「和他在一起的時候沒有。」她調回視線與他的目光齊平，感覺到了性吸引力——鬆散開來，填滿整個房間，不留任何空間給其他事物。她知道倘若他們現在回到床上，如果沒有採取保護措施，她知道她的體內將會受孕——孩子就是這樣產生的，藉由這種慾望、這種浸透全身的情慾。

「你可以在這裡過夜，」她說，「沒有人會知道。」她看著他的臉，在那裡看見了掙扎。

「這樣更糟糕。」他說。

「你是什麼意思？」

「對漢娜來說，我留在這裡的話，不知怎地感覺——更糟。」

「真的嗎？」她說，「比我們苟合還糟？」

他猛地一顫。

「漢娜並不知道，」她柔聲說，「漢娜不必知道。」

他低頭看了看自己的雙手，再抬頭看著她。「好啊。」他傾身湊近她，在她的嘴角落下笨拙的吻。「我很樂意。」

外面很冷，房間裡面散發出金黃色的亮光。時間在別處。她想，她可以活在此時此地——她可以愛這個男人。

漢娜

她很慶幸回到家裡，回到公寓，很感激有這些介於耶誕節和新年之間的日子。鐘擺停止擺動，時間停滯、匯集，而她在這裡，留在這一年的沉渣中。儘管如此，她依然覺得焦躁不安。她的內心有某種東西越來越強烈，某種渴望、某種需求。

她養成了買酒的習慣。大多數夜晚她都在喝酒，一杯接著一杯。大減價的時候，她重回柯芬園的服裝店，買下那雙血色的靴子和那件印滿爬藤圖案的洋裝。

新年前夕，她為自己穿上那件洋裝和紅靴子，播放音樂跳舞，在房間裡緩慢地轉圈。她一杯接一杯地喝著紅酒，之後視線落在納森留下的那袋菸草上。一根菸會有什麼害處?她悄悄拿出黑色的甘草菸紙,為自己捲了一根菸。她用爐灶的火點燃菸,然後走到外面露臺上,那裡空氣清爽,幽黑的高空中可以看見幾顆星星。她將香菸拿到唇邊,糖紙的味道立刻讓她想起了麗莎。

突然間,她恍然大悟,在腦子理解前她的身體先遭到衝擊,這個發現刺激了她的血液,讓她的心跳加速、手掌濡濕。

麗莎。

納森和麗莎。

她緊抓住露臺欄杆,將香菸扔到下面的公園。她回到公寓裡面,拿起電話打給納森。

「麗莎。」他接起電話時她說。

「什麼?」

「發生了什麼事?」她說。

「妳是什麼意思?」

「你和麗莎之間?」

他遲疑了過久。她把電話從耳邊拿開,感覺強烈地反胃想吐,聽見他的聲音對著冰冷空虛的空氣說話。

凱特

新年時她收到荻雅請她去吃晚餐的邀約，她接受了，因為山姆要工作。

我們會先去評議會大樓，妳願意來嗎？荻雅寫道。還有五個學生在裡面堅持不懈，我想他們都凍壞了。日落時有場為他們舉行的守夜活動，帶根蠟燭和一些給他們吃的東西吧。

凱特帶了些百果餡餅和葡萄酒，帶著湯姆上山到大學去，荻雅、柔伊和一小群其他人聚集在評議會大樓周圍，手中拿著蠟燭。她們低聲交談，將一包包食物透過警衛遞進去。之後她們下山到荻雅與柔伊家用餐。

「我下載了申請表。」飯後凱特幫忙荻雅收拾餐具時告訴她。

「真的嗎？」荻雅說，「很高興聽妳這麼說。妳打算填嗎？」

「嗯，」凱特說，「我想我會的。」

九點時，她將湯姆放上汽車安全座椅繫好安全帶，載他回家。她知道山姆預計十一點下班。她走到電腦前，將表格列印出來，開始填寫。時間過得飛快，到十一點半時，她累了，可是山姆還沒到家，於是她打開電視，用毛毯把自己裹起來，並喝了一杯茶。

她正在打盹時電話突然響起，她驚醒過來看見漢娜的名字出現在螢幕上。「小娜？」她一把抓起手機放到耳邊。「嘿！新年快樂！」

半晌後她才聽得清楚，因為起先只有不斷哭泣的聲音，聽起來似乎已經哭了很久，聲音已然混濁、凝結、精疲力盡。「漢娜？」她溫柔地說，等待朋友找到自己的聲音。

「麗莎——」漢娜終於說。

「她怎麼了？」

「麗莎和納森。」

「怎麼樣？」

「在一起。」

「不會吧，」凱特說，在沙發上坐直身子，現在徹底清醒了。「不會的，小娜，那絕不可能。」

「別告訴我什麼才可能，」漢娜生氣地小聲說，「我知道那是真的。」

電視上人們一起唱著〈驪歌〉，其中有身穿熊皮、表情嚴肅的蘇格蘭風笛手。她關掉聲音，房間一片漆黑，僅有螢幕的亮光。她沉默不語，口中充斥著一種奇怪的味道。「漢娜，」她說，「有什麼我能做的嗎？妳要過來這裡嗎？還是我可以過去陪妳？妳在公寓裡嗎？我可以開車——我會把湯姆放到後座，現在馬上出發。」

「不用，不必。」

「附近有誰可以過去陪妳嗎？」

她差點要說麗莎——麗莎就住在咫尺之外——還好及時打住。

「沒有，」漢娜說，「妳在那裡嗎？妳會待在那裡嗎？我可能——我可能還會再打給妳。」

「當然，小娜。我在這裡。」

講完電話後，凱特目瞪口呆地盯著電視螢幕，螢幕上人們正牽著手跳舞。她察覺到有幾種相互衝突、同樣強烈的情感——震驚與不信，以及認為這事不可避免的奇怪感覺，最後一種感覺毫無道理。

兩個鐘頭後山姆回家時，她仍坐在原位。她保持清醒，但是漢娜沒有再打來。她看著他走進來，脫掉夾克，小心謹慎地掛在掛衣鉤上，從外套口袋拿出兩瓶啤酒。「我拿到這些，上班的時候他們發的，妳想要喝嗎？」

「好啊。」

他用打火機當開瓶器打開啤酒，遞給她一瓶，然後癱坐在她旁邊的沙發上。她心想，他看起來很累，又累又醉。

「我剛才和漢娜通過電話。」

「哦？」他的眼神渙散。

「納森有外遇。」

「什麼？」他張大嘴巴看著她，啤酒瓶舉在嘴邊。「跟誰？」

「麗莎。」

他坐著往前傾身。「妳在開玩笑吧？」

「沒有，至少漢娜確信是這樣。」

「真是該死。」他脫下帽子，用手梳理頭髮。有一會兒他看起來非常驚愕，但是接著他大笑起來。她震驚地看著他，然後她也開始大笑。他們用手摀住嘴巴，彷彿別人可能會聽見，他們帶著奇怪扭曲的愉快心情笑得前俯後仰，直到突然間停了下來。凱特感覺內疚在她體內來回翻騰。

「該死，」山姆搖著頭說，「可憐的漢娜，該死。」他再說一次。

凱特放下啤酒。「山姆。」她說。

「什麼事？」

「對不起，對於馬克的事我感到很抱歉。」

「嗯，好吧。也許是他自己活該。他一直都是那樣，就連在學校的時候也是如此。」

「他們會原諒我嗎？」

「妳需要擔心的不是他們，」他說，「是我。」

她走到他身邊。「你會原諒我嗎？」她說。

「那得看情況。」

她將雙手滑入他的手掌中。「我可以吻你嗎？」她說。

他什麼也沒說。她把嘴唇湊近他的。他任由她去，但是沒有回應，然後他轉過臉去。

「有件事情我需要跟妳說，」他說，「我向妳求婚是因為我愛上了妳。我以為妳也這麼想。凱特，我在這裡不是想當妳的安慰獎，我希望妳選擇了我，而不是無奈接受。」

他掙脫她的手，站了起來，留下她坐在地板上。

麗莎

新年的早晨她在床上賴到很晚，身上只穿了T恤和內褲。他要過來找她，沒必要穿衣服。

聽到他的敲門聲她一躍而起，但是她一打開門就發現有什麼不對勁。

「她知道了。」他說。

她抬手摀住嘴。

「進來吧。」她看出他的猶豫。「進來嘛。」她抓住他的手腕堅持說。

他跨過門檻走進廚房，站在那裡，仍然穿著外套。她打開了燈，天花板上那盞又醜又舊的電燈，在燈光下他的臉色顯得蒼白。「我什麼都沒說。」她說。

「嗯，我想妳不會說的。」

他們陷入沉默，這種沉默凝滯不動、令人難受。她想要用慾望、狂熱填滿這沉寂。她朝他走去，握住他的手。他低頭看了看她的手，再抬頭看著她的臉。「對不起。」他說。

「為什麼？」她溫柔地用手遮住他的眼睛，彷彿在為他遮擋太陽。她感覺他閉上了眼睛，眼瞼在她的手掌下面動了一下。她伸手到後面再度關上電燈，她輕輕將手移開，用指尖順著他的臉頰、脖子往下摸，當她跪在他面前開始解開他的腰帶時，他的眼睛仍舊閉著。

「妳在做什麼？」他說。

她將他放進嘴巴時他已經硬了，她就那樣含著他含了一會兒。然後她貼著他移動嘴巴，他將她拉起來站著，再把她轉過身，扯下她的內褲，粗暴地硬插入她體內，她痛得倒抽一口氣。他從她體內抽出。他托著自己的分身，拉起牛仔褲，把臉轉過去迴避她。「對不起，」他說，「我很抱歉。」

她轉身面對他。他仍穿著外套。他穿著外套，托著自己的分身，這景象真是奇怪，她幾乎要笑出聲來。

「沒關係。」她說著重新穿上內褲。但是其實有關係，並非真的不要緊，她一點都不好。「沒關係。」她再說一遍。

他穿上牛仔褲，扣好皮帶。「我要走了，」他說，「我要離開幾個星期，我需要一些空間。」

「你需要一些空間。」她重複道。她的聲音聽起來很奇怪，她想要哭，但知道自己沒有權利。她能感覺到想哭的衝動有如波浪般朝她襲來，這波大浪將會把她擊垮。在那之後什麼都不剩，不剩任何可以名狀的東西，無法說出這是什麼感受。沒有人會對她的說法感興趣。

「我不會再和你聯絡。」她說。

他點頭。「我想這樣是最好的。」他伸出手來，他的手輕輕地、短暫地落在她的袖口上，彷彿對待孩子似的碰觸她。

這時她怒火中燒，她看出他想要輕鬆帶過，他想讓水遮沒這件事，讓氣泡浮到水面消失，讓人看不出平靜的表面下有什麼。「那並不值得。」她說。

「什麼？」

「和你上床。」

她看見他臉上的震驚。他走回房間裡，他的表情變了，現在充滿渴望。她傷了他的自尊心，他想要從她身上得到些什麼——她看得出來，儘管發生了這些事，他還是想要她告訴他，他們之間的性愛很棒、他很厲害。

他的需求真是可悲，他們這一對真是糟糕透了。

「麗莎。」他說著伸出雙手懇求。

「那並不值得，」她再說一次，「沒有一樣值得。」她邊說邊打手勢指著自己，指著他，指向這突然令人難以忍受、骯髒齷齪的一切。

漢娜

她夢到了暴力，夢到麗莎的臉上有上千道割傷的細小傷痕，夢見自己抱著納森被砍下的頭，他的鮮血浸濕了她的大腿。有時暴力追逐著她，她跑過一片寬敞開闊的空地想要逃離。暴力逐漸向她逼近，她無處可躲——邪惡陰魂的長長指尖觸摸到她的脖子。

在無眠的夜晚，她越過屋頂神遊到麗莎的屋子，麗莎就在這裡躺在有罪的床上。她怎麼睡得著？她睡得著嗎？

最後，她自己睡著了。醒來時，世界已經在曙光中自行組合起來，她領悟到這是個新的世界——舊的已炸得粉碎——這個新世界運作是根據不同的物理、不同的定律。她想像她的丈夫和她的朋友在一起——他們的雙手、嘴唇、赤裸的肉體、肉體連結的部位。他身上那些她以為屬於她自己的祕密、心愛的地方。他是怎麼撫摸她的？是充滿肉慾而已嗎？還是不僅於此？

她可能永遠都不會知道。明白他是個別的主體、她將永遠無權接觸他的這些經驗的事實，不知怎地，感覺比背叛本身更具殺傷力。每當想到這一點，她所感受到的甚於痛苦，更接近譫妄——色彩似乎更加鮮豔、聲音更為喧噪。她好多次、好多次拿起手機，或走到電腦前，想要去詛咒他、譴責她，但是每次她都轉身離開、放下手機；因為她能找到什麼詞彙來包含這一切？

她避開公園，不再逛市集，她只走到公車站再回來而已。她確保在街上見到麗莎的機會極少。儘管如此，她仍然覺得自己常看到她，高䠷美麗的身軀如鬼魂般出沒在視野邊緣。

冬天轉變為春天，天氣依舊寒冷。她有兩星期的年假可以休。她不知道該去哪裡。

§

她點擊了許多照片，有小屋、蘇格蘭的白沙灘，以及看起來深得足以淹沒一座城市的湖泊。那些她不認識任何人、人煙稀少的地方。她渴求著某種她不大能明確說出的東西——某種原始的滋養、野性的東西。她想要嚐嚐鹹水的味道，接受大海洗滌，讓肌膚感受風與天氣。

有一天，下班搭乘地鐵回家時，她看見了一張奧克尼的海報：大海、遼闊的天空、野生的動植物。她回家後在幾分鐘內就訂好了機票、旅館，和汽車，她將在三月前往。

夜裡她夢見自己在原野上飛奔。她呼吸急促地醒過來，房間變了樣，樹枝的剪影鮮明地投射在牆壁上。

賀新婚曲・二〇〇八

星期六，市集日。時序是晚春或初夏。五月，屋子前面凌亂的花園裡犬薔薇盛開。麗莎與凱特輪流洗澡，然後靜靜地在各自的房間裡穿衣打扮。天氣多雲、微冷，不過預報說當天晚點的天氣很好。

麗莎在打扮的時候想到了納森，她的朋友，是她先認識他的。而且她一直懷疑多年前，他們大學畢業後再度見面時，如果她更有空的話，他可能會想要和她在一起。那麼現在他會是她的嗎？不知怎地，今天她特別想讓他注意到她，注意到她的美麗。她不願意對自己承認，但是她想要比漢娜亮眼，想要引人注目。於是她剪掉利柏提百貨那件她絕對負擔不起的絲綢洋裝的標籤，迅速穿上。她用綠色眼影粉畫出眼睛的輪廓，穿上讓她超過六吋高的高跟鞋。

早晨漢娜在她的公寓裡穿衣打扮，她的父母親陪著她；納森在他兄弟的家裡過夜。她母親敲門進來。

噢，漢娜，她看見女兒穿著禮服時說。噢，小娜。

§

他們站在市立婚姻登記處最大的房間裡等待。大家都同意，對於像漢娜和納森這樣的情侶，這是最佳的結婚地點——正是那種實用的本質賦予了此地某種魔力。

納森在房間前頭等候。麗莎注視著他，看著他的臉、他的藍襯衫，第三次請他兄弟檢查口袋裡的戒指，就在她看著的時候他抬起頭來，捕捉到她的視線露出微笑。

樂聲響起，他們站了起來，漢娜挽著父親的胳臂出現了。她身穿簡潔的綠色禮服，眼睛閃閃發亮，麗莎一看到她就深感愧疚，她怎麼會認為自己會比她亮眼？這個她喜愛的女人。此時漢娜穿著綠色直筒禮服，緩緩地走向納森，有如神話。而納森站在前面，眼中沒有別人，他的臉龐發亮、表情熱切，等待著他的新娘。

漢娜和她父親經過她的時候，凱特想到了自己的父親，她努力回想上一次觸摸到他是什麼時候，距離現在很多年以前了。她多麼希望此時他在這裡，她只想要自己的父親像這樣牽著她，希望自己的父親像這樣凝視著她，表情變得充滿驕傲與慈愛。或許婚禮就是為了這點才舉行。

同時凱特想到了露西，想到她在哪裡、她是否曾經想過她。她究竟是死是活，她是否還會像那樣再愛任何人？時光匆匆飛逝，他們漸漸變老。她站在這裡哭泣，想著露西，想著漢娜與納森，想起她的母親，她多麼地想念母親，想到了她的父親與愛，想到了時間，這一切實在是非常地美好卻又極為艱難。

漢娜注視著納森，想著她多麼地愛他，她多麼地幸福。當主持婚禮、一臉嚴肅的女士轉向她，問她是否願意嫁給這男人的時候，她說願意，是的，我願意。

§

之後，等喝了酒、吃完蛋糕、演講結束後，漢娜找到了她的朋友。她牽著麗莎的手，穿過酒館裡的人群去找凱特，再用另一隻手牽起凱特，帶她們走到外面五月的陽光下，走過大門進入倫敦場公園。大門旁的櫻桃樹開滿了花。

天氣預報說得對：今天天氣很好。她們走到草地上，當她們走在金黃、微醺的陽光中，世界感覺充滿了愛與可能性。漢娜將朋友拉近她身邊，把前額貼靠在她們的額頭上。我愛妳們，她說。凱特與麗莎把頭彎向她的頭，也低聲對她表達她們的愛，因為這就是婚禮的作用——會超越新婚夫婦之外，產生愛與熱情，即使只是一個下午，讓我們相信幸福的結局，或者至少、起碼期待故事會理所當然地繼續下去。

二〇一一

麗莎

「妳可以在屏風後面更衣，」老師說，「或者去廁所換。」

他很年輕，至少比她年輕，長得結實瘦小，身穿條紋的套頭羊毛衫和牛仔褲，戴著看起來很昂貴的眼鏡，有一雙溫和的灰色眼睛。

麗莎點點頭，她很清楚流程。她懶得告訴他她之前已經做過很多、很多次了。他們並不想聽妳說話。

她拿起包包，走到走廊盡頭的女廁。廁所內兩邊高處都有架子，充斥著油漆、灰泥、松節油的味道。她將自己鎖在其中一個隔間裡，脫去外套、T恤、胸罩，以及牛仔褲和內褲。她將衣服摺好放回包包裡，再穿上和服式晨衣，仍然穿著襪子，因為地板很冷。她快速上了一下廁所，她最不希望的就是在第一次休息前需要小便。要再過四十五分鐘才第一次休息。

她順著走廊走回去，推開畫室沉重的門，學生已經在裡面，正忙著準備畫架。一道細微、清晰的光線從高窗照射下來，她走到房間中央架高的平臺上。

「好了，里莎。」老師說。

「麗莎。」麗莎說。

「好吧，麗莎。那麼，等妳準備好了，就隨便擺個妳喜歡的姿勢。我們會先畫一些短短十分鐘的素描，上午晚點再開始較長的姿勢。」

她的腳趾已經冰冷，不過有幾臺暖氣開著。她迅速脫掉和服式晨衣坐了下來。老師端詳她片刻，然後說：「其實──我們從站姿開始怎麼樣？」

她站起來，找到一個姿勢，一腳在前一腳在後，雙臂擺在背後。

「好了，」老師對學生說，「炭筆或鉛筆都行，十分鐘，開始吧。」

炭筆和鉛筆在紙上匆匆塗鴉。

麗莎心想，她又來到這裡了。她設法靠演出《凡尼亞舅舅》賺得的存款勉強度日，只以即溶湯包和燕麥粥為食，鮮少外出，每天都看電腦上的老影片消磨時間，加深自己的鬱悶，如今戶頭裡只剩下最後的兩百英鎊。

她每次都認為自己不會再回來這裡了，但是她每次都錯。

有好長一段時間她都在等待，準備好面對漢娜的憤怒，但是幾星期過去了，她沒有收到任何消息，於是她寫給漢娜一則訊息──對不起。如果妳想談談的話，我都在這裡。這說得好聽是軟弱，說得難聽是怯懦。

她沒收到納森的任何訊息，自從元旦在她公寓爭鬧之後就音信全無。她寫了一封信給他，寫完燒掉，之後再寫一封，也燒了。

休息時她去了趟洗手間，回來途中她瞥見了一些學生的素描。她的臀部、高起的胸部、短短的頭髮。

初春的時候，她去找美髮師，叫他幫她剪頭髮。他謹慎地著手處理——剪一吋？他問。再多一些，她說。他剪掉兩吋。再多一些，她說。最後他屈服了，削短、修剪，他們兩人看著一綹綹的髮絲無聲無息地掉落到地板上。當看到鏡中的自己時，她哭了起來，因為她再也不認識自己了。他驚恐地看著她，對不起，他說，我以為這是妳想要的。這的確是，她說。原本是這樣沒錯。

「好吧，麗莎。」老師走到她身邊。「那麼，現在我們要擺一個時間較長的姿勢。」

「我知道。」

「所以，必須是簡單的姿勢，一個妳可以撐四十五分鐘的姿勢。」

她在架高的平臺上坐下來，仍然穿著晨衣，找到了一個姿勢，一邊膝蓋往上抬，另一邊的腿在身側彎曲。她用雙臂抱住膝蓋以支撐身體。她有個較長姿勢的小清單。有些人可以用最扭曲的姿勢坐上數個鐘頭，通常是舞者、雜技演員，她不是他們那一類的人。

幾分鐘後房間安靜下來。現在他們正在作畫，有畫筆在畫布上的聲音，還有老師靜靜地從一個畫架走到另一個畫架的腳步聲。他有時候什麼都沒說，有時候傾身靠近，低聲說，很好，或者你看到這邊這條線了嗎？他用手在紙上比劃，然後抬起來，劃過空中。

她低頭看自己——她的小腿上長出來的腿毛，她今天早上忘記刮了。這裡的暖氣不均勻，她的小腿肚有一部分變成斑駁的紅色。她可以聞到自己的氣味。

她意識到自己失去了很多，多到她不大能理解究竟有多少：她失去了納森、失去了漢娜。她也失去了凱特，凱特都不回她電話。但是她失去的遠不只這些，彷彿失去是個黑洞，將所有可能的未來、你可能成為的一切、所有的成功、愛情、孩子，以及你可能擁有的自尊，全都吸了進去。

「我們想要捕捉一些東西，」老師正在說，「一些本質。我們的職責並非詮釋，我們想要的是傳達。」

她左邊的屁股已經麻木，腳也開始發麻。她微微動了一下，聽見老師嘖了一聲。

「麗莎，」他說，「請盡量靜止不動。」

有人咳嗽了一聲，她抬起頭來直視一名年輕女子的眼睛。她大約二十歲，長得細緻美麗，看起來像個嚴肅的小洋娃娃。

她想像年輕女子衣服下的軀體，如雪花石膏般光滑。她注視著麗莎的時候心裡在想什麼？

她是否想著為什麼她到這年紀還在做這種工作？她是否在觀察她腹部的曲線？好奇她是否生過孩子？

她回視這名年輕女子，她現在正盯著麗莎的大腿，用炭筆畫出較粗的線條。她如同洋娃娃的臉蛋神情冷漠。

麗莎心想，我只不過是一堆線條，裡頭毫無真實的東西，就像多年前她母親在塔夫內爾公園人行道上畫的那些軀體一樣。那畫彷彿是預言般預見了這種空虛，僅剩下輪廓。她突然感到一陣頭暈，又動了一下。房間另一側傳來可聽見的抱怨聲。

「不好意思，」她說，「我覺得身體不舒服。」

她站起來，用晨衣裹住身體，走到外面走廊上，將臉頰貼在冰涼、堅硬的牆面上。

漢娜

清晨在蓋威克機場，她有如剛剝殼的牡蠣。廣闊的世界壓迫著她；那些穿著高跟鞋和大衣的女人，以及有更好的地方要去而快步前進的人。她穿著防水夾克和登山健行靴，感覺自己既隱形又過於顯眼。

三十六歲，她已近中年。男人盯著她或是不看她，哪一個比較糟？她的拇指指尖輕輕觸碰婚戒留下的空白，一處小凹槽，結了硬皮、隆起的皮膚，不過已經不在了。如今繭幾乎已經消失了，但她的拇指仍舊會回去觸摸，就像舌頭會去舔原本存在牙齒的缺口。

到了亞伯丁，她得等一小時才能登上轉接的班機。機場裡擠滿了男人，那些男人看起來像新兵，只是體格沒有那麼強健，很多人體型龐大、面色紅潤、頭髮漸稀，在酒吧裡大口吃早餐喝啤酒。她避開他們，瀏覽史密斯書店的架子，想要買本雜誌，可是這些雜誌全都看起來有點荒謬，於是她走到書架那邊。她已經好幾個月沒看書了。過去無害的活動現在布滿了引爆線；她不想看任何有關愛情、孩子、不忠的書。她拿起旅遊指南又放回去，她不需要旅遊指南，她能夠憑直覺導航。她可以隨興。最後她買了一本《艾瑪》和一瓶水，她以前讀過這本，很確定書裡沒有嬰兒。

飛往奧克尼的飛機很小，雨水打在窗玻璃上，她將旅行袋放到座位下面。人們像老朋友似的互相打招呼。正當艙門將要關閉時，一個剛才在酒吧裡的男人登上飛機，他呼吸急促好像一路跑來。他向漢娜走道對面一位年長的女士打聲招呼，然後在前兩排的座位坐了下來。他的頭髮短而整齊，動作過度嚴謹，像是知道現在還是早上，但他已經醉了。第一眼瞥見群島是透過雲層的縫隙——波浪起伏的大海和低窪的灰褐色陸地。飛機傾斜轉彎時，她看見雨和幾乎空蕩蕩的道路。

時間還不到中午，到旅館辦理入住手續還太早，因此她領取了租車，決定開車沿著島往上行駛。天空已經稍微放晴。她知道主要的遺址集中地距離大約車程四十分鐘；有墓室和立石。她不妨趁雨暫時停歇前先去看看。

她穿過小鎮，有一座宏大的紅磚大教堂，一些正面以石頭砌成的房屋，另外在通往北方的道路上有間大型的特易購。鄉間濕漉漉的、看起來前景不妙。車上的收音機調到BBC廣播二臺——一些愚蠢空洞的閒聊，一些庸俗的歌曲，她想要找別的電臺卻只收到靜電干擾，於是關掉了收音機。她在寂靜的公寓裡預訂此次假期時，並沒有預料到是這樣。她原以為會看到陡峭、壯麗，規模讓她家室內景觀相形見絀的風景，然而這裡幾乎看不見一座山丘或一棵樹，只有一叢叢的草和塗抹著灰泥礫石的平房。要是她誠實的話，這裡的景色相當荒涼。

她把車停在三座巨大的立石旁，然後爬出車外。一隻寬臉的大綿羊站在巨石中間，正在吃草。那隻羊非常難看，那些巨石也是，看起來好像粗獷主義的城市建築，那種一九七〇年代過於熱心的郡議會可能會認為是好主意的東西。她盡職地繞著立石走，站到巨石中間，那隻羊狐疑地看著她。她等著有什麼感覺，但是除了略微不自在外毫無感覺。

在島的最北端有個新石器時代的村落，在網路上搜尋的結果告訴她那村落有五千年的歷史。她下車時，頭頂上的烏雲有如長了翅膀，她可以聞到海的味道。通往村落的小路上點綴著石頭，每一塊都標示了一起事件：人類上月球、法國大革命、羅馬帝國滅亡，一路回溯到村落建立的時代，與埃及金字塔同一時期。禮品店內擺滿了維京人帽，用硬塑膠製成、兩邊有兩條假髮辮垂下的那種，另外還有費爾島產的花毛衣和北極海鸚的絨毛玩偶。

禮品店櫃檯後面一位親切和善的男人賣給漢娜門票，告訴她參觀遺跡前必須先觀賞一部短片，她照做了，坐在一對身穿相同款式的防水衣的老夫婦後面。之後她走過一個小型展覽，認真閱讀每一個案例，了解村民吃的食物（魚、鹿、漿果），他們製作的罐子，以及他們雕刻的奇怪、漂亮的球；如果你是學童或歷史學家，或者無事可做的人，這個展覽倒不會無趣。博物館外有間複製的房屋，她彎下身子走進去，看見兩張床、一個石製的櫥櫃、一座用石頭鑲邊的壁爐。

她走出去探索村落時，又開始下起雨來。她在那些房屋周圍走來走去，端詳屋子內部，這些屋子予人印象深刻，甚至令人感動。的確，很容易想像這些人過生活、住在屋子裡的情形，屋內有兒童床及大人床，還有石製櫥櫃，彷彿是《摩登原始人》裡的情節，他們雕刻首飾，吃鱈魚、鹿和漿果，在壁爐邊相愛、爭吵、性交。她轉身離開屋子，眺望大海，那是一處緩緩傾斜下去的寬廣海灣，現在正下著滂沱大雨。她感到一股新的怒氣和痛苦。她在這裡做什麼？她到底在想什麼，來到這天涯海角，凝視著壁爐和家，以及一家人生活相愛的地方，只會感受到更多她現在沒有，將來也不會擁有的東西。

她想要一些野性的東西，一些只為了自己存在的東西——沒有觀眾的自然狀態。所有東西都必須做得符合人的尺寸嗎？她不想要與家庭有關的事物。她來這裡就是為了逃避與家庭有關的事物。

§

特易購的規模和一座大飛機庫一樣，她很感激這裡有特易購存在。她在貨架間的通道閒逛，任由超市的白噪音從耳邊流過。

她買了一瓶里奧哈和一些起司餅乾及洋芋片。

§

這間旅館被宣傳為奧克尼頂尖的旅館，卻非常破舊，已經好多年沒有粉刷過了。地毯上有令人反胃的色彩漩渦，一股油炸食物和燒焦咖啡的味道從餐廳滲出。她的房間相當宜人，儘管牆壁上掛著過於豔麗的紫花照片。床很大，不過是兩張床併在一起，所以並不舒適；枕頭糟得無法用言語形容。她擰開酒的瓶蓋，將三分之一瓶的酒倒進漱口杯。

到了六點，她肚子餓了，酒也幾乎喝光了。客房服務部沒有人接聽電話，於是她到樓下餐廳去。「我可以在這裡點餐嗎？」

「可以。」吧檯後面的年輕女子說。她有張小巧的心形臉蛋和漂亮的嘴巴，化了妝。

「妳可以把餐送到我房間嗎？」

「現在只有我一個人在，妳介意等一下嗎？還是妳可以自己拿上去？」

漢娜環視幾乎空無一人的餐廳。除了兩個年紀較大的人以外，只有她一人，他們看起來像是出差，低頭看著電腦螢幕。「好吧。」

「妳可以免費喝一杯，」年輕女子眨了下眼睛說，「既然現在是由我負責。」

「好，」漢娜看了下菜單。「我要炸魚薯條。」她說。

「完美。」年輕女子說。

「還有一杯葡萄酒。你們以杯供應的有什麼酒?」

「只有梅洛。」

「那就一杯那個。」

「完美。」年輕女子再說一次,拿了一只大玻璃杯,斟得滿到接近杯緣。「請慢用。」

完美?

她拿著酒走到窗邊的座位,面前的桌上擺了一瓶塑膠花。外面,雨水沖刷著港口,幾束褪色的陽光穿透細雨,然後又消失,只留下鋼灰色的光線。

「明天會比較好,就天氣來說。」

她轉身看見一個男人在她旁邊,半晌後她才認出他就是在機場、飛機上的那個人。她點頭回應,他看起來似乎清醒了,反倒是她快要喝醉。他在隔壁桌坐下來,就在她的斜對面。她覺得有點惱怒,現在要壓得和他攀談,要麼就是忽視他。她查看一下手提包,找到了在機場買的平裝書,拿出來放到桌面上,她啜飲一口葡萄酒後打開書。艾瑪·伍德豪斯,漂亮、聰明、富有——

年輕女子走過來,將一品脫的酒放在那個男人面前。「請慢用。」

「謝謝。」

角落那兩人在低聲討論有關會議、還有關於數字的事,沉浸在工作的世界。那個男人拿起啤酒來喝。「那個好嗎?」

她抬起頭來。那人塊頭很大，但是體重並不過重，年紀和她差不多，或者稍微年長些。他的臉色紅潤，好像剛沖過澡，頸後的頭髮濡濕。

「妳的書？」他指了指那本書。「好看嗎？」

她朝他舉起書。「我才看到第一頁。」

「啊。」他說。

「不過我以前看過了。」

「喔。」

「他們全都學到了教訓，從此過著幸福快樂的日子。」

「啊，」他說，「果然如此。」

她再低頭看那一頁，但是現在上面的文字搖搖晃晃。

「那麼妳是來這裡度假的？」

「我想應該是吧。」

「妳想應該是？」他比手勢指向她前面的椅子。「妳介意我和妳一起坐嗎？」

「我只是在等我的餐，馬上就要走了。」

「那妳就不會厭煩我了。」他拿起自己的啤酒，坐到她對面的座位上，背對著吧檯後面的女子。

「乾杯。」男人舉起啤酒杯喝酒。他的手指很粗，皮膚龜裂發紅，手上戴著一枚婚戒。他的手機擺在旁邊的桌子上，她看見螢幕上有張一個女人和一個小孩的照片。

「如果不是來度假的話，那到底是什麼？妳是來這裡工作的嗎？」

「不，」她說，「不是為了工作。」

「祕密。」他說。

「差不多是那樣。」

「我是這裡人，」他說，彷彿在回答她沒問的問題。「在這裡長大。我在鑽油平臺上工作，在亞伯丁附近。上班兩星期，休息三星期。休假的時候我就住在帕帕威斯垂島上，在那裡經營農場。」

她想像一間小屋，可以看到風力發電廠和大海。妻小，手機上的女人，在他不在時獨自設法維持。

「那妳呢？」他對她說，「妳是哪裡人？」

「倫敦，曼徹斯特，倫敦。」

「那是好幾個地方。」

「曼徹斯特。」

他點點頭。「鑽油平臺上有好幾個小夥子來自曼徹斯特。」

「哦？」

「他們的口音和妳不一樣。」

「嗯，我在倫敦住很多年了。」

他朝她傾身。「那是什麼感覺呢？」他說，「倫敦？」他身上有某種特質，他的精力、某種不受束縛的東西，他的眼神流露出飢渴。

她往後靠。「喔，」她說，「你知道的。」

「我跟城市合不來。」他說。

「是喔。」

他們陷入沉默。他將桌子上的手機翻過來，讓空白的背面朝上，女人與小孩的照片不見了。「妳今天看了什麼？」

她聳了一下肩。「我看了主要的景點，除了墓室以外。梅肖韋古墓，我想我明天會去那裡。」

「那妳喜歡主要的景點嗎？」

「不是很喜歡，和我以為的奧克尼……不大一樣。我以為奧克尼會更野性一點，但是這裡整個有點……斯文。」

「斯文！」他猛然把頭往後仰大笑起來。在隔壁桌用餐的人抬起頭來，然後又低頭繼續進食。

「妳應該去南邊。」他說。

一時間她以為他指的是南方：炎熱的南方。太陽、大海、皮膚上的暖意。

「去羅納德榭島，」他說，「看看那裡的墳墓，老鷹之墓，在懸崖上。那裡野性十足，是妳離開前值得一看的好地方。」

她低頭看自己的手，撥弄著戒指，但是戒指已不在那裡。男人注視著她的手指，然後再抬頭看著漢娜的臉。

在那一刻，她意識到邀請已經發出，並察覺到一組相互矛盾的情緒，反應了高漲的慾望。麗莎和納森的情況就是這樣嗎？是說出口還是心照不宣？他們在越線之前是否曾想到她？

「那是你太太嗎？」她說。

「哪裡？」他看起來嚇了一跳。

「那裡。」她伸手拿起他的手機，翻過來按下側面的按鈕。她就在那裡，一個年輕女人，對著光線瞇起眼睛，她的身前有個四歲左右的小孩。

男人低頭看了看自己的手機，再抬頭看著漢娜。「那是她沒錯。」他說。

「那你在這裡幹什麼？」她現在怒氣沖沖，氣憤地低聲說話，「跟我搭訕？」

他從她手中拿走手機，瞥了照片一眼。

「她死了，」他說，「一年前過世了。」

「哦，」感覺彷彿他踢了她的腹部一腳。「天啊。」

「沒關係，」他說，「這不是妳的錯。」

他轉頭看向雨水沖刷的港灣，再轉回來。「不管怎樣，」他說，「我不是來這裡談論我太太的。」

她沉默不語。然後兩人沒有再多說什麼，意見就達成一致。

他們搭乘電梯上樓。她看著他的手按下二樓的按鈕，他的手指粗大、手掌寬厚。

他帶路沿著走廊前進，她落後半步地跟著。他打開門以後，往後退一步讓她先進去，有那麼一瞬間，她感到一陣強烈的恐懼——他可能是任何人——但是隨後恐懼消失。他走過去要將鑰匙插進插槽，但是她伸手按住他的手腕。「不要，」她說，「別開燈。」

§

老鷹之墓遊客中心的職員是個聲音柔和的女人。女人解說這座墳墓，談到如何在她父親的土地上發現了這座墳墓，距離她和家人目前居住的地方大約一英里。那裡發現的人類遺骸沒有整副骨骼，只有成千上萬雜亂的骨頭，在那之中發現了鷹爪。據推測那些屍體是被放在野外等著鳥類啄食，就像西藏的天葬，只保存了乾淨的骨頭。

「除肉。」女人用柔和的聲音說。

「除肉。」漢娜邊說邊琢磨這個新詞彙。

小小的導覽完畢後，女人對漢娜的夾克與靴子嘖了兩聲，然後給她穿上成套合適的防水衣。等準備就緒後，漢娜哈哈大笑。

她們走到窗前，女人指出通往蹲踞在遠處的墓塚的那條路。「回來時順著懸崖走，」她說，「那條路最好，到時妳說不定能看到海豹。」

這條路泥濘不堪，到處是車轍形成的水坑；漢娜逕直踩過去，沒有繞過水坑。她上一次穿橡膠長筒靴是什麼時候的事了？她突然想到一小段歌曲，大聲唱了出來。一隻狗從一棟農場建築物裡跳出來，在她前面的籬笆間穿梭，時而小跑步回來確保她能跟上，然後又跑到前面去追燕子，那些燕子熱愛風，尖聲鳴叫著往下俯衝。小徑上報春花散布，她彎下腰去摘花，卻不知道該怎麼處理採摘下的花朵，於是塞進外套口袋。

墓塚看起來與一堆岩石無異，和周圍傾斜的岩石幾乎無法分辨。入口處被一輛手推車擋住。她感到一陣恐懼，不過還是移開手推車，四肢著地地趴到地上，沿著隧道爬行，進入一個隔成房間的狹小空間。裡頭並不黑暗——天花板上鑲嵌了幾扇小天窗——也不寒冷，甚至不令人毛骨悚然；就只有岩石泥土，和與世隔絕的幽深靜謐。回頭透過隧道，她可以看見外頭草地上的風，及海上的白色浪花。

她在那裡坐了一會兒，不確定要做什麼。隧道裡傳來扒抓聲，那隻狗出現了，氣喘吁吁地走近她，她將牠抱入懷中，感受牠的心跳和脅腹的溫暖。「嘿，」她說，「嘿，你好啊。」

在她前方，離她所坐的墓室不遠處有個更小、更暗的空間。從這裡很難看出那空間到底延伸了多遠。地上擺了一把手電筒，她伸手拿起手電筒打開來，照進那間墓室，發現那個空間很小，不過足夠讓一個人躺在裡面。

她關掉手電筒，從石頭門楣下面爬過去，趴在地上，臉頰貼在冰冷的地上。奇怪的是像這樣趴著令人感到安慰，她可以感覺到心臟在胸腹跳動、血液在奔湧。遠方海水拍打岩石的撞擊聲，狗在近旁呼吸的輕柔聲響。

她想到長時間堆疊在這裡、成千上萬的骨頭。很快地她的肉體也將消失。

她想到了前一晚。他的身體帶來的衝擊：軀體的形狀、不同之處。他的氣味、她的嘴巴碰觸的位置，而她也和平常不一樣，她的身體不同尋常。他們一起律動的方式，所發出類似野獸的奇怪聲響。事後，和這個熟悉又陌生的男人躺在黑暗中，她想起了納森。想到她如何忘記將他視為獨立的個體，忘了去體會他的陌生，忘記承認他內心的野獸，麗莎應該是激起了他內在的獸性。伴隨這想法而來的是另一種東西：為她自己的獸性和狂野的慾望感到一種悲傷。

她翻身仰躺，關掉手電筒，四周只有一片漆黑，和她低微、親切的呼吸聲。過了許久，她爬回主墓室，接著再努力回到外頭白晝的明亮中。那隻狗跟隨著她，他們順著岩石走回車子那邊。烏雲散去，風平靜下來，天氣放晴了。

她開車順著島往回走，經過一片白沙灘，旁邊是平和的大海，她突然有種非常強烈的慾望，立刻把車停下。她爬下去順著沙灘往回走，直到看不見道路為止，然後脫掉衣服衝進海裡。海水拍打她的肌膚、讓她的雙腳離地，她又冷又欣喜，激動地放聲吶喊。

凱特

春天提早來臨，城市變得綠油油。她從倉庫拿出自行車，清理乾淨並且上油，然後騎自行車上山去工作，看著樹木發芽長葉，寬廣馬路邊上的七葉樹開滿蠟燭般的白花。

起初，爬坡爬得她喘不過氣，必須停下來推自行車好幾次才上得了山。不過很快地她感到自己變得比較強健，感覺肌肉有了回應，空氣湧入肺部。

騎自行車很愉快，不過開車時她看到最多的風光，在坎特伯里與海岸之間的B級公路上那片春光明媚的土地。

荻雅說得沒錯；這工作很適合她，一星期待在辦公室兩天，一天去拜訪學校。山姆一星期少上一天班，她和愛麗絲、山姆三人設法分擔照顧孩子的工作。她喜歡她見到的那些青少年，包括他們的態度、粗魯的言行。她正在擬訂一項計畫，讓薛匹的學童來參觀大學校園，與創意寫作系合作出版一本青少年作品選集。

湯姆現在快要會走路了。他喜歡努力站起來，在客廳裡緩慢巡行，對於自己新發現的行動力非常滿意。凱特入迷地看著他，心想這種想要站起來、走路的衝動令人驚奇；看著人類這種動物在她面前進化真是不可思議。他碰到任何東西都往嘴裡塞：鉛筆、橡皮筋、地板上的食物碎屑。他迷上了將鉛筆插進洞裡，她為電源插座買了塑膠保護蓋。出門成為非做不可的事。

三月裡一個陽光明媚的周日，就在他生日的一星期前，他在客廳邁出了最初幾步；一步、兩步、三步，然後一屁股坐到地上。她鼓著掌呼喊在樓上睡覺的山姆，他揉著眼睛衝下來。他們好言誘哄湯姆，湯姆成功地又走了幾步，山姆拿出手機設法捕捉到這一幕，立刻傳給愛麗絲，凱特則傳送給她爸爸。

周末時，她經常將湯姆放進嬰兒推車繫好安全帶，走去市民農地，他和諾拉在地上蹣跚學步，兩個業餘的博物學家研究石頭、吃著泥土，她和荻雅則挖掘苗床準備栽種新一季的植物。她喜歡這份工作，喜歡勞動得滿身大汗，喜歡土壤的芳香。

她出門去散步，有時候和荻雅一起去；有時候如果她獨自一人，湯姆在嬰兒推車裡小睡，天氣又好，她就會坐在陽光下的長椅上。他醒來時經常有一小段時間空檔，在這段時間裡他甦醒過來，從座位上望著世界，既沒有找她，也沒有尋找任何人。她坐在他後面，讓他享有這一刻，不急著守候在他身邊。她突然想到放手的過程這麼早就開始了——不把自己插在孩子與太陽中間。

她和山姆小心翼翼地對待彼此，不過他們的相處變得比較容易，也比較親近。儘管如此，他們仍然給彼此充分的空間，彷彿重新點燃的小火苗會因為空氣太少而悶熄。不過湯姆現在睡在他自己的床上，有時在寂靜的夜晚，她安心地轉向山姆，蜷縮在他的身軀旁，醒來時手臂放在他的胸膛上。

她每天傳簡訊給漢娜，只有一行字確認她是否無恙。

四月初的某天早晨，她騎自行車上山到大學去，抵達辦公室後打開電子郵件。她馬上就看到了那封信，那是海絲特寄來的訊息，主旨欄寫著露西．史肯恩。

凱特開始顫抖。她抬起頭來環視房間，不過沒有人在注意她，太陽從窗戶斜射進來，和之前的早晨沒有什麼不同。

她打開電子郵件。

海絲特很抱歉拖了那麼久才回信；她一直在外出差。睽違多年，她非常高興收到凱特的來信。凱特的目光貪婪地掃過文字，一直到最下面的兩行字。

我已經好多年沒見到露西了，不過說來也巧，去年我到西雅圖工作時碰見了她。她似乎過得非常好，好像改了姓名。如果妳想要的話我有她的聯絡方式。

下面有一個電子郵件地址、一個名字。她立刻將名字輸入搜尋引擎。她就出現在她眼前。奧勒岡大學國際發展系，露西．史隆博士。

她的臉龐。笑的時候嘴唇彎起的樣子。

來自另一段人生的紀念物。

麗莎

妳一定要帶丹尼爾來，莎拉在電話中對麗莎說，而且在內含展覽邀請函的電子郵件的主旨標題中，她用粗體字寫著：帶丹尼爾來，我興奮地期待見到他！

到最後，走投無路的麗莎發簡訊給強尼：需要攜伴參加美術展的開幕式，我想你不會想來吧？

我很樂意，他幾乎立刻回覆。

他們在地鐵站碰面。他同往常一樣穿著一身黑，帶著黑色皮包，不過襯衫看起來是新的，還穿了一件時髦的短外套。他的臉剛刮乾淨，看起來氣色很好。她很意外自己非常高興見到他，任由他以彬彬有禮、溫文儒雅的態度牽起她的手。「親愛的，妳好啊。」他說。她忘了他那利物浦人柔和、低沉的嗓音。

「你看起來很棒，」她說，「非常整潔瀟灑。」

「我正在努力。我得到《醫生們》裡的一個角色。」

「嗯哼。」

「而且，」他半帶著歉意說，「我好像獲得皇家莎士比亞劇團一季的演出機會。」

「什——麼？那真是太棒了！」

「別太興奮。」他舉起一隻手。「大多是小角色而已，不過還有在《安東尼與克莉奧佩特拉》[52]中飾演伊諾巴布斯，是以六〇年代的利物浦為背景。不要問我，他們八成會把劇本搞得面目全非，不過就這樣吧——」

「強尼，可是那好極了呢！」她發現自己無條件地為他感到高興。

「妳會是很棒的克莉奧佩特拉。」

「下輩子吧。」

「妳呢？有參加什麼試鏡嗎？」

「不大多。事實上，」她說，「我正在考慮放棄。」

「別這樣說，孩子。」他說。

「不，我是說真的。」

「好了，好了，」他邊說邊握住她的手臂。「別再說這個了。」

「你什麼時候開始？」

「五月。」他說，「史特拉福那夥人顯然都很有教養，每天早晨要一起上聲音課程之類的，值一年份的貸款。」

「很好啊，」麗莎說，「那是你應得的。」

「那麼這是誰的展覽呢？」他說。

「哦，」麗莎說，「只是我媽媽的展。」

「哎呀，」他眨了個眼睛說，「那我最好乖一點。」

§

畫廊裡熙熙攘攘，擠滿了她多年未見的面孔，她母親四周都是人。她大約一個月沒見到母親，莎拉的體重減輕了，不過看起來令人驚豔，穿著紅色長禮服顯得格外高貴。麗莎心想，應該當克莉奧佩特拉的是她母親，而不是她自己。

展出的畫作很少；不超過七幅。每幅作畫的區域只占畫布的三分之一，周圍是一大片空白，這些畫沒有鑲框直接掛上去，因此效果就像圖像懸浮在空間中。一旦眼睛適應了畫布後，物體就會浮現。在其中一幅畫裡有個身穿棉質連身裙的少女，她半轉過身

---

52 莎士比亞的經典悲劇，以埃及女王克莉奧佩特拉與羅馬將軍安東尼為故事主角。

去，露出側臉；她俯身看著地上的某樣東西，但是地面不見了，消失在她腳下的空白中。那張臉模糊不清，不過麗莎知道那是她。

最大的一幅油畫占據了大半的牆面，一條模糊的線條暗示著一個人影，或是一隻生物，走在地平線上，逐漸變細直到變成一片虛無；這可能是玻利維亞鹽灘，也可能是月球表面。雖然沒有多少顯著的特徵，但是麗莎曉得那個人影是莎拉，她母親轉身走開。這些油畫不算便宜，每幅價格介於兩千到五千之間，不過牆上釘著的卡片上已經有三個紅點。

「按照這個速度，她會賣掉整批畫。」

麗莎轉身看見蘿莉在她旁邊，這位年長的婦人伸出手臂挽著麗莎的手。「我想她開始畫這些畫的時候就知道了，妳覺得呢？」

「知道什麼？」

「她病得多嚴重，」蘿莉打手勢指著那些畫作。「感覺好像所有無關緊要的東西都消失了。」

麗莎感覺有什麼離她而去——地面和她的胃。她低頭看著自己的雙手，蘿莉正緊握住她的手。

「那小麗，妳呢？」蘿莉在說，「妳還好嗎？妳怎麼應付這一切？」

「還可以，」麗莎聽見自己輕聲說，「我很好。」

等到畫廊老闆爬上條板箱站在眾人之上說話時，此地已經擠滿了人。麗莎繞過這個區塊，決定離開，決定之後再回來。她抽了四根菸，喝了四杯酒。她失去強尼的蹤影，找到他後又失去他。人群緊緊圍在莎拉和畫廊老闆四周時，她退縮不前，在莎拉簡短說幾句話的時候，群眾安靜下來，然而麗莎氣憤得幾乎什麼都聽不見，等人群散開後，她推擠著走向她母親，抓住她的胳臂。

「妳為什麼沒告訴我？」

「告訴妳什麼？」

「蘿莉告訴我了，她以為我知道。」

「哦，」莎拉說，「那件事啊。」

「那件事？」

「我不想讓妳擔心。」

「妳不想讓我擔心？妳的病情怎麼樣？」

「非常嚴重。」莎拉用手擦了擦額頭。「我的癌症已經到了第四期。」好熱——裡裡外外，到處都很熱。「妳知道多久了？」

「從耶誕節那時候就知道了。」

「耶誕節？」

「我拒絕了化療。」

「妳當然那麼做了，妳認為我不可能會有意見嗎？」

「麗莎，這是我的身體，我的人生。」她母親看起來疲憊不堪、走投無路，麗莎察覺到她背後有人——知道有人正注意著她們。

莎拉的表情改變了。「丹尼爾在這裡嗎？」她輕聲說，「妳帶丹尼爾來了嗎？」

「沒有，」麗莎說，她的聲音提高了。「沒有，他不在。妳知道為什麼嗎？因為他根本不存在。或者說他存在，不過他是納森，漢娜的納森，我跟漢娜的納森上了床。我騙妳他是別人，現在他不跟我說話了，漢娜也是。因為我的人生一團糟，因為妳從來沒教過我如何去愛。」

莎拉彷彿被擊中般搖晃了一下。麗莎再往前更進一步，抓住母親的胳臂。「妳很自私，」她對母親說，「他媽的自私透了。妳知道嗎？妳一直都很自私，永遠都是這樣。」

莎拉退離她一步，優雅地微微迴避。

「我的天哪，」莎拉說，「妳說我自私？天啊，麗莎，我知道妳希望自己更常上舞臺，但是就這一次，拜託妳可不可以別再對我演戲了？」

「嘿。」有隻可靠的手搭在她的手臂上。「嘿，親愛的。」

麗莎轉身看見強尼在她旁邊。她看見莎拉周圍都是人，蘿莉在他們之中。「該回家了，小麗。」

「來吧。」強尼說著招手要她進入他的懷中。

漢娜

這顯然是多年來最暖和的春天，在她走去公車站的路上櫻花盛開，轉角的喬治亞咖啡店將桌椅擺到街道上。

她拂曉起床，穿過公園去公共露天游泳池。在一天中的這個時候，泳池非常寧靜，水道上只有認真的泳者。她走進一間小更衣室，穿上泳裝，拿著泳帽和蛙鏡。早晨的空氣微冷，不過水很溫暖。她游長五十公尺的水道，她喜歡划水，看著光在水面上蕩漾、折射，想起奧克尼和那裡的地平線、光線。在游泳時，她的想法改變了，變得沒那麼尖銳不平。在水中沒有過去，也沒有未來；等她離開泳池時，身體震顫、心靈純淨。

她喜歡到處走。她走路去上班，下午沿著運河走回來，欣賞光線與變幻的天空。她坐在外面露臺上，感受皮膚上的暖意。她每星期天都到市集買花給自己。某個周日早上，她的目光受到某種植物的吸引，她買了一些種在赤陶土花盆中，擺在小房間的窗臺上，那裡陽光充足，那些植物可以得到光照。傍晚逐漸變長；現在到七點天都還亮著。

§

隨著四月過去氣溫逐漸升高；到月底時已經熱得宛如七月。每天早晨上班前，她都一大早起床去公共露天游泳池游泳，一天游得比一天遠。工作方面很順利，不過她知道自己已經準備好改變。她可能會申請別的工作，也許從法靈頓換到里斯本，或者紐約。所有過去在她原地踏步、等待的時候，沒有申請的工作、沒有抓住的機會。如今她沒有束縛了，可以隨心所欲做任何事、去任何地方。

下班後，在寂靜的公寓中，漢娜倒了水站在水槽前喝完，然後走進小房間，脫掉衣服，赤裸著身子躺在夕陽下。她闔上雙眼，讓紫色、紅色、綠色的光閃過她的眼瞼，她感覺很充實，雖然說不出到底充滿了什麼。

有天傍晚，像這樣躺著的時候，她的手機收到訊息嗡嗡作響。她拿起電話，看到了名字——納森。

需要去拿些東西。可以嗎？

她盯著訊息看了良久。沒有回信。半小時後手機又嗡嗡響了起來。

待會過去可以嗎？

她放下手機，再拿起來。

什麼時候？

馬上？我就在附近。

她的心跳加速。

好，你來吧，我會出去。

她站起來，穿上內褲和一件舊的黑色夏季洋裝；她經常穿這件，因此衣服非常貼身。她留下手機，以防萬一自己想改變心意打電話給他，然後帶著鑰匙走向運河。天氣依然暖和。百老匯市集的酒吧擠滿了人，不過她遠離酒吧，順著運河走向維多利亞公園。她不疾不徐地在黃昏的草地上繞了一圈，走在樹木拉長的陰影間，然後在漸濃的暮色中走回家。

她一將鑰匙插進門鎖轉動就曉得他還在裡面——寂靜的性質有些不同，空氣中有些微的騷動。她踢掉涼鞋，赤腳站在門口，並沒有馬上看到他。小房間傳來輕微的聲響，她走過木板，一直到走廊盡頭，推開了門。他站在那裡凝望著窗外那棵樹。

他轉身面向她。「我沒辦法下定決心離開。」他的聲音嘶啞，腳邊有個小袋子。

她想，她應該感到憤怒，不過怒氣已經遠去。

「妳改變了這裡面的東西，」他說，「妳粉刷過了。」

「對。」

「這很不錯。」他指著窗臺上的植物和牆壁上的版畫。「一直以來我們竟然從沒動過這個房間，真是奇怪，對吧？」

「我想是很奇怪沒錯。」

外頭傳來奔跑的腳步聲，運動鞋砰砰地敲擊人行道的聲音，還有孩童在街上玩耍的聲響。

「妳這陣子好嗎？」納森說

「還好。」她說，倚靠在後面的牆上，緩緩地滑坐到地板上。她把膝蓋拉向身體，用雙臂緊緊抱住，她能感覺到自己的呼吸淺淺地進出。夕陽在他們之間的地毯形成一片長方形。「有很長一段時間很糟，現在比較好了。」

納森點點頭。

「那你呢？」她說。

「小娜。」他柔聲說，朝她跨出一小步，但是她舉起手來阻止他。

「不要，」她說，「別再靠近了。」

於是他站在那裡，迷失般的站在地板中央。

她有很多話想說：

你怎麼能這樣對我？

你怎麼還能在這裡露臉？

可是最後她說的是：「那個怎麼樣？」

「什麼怎麼樣？」他說。

「和麗莎在一起。」

「小娜，」他的臉皺縮起來。「別這樣。」

她把頭往後靠在牆上注視著他，他臉上表情悲傷。為什麼在經歷這一切之後，她覺得自己非常堅強，然而像這樣坐在這裡，他卻看起來一副快要崩潰的樣子？「告訴我，」她說，「我想知道。」

這段日子以來她一直處在水深火熱之中，她就是這樣接受痛苦的鍛鍊。

他轉過身去，把手放在袋子上，提起袋子又放下，然後把手挪開。「那……感覺很危險，」他說，「感覺是不應該的。」

「那很棒嗎？」她問。

「嗯，」他說，「在某種程度上來說。」

「她有達到高潮嗎？」

「什麼？」他一臉痛苦。

「你聽到我說的了，她有達到高潮嗎？」

「求求妳，」他說，「別這樣。」

「這是我的權利，」她說，「不是嗎？」

「我不曉得。」

「她有達到高潮嗎？」

「有。」

「她叫得很大聲嗎？她達到高潮時發出什麼聲音？」

「她叫得並不大聲，」納森說，「不大。」

她彷彿在鑽研某種艱難的問題，並且深感滿意。「她性交的技巧如何？她激起你的性趣嗎？」

她讓洋裝的肩帶從肩膀滑落；那塊布料緩慢地垂到腰部。她的乳頭硬了。有很長一段時間她都沒有移動，直到洋裝從她身上滑下來，此刻她只穿著內褲。

「你想要我嗎？」她說。

他點頭，臉部因慾望而放鬆下來。

「你想要我就像你想要她一樣嗎？」

「更想。」

她待在原地，地板上的陽光中。他內心的野獸。她內心的野獸。「再說一次。」她說。

「更想。」他說，然後緩緩越過地板朝她走來。他走到她面前後跪了下來，頭碰到地上。等他抬起頭來時，將她的內褲推到一旁，把手指滑進她體內，她弓起身子接受他的撫摸。

麗莎

火車穿過倫敦西部邊緣時，她們很少交談。她們正處在不自在的休戰期，這趟旅行是麗莎的謝罪禮，莎拉接受了，這是她們幾星期以來第一天共處。一旦離開了雷丁，土地便開闊起來，天空較為寬廣，村莊的規模較小。夏天盛開著絢麗的花朵。

莎拉在打盹，她的帽子擱在座位旁邊，一本打開的小說放在腿上。麗莎審視母親的臉。她看起來不像生病，要說有什麼不同的話，那就是她看起來比以前更美了。她減去的體重只足以更清楚地顯現她細緻的臉龐結構，即使在睡覺時也沒有一絲老化鬆弛；她的頭髮和以前一樣長而濃密。

她母親睜開一隻眼，盯著麗莎，麗莎轉過臉去。

她們在一個鄉下車站下車，渡過一條河。莎拉拄著拐杖慢慢地走著，一條紅領巾從她的寬沿帽時髦地垂下。河裡有天鵝，有兩隻尚未變白色的小天鵝，牠們緊緊地游在彼此身邊，牠們的父母緊跟在後。母牛在對面的田地裡漫步。這裡的景色宜人，不過就像某些鄉村道路一樣沒有人行道，只有稀疏的路邊草坪，而且車流又快又吵，不斷在她們的背後催逼。

「等一等，媽，等一下。」麗莎用手按住母親的胳臂要她停下來，然後轉身回到路上伸出大拇指。一位開休旅車的男士幾乎立刻停下來。他很和氣熱心，麗莎感覺到母親默默地鬆了口氣，他載她們上山到公地去，讓她們在停車場下車，麗莎扶她母親下來。莎拉走到圍籬邊，那裡仍矗立著舊的塔臺。麗莎走到一塊布告牌前，上面寫了一點這塊公地的歷史，並介紹了空軍基地及這裡可以找到的動植物。上面寫著：

格林漢公地已恢復成低地荒原。

過去公地使用者在這裡放牧牲畜讓一些稀有的荒原植物得以生長，包括石楠、金雀花，以及其他酸性土壤生長的植物。

跑道拆除、圍籬豎起後，讓公地使用者可以再度行使放牧的權利。

她瞇起眼睛看。在遠處中央有一條混凝土小徑，那是舊跑道，有兩名青少女站在那裡假扮飛機，張開雙臂捕捉微風，她們的笑聲飛揚在空中。

「往這邊走。」莎拉說。沙礫在她們腳下嘎吱作響；四面八方開滿了石楠花，星星似的白花散布在路旁的草地上。她們與舊跑道平行前進，經過一座池塘、一個消防栓。莎拉的頭左右轉動，偶爾自顧自地點點頭，彷彿逐漸了然於心。「那是藍色大門，」她邊說邊用拐杖指出，「在那邊。」

自行車騎士從她們旁邊經過，幾個家庭一起緩慢前行，較年長的男人三五成群，戴著包覆式太陽眼鏡和安全帽。他們毫不客氣地騎過她們身邊，莎拉對他們咂了咂嘴。天氣很暖和，而且越來越熱，麗莎從袋子裡拿出水來遞給莎拉，她接過去後大口喝下。

「那裡，」莎拉突然說，她的目光緊盯著麗莎背後的某樣東西。「飛彈發射井在那邊，放飛彈的地方。」

麗莎轉過身去。那些飛彈發射井十分龐大，覆蓋著青草。她心想，看起來好像墓塚，那種銅器時代國王與他們所有的戰利品埋葬的地方。她們慢慢穿過公地朝飛彈發射井走去，三層帶刺鐵絲網的圍籬依舊豎立在她們前面；有人在上面用紅漆塗寫

陰道

屄

幹

你媽的

一塊招牌依然立在蔓生的植物當中——國防部。

莎拉用拐杖弄得圍籬嘎嘎作響。「這個，」她自豪地說，「用大鐵鉗很快就搞定了。」她微微一笑。「我們總是隨身帶著大鐵鉗。」說完她仰頭開始發出最超乎尋常的聲音——一聲呼號——既完全世俗又完全超脫塵世。麗莎看見有些散步的人好奇地抬起頭來看。莎拉停止後一片寂靜；她露出淘氣的笑容。「這嚎叫聲把士兵嚇得魂飛魄散，」她說，「他們不知道我們在搞什麼。」

「我一點都不意外，要是我早就逃命了。」

「我告訴過妳我們跳舞的事嗎？」

「在哪裡？」

「在那邊。」莎拉揮動拐杖指向飛彈發射井。「我們剪斷圍籬、架上梯子，爬過去後在月光下跳舞。那是在新年前夕，我們創作自己的音樂，在月亮下跳舞。」

她是個女巫，麗莎心想。這時莎拉又開始唱了起來，這回輕聲地唱。我母親是女巫。

她稍微走遠一點，到荊棘叢生的小徑上。黑莓成熟了，她摘了一把帶給莎拉；祭品握在手掌中。「很好吃，」莎拉說，「謝謝。」她不知從何處發現了一根羽毛，插在帽帶上。「我們應該多採一點，帶回家做成酥皮甜點。」

她們這麼做了，麗莎拉起荊棘好讓莎拉伸手進去，從灌木叢中間採摘顏色最深、最成熟的漿果，然後拿出盒子裡她準備待會享用的三明治，放進閃閃發亮的水果。等盒子裝滿後，她們繼續往前走，穿過一小片濃密的矮林，那裡白樺樹和懸鈴木讓光變得斑斑點點，羊齒植物高達胸部，看不見飛彈發射井。「啊，沒錯，往這邊走，」莎拉說，「我認得這條路。」

她們走到一棵有多根樹幹的樹附近，莎拉脫離小徑走向那棵樹，伸出雙手去摸樹。「哈囉，老太太，我記得妳。這是我紮營的地方，」她說，「就在這棵樹旁。」

「我記得，」麗莎說，「我也在場。」

「對，」莎拉轉向她。「妳當然在，待了很短的一段時間。我老是忘記。」

她們慢慢地繼續走著，從一扇柵欄門旁再度走入陽光中。這裡仍矗立著一段周邊圍籬，新的圍籬後面設置了一塊混凝土壁板。上面畫了一些蛇和一隻簡潔的綠蝴蝶，畫得十分粗糙，只是塗鴉而已，不過有種怪異恐怖的力量，感覺好像無意中發現了遭遺忘的洞穴壁畫。在生鏽的金屬下面仍然可以看到綠色的油漆，隨著日晒及歲月流逝而逐漸剝落。空氣感覺很悶熱，植物擠壓著她們的背。

「我記得這個。」麗莎說著將手指穿過柵欄門。在雨中掛起的防水油布、女人們紅通通的臉、羊毛、火，與身體的氣味。

「三萬人，」莎拉說，「手牽手圍繞著基地。他們過來將我們拖出帳棚，說我們反常。」——她大笑——「好像把死亡飛彈存放在公用土地上才是正常。」

「我記得他們來的時候，」麗莎的雙手緊抓住圍籬上的鐵絲。「把妳從帳棚帶走，我嚇壞了。我討厭妳在這裡。」

「為什麼？」

「我以為我會失去妳，妳會被射殺。」

莎拉轉向她。「這世界是個可怕的地方，」她平靜地說，「隱瞞這個事實不是我的職責，我的責任是努力讓這個世界變得安全些。假如妳有自己的小孩，妳就會明白了。」

這句評論落地。扭曲。發揮了作用。

「我懷孕過一次，」麗莎輕聲說，「是狄克蘭的。」她轉回去面向圍籬，一隻小昆蟲正爬過剝落的綠色油漆。「做那個決定並不容易。我以為會很容易，但並不是。可是我辦不到，和狄克蘭在一起不行，單靠我自己也沒辦法。」

「我的天啊，妳為什麼不跟我說？」

「我想大概是我覺得自己很蠢，竟然讓這種事情發生。」

「那妳為什麼不留下孩子呢？」

麗莎呼出一口氣。「我那時年輕又自私，想擁有自己的生活。我想要工作，不想要一個感覺礙事的孩子。」

她母親默不作聲，半晌後她輕聲說，「那是妳的感受嗎？我讓妳有那種感覺嗎？」

「有的時候。經常。沒錯。」

莎拉搖了搖頭。「我從來不覺得妳礙事。」

「真的嗎？」

「千真萬確。」莎拉堅定地凝視著她。「可是我必須過我的生活，我的人生，否則我就根本不會當上母親了。」

麗莎點點頭。「我了解。」她說。而今站在這裡，雙手穿過這道圍籬，她發現自己真的理解。

過一會兒後她再度開口。「對不起。」她轉向母親說。

「為什麼？」

「沒有讓妳當上外婆，妳會是個很棒的外婆。」而且她會——她會充滿魔力。那會是愛她、被愛最適當的距離。

「十三，」麗莎說，「我的小孩原本應該十三歲了。」她發現自己在哭，號啕大哭，肩膀上下起伏，劇烈顫抖地抽噎。母親走向她，將她擁入臂彎裡。

過了許久，麗莎用掌根揉揉眼睛，莎拉收回手臂。之後她們轉身穿過矮林回到公地，麗莎很高興有這空地和新鮮的空氣。遠處平地上可以看見一群母牛，當她們走得更近時，很明顯看出牠們是在跑道中間，或站或趴。「瞧瞧那個。」莎拉咯咯笑著說，「你沒辦法讓很多戰鬥機通過那群女士呢。」

此時風大作。莎拉頭上的帽子倏地被吹走，落在附近的灌木叢中，麗莎跑去拿回來。

她慢慢走回母親身邊時，心裡想著，大難來了。我的母親快要死了，我即將失去母親，不久母親就會離去了。

「妳稍等一下好嗎？」莎拉說。她走上跑道，轉身面對風，閉上眼睛，展開雙臂宛如正在飛翔，麗莎走到她身旁，擺出同樣的姿勢，當她舉起雙臂時感覺到風在她的下方。

漢娜

她很疲倦。春天轉變成初夏和炎熱，接著天氣又變了；變得涼爽、開始下雨，但她仍然感覺倦怠。

有一天，她在上班時把頭趴在辦公桌上睡著了。回到家爬上床，拉起被子蓋到頭上又沉沉睡去；她半夜醒來口渴，走去喝水。

她站在水槽邊心想，我懷孕了。這想法似乎從天而降，超出她的理解範圍。

她走到浴室；在櫥櫃後面有一盒舊的驗孕棒。她尿在一根驗孕棒上，然後坐在黑暗中。她不需要等很久；一條顏色很深的線幾乎立刻出現在第二格中。

她注視著那條線，反覆地看了又看。

§

她的血液中有種嘶嘶聲響。

是焦慮。

是一道道穿透內心的莫大喜悅，這喜悅如此純粹，她不得不站起來抓著東西等待它過去。

是恐懼。

她以前曾經失去過，她知道失去的感受是什麼、會給人留下什麼。她沒有向任何人透露。沒告訴納森，也沒告訴她母親或凱特，她知道這有可能無法保住。

周末她睡得很晚，醒來時滿腦子都是夢。她躺在浴缸裡看著自己的腳趾頭。

凱特

她搭火車到查令十字車站，轉地下鐵到貝斯諾綠地，再搭以前那班公車順著劍橋荒原路走，然後在梅爾街下車，沿著運河走過煤氣鼓，經過山姆以前住的單房公寓的大門，再直接走到百老匯市集。今天是星期四，路上相當安靜，不過熟食店外的桌子都坐滿了人。到了路口她向左轉，順著那排維多利亞式房屋走到盡頭，她在這裡停下腳步，抬頭看一下那棟高大的房子及高窗，然後繼續往前穿過公園，公園裡的英國梧桐枝葉茂盛十分壯麗。

咖啡館是麗莎選擇的——一間位在火車站旁拱廊裡的糕點店——麗莎已經坐在外面等著。她一看見凱特走近就急忙站起來。

「我幫妳買了咖啡。」她打手勢比向面前的桌子。

「謝了。」凱特邊說邊坐下來。

麗莎的打扮很樸素，穿著牛仔褲和一件無圖案的T恤，沒有化妝，頭髮盤在頭頂上。她看起來和以前不同，那張長久以來似乎不受時間影響的臉蛋開始出現歲月的痕跡，金髮中也摻雜著灰色。

「我不確定妳會不會來見我。」麗莎說。

「我也不確定自己會不會來。」

「妳介意我抽菸嗎？」

凱特搖頭，麗莎拿出菸袋捲菸。

「我剛才經過那間舊房子，」凱特說，「在來這裡的路上。」

「哦？」

「看著那房子卻不走進去，感覺很奇怪。妳還住在地下室嗎？」

「勉強待著，我實在負擔不起，我想我非搬不可了。」

「那真的是一個時代的結束。」

「嗯，我想的確是那樣。」麗莎點燃香菸，把煙吹到遠離她們的地方。「湯姆還好嗎？」她說，「還有山姆呢？」

「他很好。湯姆現在會走路了。」

「妳有照片嗎？」

凱特拿出手機，找出幾張最近的照片，麗莎湊上前去看。「他看起來是個討人喜歡的寶貝。」

「他的確是，有時候。」

「漢娜還好嗎？」麗莎輕聲問。

「我想她過得還不錯，據我所知他們仍在分居中。我晚點會和她見面，到時候我想會知道更多的消息。」

麗莎點了點頭，轉身望向街道。「我不會特地為自己辯解。」她說。

「好吧。」

她們頭頂上方傳來火車的隆隆聲、剎車的尖銳聲響，還有火車開門時的嘶嘶聲。

「說來奇怪，」麗莎轉回來說。「我最近一直想到那次試鏡的事。那部電影，妳還記得嗎？在我們去希臘之前？」

凱特的胃揪緊。「記得。」

「我怎麼也無法原諒妳。我想，從那之後我就有點恨妳吧，恨妳沒有及時告訴我。」

「麗莎——」

「不，」她舉起手來。「先讓我說完。我知道妳有自己的說法，我只是想說，最近我開始明白，我能夠做到我以前無法想像的事。我想說的是，不管那時發生了什麼事，我原諒妳了。我希望妳一切都好。」

大。」

凱特張嘴想為自己辯護，之後又閉起來。「謝謝，」她說，「那對我來說意義重

處。

上方傳來哐啷聲，火車駛離了車站，開往利物浦街，或者北方，或是城市最遠

「莎拉生病了，」麗莎說，「她得了癌症。」

「噢，天哪，」凱特說，「到什麼程度了？」

「第四期。」

凱特放下杯子。「聽到這個消息我非常難過，小麗。」

麗莎舉起雙手摸一下頭髮又放下來。「嗯，」她說，「這情況有點糟糕。」

「她正在接受治療嗎？」

「她拒絕了。」

凱特等待麗莎繼續說。

「我有點欽佩她這麼做，」麗莎說，「但是我也很火大，我的意思是，我真是他

媽的氣死了。」

凱特點點頭。

「還有……」麗莎抬起頭來。「我知道妳跟妳媽經歷過這些，我想問妳可能會遇

到什麼情況？」

§

一直到六點她得去漢娜家為止，這整個下午都屬於她自己，因此她閒逛到書店，為湯姆找了一本圖畫書。熟食店外面的座位仍然客滿。坐在那裡的每個人似乎都非常年輕，她在裡頭排隊買沙拉的時候觀察他們，這些年輕人身穿夏裝，扭扭捏捏地坐著，一副準備好接受拍照的模樣，喝著檸檬水與澳式白咖啡，主演他們自己的人生電影。這就是你二十四、二十五歲時會做的事，只從外向內看自己。她買了沙拉帶去公園，坐在舊房子後面那棵老樹下吃，然後躺在斑駁的陽光下。

五點四十五分時，她往回走到漢娜的公寓。漢娜按蜂鳴器讓她進去，她爬上三層金屬樓梯，她的朋友在樓梯頂端等著她。

漢娜看起來氣色很好，皮膚晒黑了，穿了件短袖連身裙，頭髮長了一點。凱特不知道自己期待什麼，或許是些微殘留的悲傷，但是光線照射在桌上的花上面，讓這公寓感覺迷人舒適。漢娜泡了茶，她們端到外面露臺上，在落日的餘暉中喝茶。

「妳看起來氣色很不錯，」凱特說，「實際上過得怎麼樣？」

「我一直在游泳，」漢娜說，「每天早上，這很有用。那妳呢？妳和山姆還好嗎？」

「我想還不錯吧，很好。」

「那就好。」

「我收到海絲特的信了。」凱特說。

「誰?」

「海絲特,牛津大學的朋友。我寫信問她露西的地址,前一陣子,冬天的時候。她回信了,寄給我露西的聯絡方式。」

「噢,天啊,凱特,真的嗎?」

凱特望著外面,太陽如今落在樹林間。她想起收到那封電子郵件後的日子——信寫好、毀棄、再重寫。然後在初夏的某天早晨,她醒來替湯姆穿好衣服,把他送到愛麗絲家,在晨光中騎自行車去上班時,她突然明白了,或者說了解了自己其實一直以來都知道的事實。寫信不會獲得什麼,反而會失去很多東西。

「到最後,」她輕輕地說,「我沒有和她聯繫。」

她聽見漢娜呼一口氣。「那很好。」

她轉向漢娜。「但是,我的確見到了麗莎。」

「麗莎?」

凱特看見朋友臉上瞬間浮現的震驚。「我們今天下午見了面。」

「談論我嗎?」

「事實上沒有,不算有,不過她有問起妳。她看起來和以前不一樣了,令人難過。我們談到了莎拉。」

「莎拉,為什麼談到莎拉?」

「她快死了，得了癌症。麗莎要求和我見面，想問我那方面的事，可能會有什麼情況。」

「噢，」漢娜說，「莎拉？噢，不會吧。」她沉默了許久，然後俯身向前把臉埋在雙手中。

「小娜……」凱特把手放在漢娜的胳臂上，擔心她戳破了漢娜脆弱的幸福泡泡，可是漢娜再度抬起頭來時卻出人意料地容光煥發。

「我懷孕了。」她聲音很輕地說。

「什麼？」

漢娜大笑著用雙手摀住臉。

「噢，我的天啊，」凱特說，「是誰——？」

「納森，他來公寓拿些東西。事情發生得很快，非常快。」她搖搖頭。「那段時間，然後……」她比個兩手手心向上的手勢，凱特看見她臉上仍有驚喜的表情。

「他曉得嗎？」

「不知道。」

「妳打算告訴他嗎？」

「嗯，不，我不知道，還不曉得。」

「小娜，妳必須告訴他。」

「我想要等一等，等看我是否能夠成功地留住孩子，看寶寶是否能保住。」

「妳現在幾周了？」

「八、九周吧，我不確定。我預約了月底去照超音波。」

凱特看見她的雙手移動到腹部，停在那裡。「我可以去嗎？」

「去照超音波？」

「對，我可以陪妳去嗎？」凱特伸手過去握住朋友的手。

麗莎

有人建議莎拉最好搬到樓下，到房子後面的那間舊書房，但是她拒絕了。*我要死在自己的床上，謝謝。*

蘿莉搬了進來，睡在莎拉臥室旁、面向街道的那間房間。麗莎與蘿莉自然而然地建立起律動的模式；她們互相關心、輪流照看莎拉，一個人陪她，另一個人就煮飯、清掃，或睡覺。

莎拉出乎意料地是個容易照顧的病人，無論她有多麼疼痛，麗莎知道那肯定非常嚴重，但她很少抱怨。

莎拉的朋友來探病。有些人麗莎將近三十年沒見過了：瓊、卡蘿、艾娜、蘿絲，她們聚集在莎拉的床邊。麗莎隨她們去，她們有時候爆發刺耳、瘋狂的笑聲，有時候唱歌。

莎拉睡覺時，她們圍坐在餐桌旁，接管一切，叫麗莎坐下來喝酒，或喝茶。她們用雙手捧著麗莎的臉，邊哭邊親她的臉頰，告訴麗莎她長得非常像她母親，當她們將麗莎摟在懷裡，她知道她們經歷過疾病、度過有孩子和沒有孩子的日子，這些身體憔悴、傷痕累累的女人，她們是一個大家族。

她敬畏她們，這些和她母親同年代的婦女；在她看來，她們似乎閃耀著光芒，有如在西邊逐漸落下的星座。這些女人，這些照顧者，一旦她們離去這世界將會怎麼樣？

她們離開後屋子一片寂靜。

她在夏日的陽光下騎自行車沿著運河回哈克尼，將公寓的東西打包成箱，裝進租來的廂型車，載到北環公路上一間儲藏設施。她回到公寓清理烤箱、清洗窗戶，在寬敞的石階上抽最後一根菸。她將鑰匙塞進斯坦福山房地產仲介的信箱，然後提著三小袋東西搭計程車到塔夫內爾公園。

她搬進閣樓，睡在地板的床墊上。雖然在一年中這個季節非常炎熱，但是她喜歡這裡，在屋子的最高處。那把舊椅子依然在這裡，莎拉在樓下睡覺時，她就坐在那把椅子上看書。她閒逛母親的書架、隨意閱讀——卡森．麥卡勒斯[53]、左拉、凱瑟琳．曼斯菲爾德[54]。很多書裡都有母親的筆記；有些是在她當老師的時候，有些更早、是她在念大學時寫的。像這樣和母親一起閱讀，感受母親潦草筆跡中的青春活力，當母親在樓下睡覺時陪伴著她，總讓她有些感動。

有天下午，坐在那裡看書時，她突然有個令人驚訝的想法，她讓這想法沉澱在體內，摸索它的輪廓，試驗它的規模。

每天清晨，她拿著破舊的水管為花園澆水——像這麼熱的天氣一定得一大早，莎拉告訴她，這樣葉子才不會晒傷。麗莎站在花園盡頭的溫室，吸入番茄和茁壯生長的綠色植物散發出的麝香氣味，抬頭看這棟屋子，看向莎拉的臥室，那裡的窗簾仍然放下，母親還在睡覺。她開始有了自己的最愛：把水如水銀般盛著的斗蓬草；迅速爬上棚架的豌豆。有時她會彎下腰用手指拿起捲鬚、輕輕撫摸捲鬚的尾端，看著捲鬚為了活命而伸展。她嘗試用那臺古老的割草機修剪草坪，割草機生鏽的鐮刀齒割著青草。

在漫長、明亮的夜晚，她們坐在莎拉的房間朗讀給她聽。她很喜歡人家讀給她聽；以詩歌為主——這樣比較划算，她說，現在沒有時間聽《卡拉馬助夫兄弟們》[55]了。她一次又一次派麗莎和蘿莉去書架拿書，熟知每本書在擁擠書架上的位置，知道那本書的左右鄰居，即使在黑暗中也能指引人找到書。她把詩當作藥物，知道自己需要什麼。

她要求聽莎士比亞的作品，麗莎和蘿莉輪流讀十四行詩。在某個陽光明媚的星期天，麗莎打電話給強尼，他過來加入她們，他來的時候剛刮過鬍子，帶了鮮花、茶點，及上好的咖啡與葡萄酒。他們將《安東尼與克莉奧佩特拉》從頭到尾唸了一遍，三人輪流

53 美國著名女性作家，被譽為「福克納之後美國南方最優秀的小說家」。

54 紐西蘭裔英國短篇小說作家，被稱為紐西蘭文學的奠基人。

55 十九世紀俄羅斯作家杜斯妥也夫斯基的長篇小說。

朗讀其中的片段。他們花了一整天的時間，這是她所記得非常美好的日子之一。莎拉大多時候都閉著眼睛。麗莎有時坐在她旁邊，握住她的雙手，莎拉偶爾會緊握麗莎的手。

稍後，強尼幫忙抬莎拉到樓下花園，那是一星期以來莎拉頭一次離開床鋪。當麗莎和強尼用雙手搭成吊床抬起莎拉時，她很明顯地變輕了。蘿莉進廚房去烤雞，揮手示意他們全都出去。

「把我的素描簿拿來，好嗎？」莎拉坐在椅子上說。麗莎照辦，去拿她的素描簿和一罐炭筆過來。然後她退到母親身後的長椅上，看著母親的炭筆在紙上移動，花園在她的手下活躍起來：強尼在摺疊式躺椅上打瞌睡，露比在太陽下伸展肚子。

那天晚上稍後，吃完烤雞莎拉上床睡覺、強尼離開後，麗莎和蘿莉站在水槽邊清理最後的盤子。

「他是妳男朋友嗎？」蘿莉說。

「誰？」麗莎吃驚地抬起頭來。

「強尼？」

「不是。」

「他很想當吧，他是個可愛的男人。」

「我不需要男朋友，」麗莎說，「現在不要。」

蘿莉點了點頭。

「而且他這人很複雜。」

「我們全都很複雜。」蘿莉說。她將盤子收進碗櫥，把檯面擦拭乾淨。廚房從未如此整潔過。

「我要放棄演戲了。」麗莎說，「先前我們朗讀的時候我明白了這一點，我不想再演了。」

「那太可惜了，小麗。」蘿莉柔聲說。

「不，」麗莎說，「並不可惜。我再也不想去參加試鏡了。」

她感覺踏實確定，如釋重負。

「妳知道自己要做什麼嗎？」

「有一點想法。」外頭光線落在梨子樹上。「我一直在考慮，我想受訓當老師。」

「真的嗎？」

她點頭。「當英文老師。」

「跟妳媽一樣。」

「對，跟莎拉一樣。」她轉向蘿莉。「可是我不確定。為了下定決心，我要先到別的地方一段時間。」

「去哪裡？」

「我不曉得。」

非常、非常難想到一個似乎不造作的目的地，她並不想發覺自我。或者也許她的確想；也許那正是她想要的。

§

幾天後，莎拉在打盹、蘿莉晚上去荒野散步時，麗莎到樓下餵露比。趁貓忙著吃碗裡的食物時，她在昏暗的廚房裡將舊灑水壺裝滿，走到外面去澆濕花圃。花園充滿了夜晚的芳香——茉莉、忍冬、薰衣草——和蜜蜂低沉的嗡嗡聲。她在巡視時領會到母親多麼熱愛她的花園——絕對而純粹，沒有怨恨、摩擦，或者痛苦地喜愛。她感受到母親的選擇、關懷，及主觀，有如一層面紗盤旋在這一小塊土地上方，與黑夜融為一體。她想，或許這就是會繼續留存的東西。

她想抽根菸卻沒抽，反而回到屋內，將開水壺放到爐子上，為自己泡了一杯茶。她把茶端回樓上，眼睛適應著缺乏光線的四周。她一走進房間就察覺到了。她放下茶，慢慢走到躺在床上的母親身邊，她抬起莎拉冰涼的手，用自己的拇指揉搓母親的拇指。起先她想要反覆不停地揉搓，讓母親恢復生命，就像為寒冷的人揉搓取暖一樣，但是後來她明白自己辦不到了——這麼做的時機已過——於是她停下來握住母親的手。她伸手輕輕拂開母親額頭上的頭髮。有人關上了窗戶，肯定是蘿莉，麗莎站起來打開窗子，然後回到母親身旁坐下，握著她的手。

§

莎拉過世的隔天早晨，艾娜來了。她是臨終醫院的護士，知道該怎麼做。麗莎看著艾娜在莎拉的遺體旁邊打開她的袋子：有幾個附瓶塞的褐色小瓶子、剪刀、細線、紗布方巾。艾娜個頭矮小、可靠而堅定。「我可以看嗎？」麗莎問她。

「妳可以幫忙，」艾娜說，「如果妳願意的話。」

艾娜首先拉直莎拉的四肢，再用雙手捧著她的頭輕輕地左右轉動，然後放到枕頭上，再拿另一個枕頭墊在她的下巴下面。「現在我們要為她淨身。」艾娜說。

麗莎從廚房取來燒開的水，艾娜加入薰衣草精油和鼠尾草，再將一塊塊紗布浸泡在芳香的水中。兩個女人清潔了莎拉的腋下、胸膛、雙腿。艾娜擦拭她的兩腿之間。她再拿另一塊方形紗布摺好，放進乾淨的內褲裡。

「她可能會滲漏，」她不帶感情地說，「我們全都會滲漏。」

這些體液、穢物、糞便是生命在死亡之際艱難而吃力地抵禦的東西。

她想念漢娜。她想要和漢娜說話。

「這裡，」艾娜繞過莎拉的遺體說，「我們得把手指纏起來，脫下她的戒指。手指會腫脹起來，到時我們就拿不下來了。」

麗莎看著艾娜用棉線纏繞莎拉的手指，再用油按摩，讓液體輕輕地流下母親的手腕，以便戒指鬆脫。她用同樣的方法取下母親左手上的戒指。「就是這樣。」艾娜讚許地說。接著，在艾娜的指示下，她們將莎拉的雙手輕輕地放在胸前。「這樣放比較好，這樣一來血液就不會匯集。」麗莎心想，她溫柔、可靠的照料宛如助產士；死亡的助產士。

「可以給我一點時間嗎？」她問艾娜。

艾娜走到外面後，麗莎執起母親的雙手。她將母親的手指抬到自己臉上，彷彿母親可以讀懂她——即使是現在、死亡之後，她仍能讀取女兒面貌上的盲人點字。然後她緩緩將母親的雙手放回床單上。

漢娜

凱特在醫院外面等她。漢娜看見她掃視停車場正在尋找她。

「他們會以為我們是一對，」漢娜走近時凱特說，說完哈哈大笑。她的兩手如小鳥般擺動，不確定該降落在哪裡。

「嗯，」漢娜說著伸出手臂挽著她的手。「那很好啊。」

她們是第一組到場的人，因此不需要等著看診。一位身穿牛仔褲、T恤的超音波醫檢師叫她們進去一間昏暗的小房間。她爬上診療臺。顯示器背對著她。她的心跳、呼吸開始加快。

超音波醫檢師瞄了一眼漢娜的病歷，然後轉向凱特。「妳是她的伴侶？」

「不是，」凱特說，「我只是朋友而已。」

「好吧，」那女人輕聲說，「那妳何不到那裡去坐著。」她指向診療臺前端旁邊的一張椅子。

女人在漢娜的腹部抹上冷冷的凝膠。感測器在漢娜緊繃的皮膚上滾動時，她屏住了呼吸。她注視著女人的臉，女人沉默地盯著螢幕，端詳她體內黑漆漆的部位，臉上毫無表情。她是預言家，闡釋意義的先知，解讀神祕記號的專家，可是她為什麼一句話都不說？

一陣恐懼和噁心席捲了漢娜。「一切都還好吧？」

女人抬起頭來。「到目前為止都還好。」她說。

漢娜將拇指緊握在手中。

「只是在量尺寸。」女人說。

女人滑動軌跡球，鍵盤喀嗒一聲，然後，「喏，」她邊說邊將顯示器轉過來面向她們。「妳的寶寶在這裡，一切都看起來很好。」

那裡投映著一個小生命，正在揮舞四肢。一顆心臟不停地顫動，跳得比漢娜自己的還要快。

麗莎

一整個星期，莎拉的朋友、同事、以前的學生，所有認識她、愛她的人都受邀來家裡在布片上寫下他們的留言。麗莎和蘿莉泡咖啡跟茶，分發一杯杯葡萄酒和水，將洋芋片、吐司及湯放在桌上，然後仔細傾聽。

她猜想這有點像孩子誕生後的感覺：這個時間運轉方式不同、介在兩處之間的空間溫和而持久。

有些莎拉在他們青少年時期教過的中年男人談起莎拉教的課，以及她在他們人生中的重要性。拖著孩子的年輕婦女目不轉睛地看著房子，凝視其中的書和繪畫，一邊點頭，彷彿這正符合她們的預期或希望。莎拉的畫商來了，帶著一束引人注目的鮮花，在身後留下一串昂貴的香味。

強尼帶他的大女兒來，是個高個頭的七歲女孩，有一頭過肩的棕色直髮。「這是艾莉絲。」強尼說。艾莉絲穿著高筒鞋和帶帽運動衫，和爸爸手牽手地站著。「我們要去買冰淇淋，」艾莉絲說，「妳要來嗎？」

「好啊。」麗莎說。

他們走在街上，街道感覺很陌生，這是幾天來她第一次正常地出門。「妳媽媽死了嗎？」艾莉絲問。

「對，」麗莎說，「她過世了。」

強尼伸出手來摟住麗莎，她任由他抱著，他女兒看著他們，似乎並不介意。

她睡在母親的床上——她去世時躺著的那張——感覺並不可怕，反而令人安慰。她想，母親得到了她所想要的死亡。如今她明白這是多麼珍貴的禮物。有多少人能夠這麼說？

§

喪禮當天早晨，麗莎穿上一件黃色的夏日洋裝。時序已進入十月，天氣卻熱得反常。強尼和蘿莉前來幫忙，將鮮花捲繞在編織的柳條籃子上。

寶貝，別叫它棺材。那是籃子，是我想要的，裝滿花朵的籃子。

籃子裡確實裝滿了花，乾燥、新鮮的都有，還有一束束香草和一條條布緞帶，寫滿了為莎拉送行的留言。她和蘿莉、強尼將莎拉抬進那輛舊廂型車的後面，廂型車裡仍有松節油、帆布，與咖啡的味道，緞帶在風中飄揚。

莎拉開玩笑說她想埋葬在花園裡的梨樹下，但是他們把她載到伊斯靈頓與聖潘克拉斯火葬場。

莎拉查看地圖時略帶失望地說，那其實是在芬奇利嘛。

廳內擠滿了人；有數百人在場。儀式結束後，哀悼者一一前來和麗莎道別。她爸爸和她的繼母也來了，他抱了她許久才再度放開她。這時她看到了她們——漢娜與凱特，她們肯定是一直都在這裡。

「噢。」麗莎看著她的朋友們說。「噢！」她再說一次。

漢娜把手伸向麗莎，麗莎握住她的手。

「妳懷孕了！」她說，一直到這時她才開始哭泣。

「對。」漢娜說。

現在她一邊點頭，一邊在太陽下傻傻地咧開嘴笑。「看看妳，」她說，「妳看起來棒極了。」這是實話，漢娜確實如此；她就像顆優質、成熟的水果。

「我來祭悼莎拉，」漢娜說，「來向她告別。」

「嗯。」麗莎點了點頭。「謝謝。」然後，「對不起，」她說，「我非常抱歉，請原諒我。」過一會兒，由於她實在無法相信，「妳懷孕了，」她再說一遍，「我可以嗎？我能嗎？」她伸出手。

漢娜點點頭，讓她把手放在那裡。

現在麗莎開心地笑著，站在陽光下，像這樣把手擱在緊繃的皮膚上，底下有條生命，她搖著頭又哭又笑。

§

屋子一片寂靜。蘿莉和強尼都提議陪她回來，不過麗莎拒絕了。我不會有事的，她說。

桌上有幾本打開的書，她輕輕拿起來闔上，放回書架上。廚房裡他們吃過早餐的餐具仍擺在水槽裡。她把碗沖洗乾淨放到一旁，然後撐開通往母親花園的門。陽光照射在地板上，她為自己倒了一杯琴通寧，捲了一根菸。

她向放在餐桌上的骨灰罈舉起飲料。星期一，按照約定，她將會和蘿莉、艾娜、卡蘿、蘿絲一起前往格林漢，留一些母親的骨灰在那棵樹旁。剩餘的莎拉請她隨意撒在花園的任何角落，她打算明天獨自一個人完成。

在她的收件匣中有張到墨西哥的機票，班機是下星期。她沒有計畫，只有隱約的目的地——位於太平洋海岸的小鎮。這並非結束，也不是新的開始。抑或也許這的確是。不過倘若這是結束，也並非乾淨俐落的結尾，只不過是一個模式與另一個模式連接的接合點，是以血液、筋肉、骨頭構成的接縫。

抽完菸後，麗莎把門關上鎖好。她走到桌子旁邊。她在這裡曾經度過多少時間？享用過多少次早餐、午餐、晚餐？有多少次母親將她放在這裡，與繪畫或手工藝器具一起，吩咐她照顧自己？

有一回，她記得自己睡不著覺，聽見廚房裡有說話聲，下來後發現母親和她朋友在這裡，圍坐在桌子旁。「妳們在做什麼東西？」她問。

「這是鶴，」母親回答，「喏，妳看。」莎拉將她抱到大腿上，示範給她看如何把紙摺成小鳥，並且說明她們正在摺紙鶴是為了紀念一顆炸彈落在日本的日子，這些紙鶴是和平的標誌，表示類似的事情不應該再發生的標誌。這些女人圍繞著桌子而坐、輕聲細語地說話，麗莎依照母親的指導去做，一隻小鳥出現了，宛如魔法一般，彷彿誕生了一樣美麗的東西。

女人們小聲交談，她們輕柔宛如耳語的聲音及偶爾發出的陣陣笑聲，母親的體溫和她身上混著松節油與香料的味道，母親允許她熬夜並且抱著她的感受，紙張的潔白，以及摺紙與製作精美作品的樂趣。

站在夜晚的廚房裡，她想起了這一切——在這空間裡有過的寧靜。她記得那種平靜的感覺。

二〇一二

漢娜

最近這幾個晚上很難入睡。即使有那麼多枕頭，她仍然找不到一處舒適的地方可躺。

寶寶經常吵醒她。她躺在那裡，感覺到寶寶在保留給她的狹小空間裡揮動四肢。漢娜覺得她摸到了跟骨和手肘。她隔著肚皮觸摸寶寶。寶寶是海豹人[56]，水中的游泳健將，黑暗的常客。

寶寶是女孩兒。一開始，這個消息令漢娜感到憂慮，不知怎地男孩子感覺比較簡單，要如何當個女孩兒的母親呢？

可是現在想到是個女孩就覺得美妙極了，她迫不及待想見到她。有條界線必須先跨越。生產。她想她並不害怕疼痛，讓她驚恐的或許只是交出。

她有時會和納森說說話。他在附近公寓裡有個房間，他會來拜訪，每次來訪時總是沉默而殷勤。他為她下廚，煮湯和義大利燉飯，他會煮一大鍋，留在爐子上給她。有時他們會一起沿著運河散步，有時她累了，她會挽著他的胳臂。有時候，在他留下她龐大的身軀坐在沙發上之前，她會發現他在看她，瞧見他臉上的表情。

他要求的不多，但是他請求她生產時讓他在場。她尚未答應。她不知道讓他在場會讓事情變得更容易抑或更困難，她不知道的事情好多。然而在寒冷的一月裡，體內有股溫暖明亮的力量，讓這種不知道莫名地感覺無所謂。

凱特一星期會來住一晚。漢娜期待她的來訪，她們會坐著談天說笑。她請凱特當陪產員，凱特答應了；她從坎特伯里開車過來要花一個半小時，最多兩小時。

§

漢娜在夜裡醒來。

時間非常晚，也可以說是非常早。凌晨四點，正是人出生與死亡的時間。房間裡很暗，她身上濕了，睡衣下半身都濕透了。她伸手去拿手機，打電話給凱特。

「她要來了。」她說。

她感覺心臟激烈地跳動，血液在耳朵裡搏動。

她要來了。在這黑暗之中，新的故事將要展開。

她的寶貝女兒即將來臨。

---

56 傳說中在水中形似海豹，到陸地上會褪去外皮呈現人形的生物。

倫敦場・二〇一八

星期六，市集日。時序是晚春或初夏，五月中旬，屋子前面凌亂的花園裡犬薔薇盛開，麗莎在前往公園的途中經過時看到了。

天氣暖和，她穿得很樸素，一條褪色的牛仔褲和一件刺繡的鄉村風襯衫。腳上穿著薄涼鞋，肩上背著帆布袋，裡面有美味的番茄、麵包、里奧哈、一塊覆蓋著灰燼的羊奶起司。

她走進公園時，在小徑上停下腳步，望向那棟舊的大房子的後面，看著搖搖欲墜的花園圍牆及那棵老樹，她們從前很喜歡坐在樹下。今天，樹下的草地上擠滿了人，空氣中彌漫著烤肉的香味和香菸的煙霧，相互競爭的音響系統發出響亮刺耳的聲音。看起來像是年輕人的慶典。

她抬頭再度注視那棟房子，看那些敞開的窗戶，以及在裡頭四處走動隱約、模糊的人影，然後轉身繼續向前走。她們安排在公園另一側，靠近公共露天游泳池那邊見面，那裡是家庭去的地方。這邊的草地較為安靜、更加鮮綠。她找到了一處地點，放下一塊舊地毯，踢掉鞋子，腳下的青草令人愉快。她很緊張，這次會面是她的主意——有天早晨她心血來潮，從她位於墨西哥城的小公寓陽臺上寫信給她們兩人，告訴她們她要回去了，難得回英國倫敦參加蘿莉的喪禮，問她們睽違多時是否想再跟她見個面。她很訝異也很高興她們兩人都回覆說願意。

不久她聽到一聲叫喊，抬起頭來看見凱特身穿淺色的夏季洋裝，帶著一個五歲左右的小女孩穿過草坪朝她走來。麗莎看見凱特停下來，向小女孩俯下身子指著，毫無疑問是在提醒她這位留著金色短髮、高個子的女人是誰，因為麗莎從未見過凱特的女兒，她是在麗莎一去不回的那年出生的。

她們互相擁抱打招呼後，凱特說：這是波比，她非常期待能夠見到妳。我告訴過她妳以前是個演員，她很喜歡表演。

啊，麗莎說，沒錯，那是很久以前的事了。波比是個笑咪咪、圓臉的孩子，她跪在波比身旁，問些合適的問題，聆聽小女孩喋喋不休地述說她的芭蕾舞課，還有去年耶誕節她在學校演的戲。

另一聲呼喊傳來，她們轉過身去，漢娜到了，從公共露天游泳池那邊走來，她的女兒走在她旁邊，六歲、個子高高的，是另一個麗莎從未見過的孩子，長得和她母親很像，同樣的整潔、同樣深色的頭髮、同樣嚴肅的表情。克萊拉，漢娜說，這位是麗莎。漢娜和她女兒坐到地毯上，麗莎拿出食物，她們微笑著盡情吃了起來。

然而，她們的談話卻只是寒暄而已。好幾星期、好多年以來麗莎一直想像著這一刻，因此逐漸感到有些失望。不知怎地她抱著更高的期待。可是說真的，在經歷過那麼多事以後，她們還能對彼此說些什麼呢？寒暄雖然微不足道，但是她們之間的親密關係早在多年前就遭到猛烈摧殘了。這該怪誰呢？

不過，隨著下午時間越來越晚，酒喝光了，光線變暗了，三個女人開始放鬆下來。她們聊起往日時光，向那間老房子舉杯致意。漢娜問起麗莎在墨西哥的生活，麗莎跟她說她在語言學校教英文的工作情況，談起她逐漸愛上的那座城市，還有她帶著筆記型電腦到咖啡館坐著寫作的早晨。實際上都是些微不足道的時刻，不過讓她覺得自己仍然活著。麗莎說話時用雙手刻畫著空氣，漢娜感覺自己有一點敞開了心胸，就像她初次見到麗莎的時候，麗莎向來多彩多姿，漢娜感覺自己往前靠近一點，在老朋友的小小爐火旁感受到溫暖。

凱特與漢娜聊天時，大多聊她們的孩子，討論他們的事，甚至伸手去找他們，經常觸摸他們，撫平他們的頭髮。她們的孩子也彼此交談，顯然他們互相熟悉；他們告訴麗莎去年夏天他們大家一起去法國度假的經歷。麗莎看著他們，感到一股熟悉的痛。下次生日她就四十四歲了，隨著她可能懷孕的時間逐漸減少，她感覺內心出人意外地浮現一股相應的悲傷。倒不是她想要孩子，並不盡然，她很滿意自己的生活，跟她的伴侶在科約阿坎一棟貼著涼爽磁磚的大樓公寓裡同居。她的伴侶是個溫柔體貼的男人，她和他周末都睡得很晚，他們擁有自己的生活。只是最近有時候，在上班途中或是穿過周末市集時，看到嬰兒她會停下腳步，突然喘不過氣來，而墨西哥到處都是嬰兒。不過在大多數日子裡，她通常都很好。她的伴侶有兒子，一個十五歲的男孩，跟他母親住在附近，他每隔一星期會和他們共度周末。麗莎很喜歡他。他很善良、勤奮、風趣，就像他父親一樣。他也喜歡睡懶覺。

漢娜的女兒說到她爸爸，他晚點會來接她，因為她今晚要住他家，一提及納森女人之間的空氣中就盤旋著危險的氣氛，可是小女孩完全沒注意到，繼續喋喋不休地說個不停，於是失去電量的那一刻就消失在下一個及下下個瞬間。

女孩們說話時，這三名女子端詳著彼此，注意到她們變老的地方，她們已經和從前不同了。

她們擔心，擔憂自己的父母親——大部分是父親。漢娜的父親似乎越來越健忘，她北上的時候他已不再到斯托克波特車站月臺接她了。凱特的父親在西班牙，他酗酒而且孤單。麗莎父親的生活似乎一點樂趣都沒有。

她們擔心夏天一年比一年來得更早，持續得也更久，這擔憂有如一滴黑墨汁在清澈的水中打轉，破壞了她們享受這美好的五月下午的心情。她們最擔心的是未來和她們的孩子，以及他們將要繼承的世界，這個世界似乎破裂、瞬息萬變、比以前更加分崩離析。她們擔憂後繼者將會如何評斷她們這一代，倘若評價很嚴苛，她們是否還有時間去改正，因為近來她們越來越希望那些後繼者回顧過去時能夠感到驕傲。

有時候她們的憂慮清單似乎無窮無盡，她們遭到擔憂侵蝕，內心變得空洞——近來，她們以及跟她們說話的所有人都是如此。

不過她們感激的清單也很長（儘管有時候更難列舉）：感謝那些不再顯得微不足道的小幸運。對某些時刻心存感激。以凱特來說，是像今天早晨與她的丈夫兒子告別，知道今晚她回來時他們會在這裡和她再相見，知道他們將會圍坐在餐桌旁，享受著食物，聊孩子們的話題。她丈夫繼續穩定地存在於她的人生中。對漢娜而言，是她仍然為自己的工作感到驕傲，她和孩子的父親依然是朋友，女兒的存在持續不斷地帶來奇蹟——這種愛如此強烈、猛烈，讓她不再感覺孤單，也不需要別的，因為她已經找到此生的摯愛。對麗莎來說，是她公寓早晨的寧靜，當她早起時，在空氣中感覺到暖和的一日即將到來，而她在涼爽的黎明中坐著寫作，對自己感到心滿意足。

她們對這些事情心懷感激，因為她們知道年老和疾病或許不是非常遙遠的事，也不會寬容對待她們。她們已經見識過了，非常清楚這點，因此態度謙卑。最近，她們經常感到卑微。

到下午某個時刻，兩個小女孩吃了一點野餐並且吃完蛋糕後，渾身充滿了糖分和暴躁易怒的能量、毫無耐性，她們跳了起來，離開自己的母親和另一位金髮女子跑到草地上，她們不認識她，很快就會忘記她的名字。她們受到太陽、天空，和其他東西的召喚，那存在內心的東西告訴她們必須馬上行動。或許正是這種衝動叫種子從泥土中努力往上生長、伸向光亮。

漢娜的女兒牽著凱特女兒的手，她們不停地旋轉，不停地轉啊轉，三個女人看著她們，受到她們笨拙的優雅及小小身軀在空地中展現的自信吸引，內心充滿了喜悅，那種喜悅近乎——事實上也可能就是——痛苦。小女孩們繼續迴旋，開懷地笑著，很高興能夠離開毯子，擺脫母親關注的壓力、母親對她們的要求，脫離女人談話迂迴、起伏、難以明白的思路，她們的雙手緊緊握在一起，不停地旋轉，不停地轉啊轉，轉得頭昏眼花，在這金絲般的時刻，為人生暈眩、陶醉。

致謝辭

倘若撫養一個孩子需要傾全村之力，那麼撫育一個孩子並且支持其母親寫小說就需要一座非常獨特的村莊。在寫這本書的時候我很幸運地搬到這麼一處地方，這都要感謝我在夏爾的所有家人，尤其謝謝 Judith Way 的露天平臺療法、Cherry Buckwell 的散步治療法、Kate Christie 如女神般的母愛、Fionnagh Winston 的幽默風趣與智慧、Rebecca Palmer 給我女兒第二個家、Kelly Tica 給我無限的關愛、支持，和雞湯、Rachael Stevens 在各個層面理清我的生活，次數多到我都數不清。

感激 Ben 和 Toby 跟我聊了許多西雅圖和洛杉磯的事，雖然最後成書中並沒有放入這些內容。謝謝 Olya Knezevic 叫我看《秋光奏鳴曲》。謝謝 Judith 帶我到坎特伯里，借我她的圖書證，分享她對這座城市的喜愛。感謝那位女士在十一月狂風暴雨的日子裡開啟老鷹之墓，並且溫柔慷慨地貢獻她的時間。

感謝 Philip Makatrewicz、Thea Bennett、Cherry Buckwell，他們閱讀了這本書的早期草稿，他們清晰的思緒及熱忱對我幫助極大。

謝謝 Josh Raymond 和他傳奇的黑色細筆，他的編輯本身就值得獲得一個國際標準書號。感謝Unwriteables，經過十年的關愛與支持依舊強大。謝謝Naomi Wirthner叫我去看她的《海鷗》，在我們所有人四周編織了魔法。

感謝我母親Pamela Hope，她的積極行動主義激勵、影響了我，她陪我一起到令人難忘的格林漢公地散步。

感謝Dave設法讓一切順利完成。謝謝Bridie聽見我的召喚，用妳非凡、聰明、令人驚嘆的自我回應。感謝我優秀的編輯Jane Lawson，她明白該有什麼樣的結局。謝謝獨一無二的Alison Barrow。有妳在我的團隊裡面，我覺得非常幸運。

感謝我的經紀人Caroline Wood，她對這本書的奉獻以及想看見這本書盡可能完美的抱負從未動搖。Caroline，妳為這本書誕生所提供的幫助比任何人都多，非常謝謝妳的嚴格、熱忱，與支持。

最後要感謝那些影響我的人生的美麗女人、地平線觀察家、狂熱舞者、廂型車改造家、河流泳者、照顧者、了解舊有方式的人。感謝你們教導我的一切，以及我們分享的一切。拜託，請再多給我指教、與我分享。

國家圖書館出版品預行編目 (CIP) 資料

親愛的不完美人生 / 安娜 . 荷普著 ; 黃意然譯 . -- 初版 . -- 臺北市 : 遠流出版事業股份有限公司 , 2022.01
面 ;　公分
譯自 : Expectation.
ISBN 978-957-32-9371-2(平裝)
873.57　　110019067

EXPECTATION

Copyright © Anna Hope, 2019
This edition arranged with Felicity Bryan Associates Ltd.
through Andrew Nurnberg Associates International Limited.
Traditional Chinese translation copyright © 2022 by Yuan-liou Publishing Co., Ltd.

親愛的不完美人生

作　　者 | 安娜・荷普
譯　　者 | 黃意然
總 編 輯 | 盧春旭
執行編輯 | 黃婉華
行銷企劃 | 鍾湘晴
美術設計 | 王瓊瑤

發 行 人 | 王榮文
出版發行 | 遠流出版事業股份有限公司
地　　址 | 台北市中山北路 1 段 11 號 13 樓
客服電話 | 02-2571-0297
傳　　真 | 02-2571-0197
郵　　撥 | 0189456-1
著作權顧問 | 蕭雄淋律師
ISBN | 978-957-32-9371-2

2022 年 1 月 1 日初版一刷
定　　價 | 新台幣 460 元
（如有缺頁或破損，請寄回更換）
有著作權・侵害必究 Printed in Taiwan

遠流博識網
http://www.ylib.com
Email: ylib@ylib.com